딜리트 메모리

딜리트 메모리

ⓒ 로작가, 2024

초판 1쇄 발행 2024년 6월 24일

지은이	로작가
펴낸이	이기봉
편집	좋은땅 편집팀
펴낸곳	도서출판 좋은땅
주소	서울특별시 마포구 양화로12길 26 지월드빌딩 (서교동 395-7)
전화	02)374-8616~7
팩스	02)374-8614
이메일	gworldbook@naver.com
홈페이지	www.g-world.co.kr

ISBN   979-11-388-3301-1 (03810)

딜리트 메모리

로작가 장편소설

바이러스와 나이롱환자

좋은땅

목차

01

예상할 수 없는

어느 때와 다를 것 없이 딜리트 메모리의 시계탑은 정각 9시를 향해 가까워지고 수술을 앞둔 의사와 간호사, 하늘을 날아다니는 안개 수집가, 진열 상품들을 나르고 있는 메모리샵 직원들은 정신없이 움직이고 있었다.

안내 데스크에서는 온갖 서류들과 초, 심지어 화이트의 당근까지 날아다니고 요란과 난리가 합해져 그야말로 오합지졸이라 직원들의 시선을 잠시 동안 잡아 두고 있었다.

"한 번만 더 내 당근을 던져 버린다면 네가 찾는 서류는 잿가루가 될 거야."

땅에 떨어지기 직전 자신의 당근을 낚아챈 화이트가 막시무스를 노려보며 말했다.

"미안해. 분명 어젯밤에 제니퍼 선생님의 안내문을 만들어 두었는데 보이지가 않아…."

"크리스 병원 휴무 안내문은?"

"그건 없어도 돼. 수술이 없는 한 아무도 가지 않을 테니깐."

"그건 그렇지."

일리 있는 막시무스의 답변에 고개를 끄덕인 화이트였다. 두리번거리며 서류를 찾는 막시무스는 순간 자신의 눈앞에 나타난 안내문을 보자 그토록 찾던 서류라는 것을 알아차렸다. 안내문을 잡고 있는 손을 따라 시선이 옮겨 가자 해맑게 웃으며 손을 흔들고 있는 쥴리가 눈에 들어왔다.

"정신이 하나도 없네요?"

시선이 마주치자 쥴리는 더 밝은 미소를 만들어 냈고 찾고 있던 서류를 품에 안은 막시무스는 그제서야 얼굴이 편안해졌다.

"고마워. 쥴리, 이 시간은 늘 정신없잖니."

"그건 그렇죠. 제니퍼 님 병원을 찾으시는 환자들이 많은가 봐요?"

"아무래도 방송의 여파가 큰가 봐. 다시 3층의 주인이 되는 건 시간문제일 거야."

"분명 수술을 오더한 건 저희 병원인데 관심과 사랑은 제니퍼 님이 가져 가셨네요."

"무슨 소리일까…? 사이다 쥴리 씨? 키킥."

자신의 말이 웃긴지 웃음을 참지 못한 막시무스의 입에서 웃음이 새어 나오고 말았다. 지난번 방송으로 인해 쥴리를 알아보는 사람들과 직원들은 쥴리에게 '사이다'라는 수식어를 붙여 주었고 심지어 사이다 광고에 쥴리를 써야 한다는 기사까지 만들어지고 있었다.

"제가 그 사. 이. 다! 하지 말라 했죠?! 과한 관심은 절대! 급구! 사양입니다!"

경악을 금치 못하는 쥴리는 얼굴까지 빨개지고 부끄러움에 언성까지 높아졌다.

"알았어, 알았어."

긍정의 대답을 보내지만 막시무스의 입가는 여전히 웃음이 새어 나오고 있었다. 아무래도 쥴리를 놀리는 일은 며칠간 더 지속될 게 뻔했다.

당근을 한입에 베어 문 화이트가 폴짝 뛰어올라 데스크 위에 착지하고는 쥴리에게 말했다.

"그렇게 질투 나면 너희 병원 안내문 좀 찾아보지 그래? 그것도 바닥 어딘가에 나뒹굴고 있을 거 같은데."

팔짱을 끼며 쥴리에게 제안했지만 쥴리는 손사래 치며 거부했다.

"휴무 안내문이요? 차라리 이번 시상식 때 자리나 뺏겼으면 좋겠네요."

꽤나 위험한 발언이지만 쥴리를 나무라는 사람은 없었다. 굳이 설명하지 않아도 크리스의 성격은 모두가 알아주는 괴짜였고 충분히 쥴리의 마음을 이해할 수 있었다.

"네가 일하는 곳이니 별수 없지. 그래도 오늘은 다를 거잖아? 준비는 잘했어?"

"…."

서류를 보며 막시무스가 물었지만 아무런 대답이 들리지 않았고 천천히 시선을 쥴리에게 옮기자 이미 쥴리의 상체는 데스크를 넘어와 있었다. 초롱초롱한 눈빛, 내려가지 않는 입꼬리, 크게 들이쉬는 숨은 잠시 후 나올 대답을 예상하게 만들었다.

"당연하죠!! 참석하는 분들 성함과 얼굴까지 다 외웠고, 지금 당장 만나러 가고 싶습니다!"

오늘 콜린 퍼스가 약속을 이행하는 날이라 평소보다 몇 배는 신나 보이는 쥴리였다. 아침부터 들뜬 쥴리와 크리스의 병원이 휴무인 이유이기도 했다.

"어떻게 파티 때보다 더 행복해 보인다…?"

"너무 설레고, 너무 기대되고, 너무 행복해요!!"

홀로 행복해 보이는 쥴리는 꼼짝없이 카운터에 박혀 있을 화이트와 막시무스는 전혀 생각하지 않는지 얄밉게 둘의 얼굴을 번갈아 응시했다. 귀가 반쯤 접히고 눈동자의 색이 빨간색으로 변한 화이트는 완전 폭력 토끼로 변해 안내 데스크로 무단으로 침입한 쥴리의 얼굴을 데스크 밖으로 밀어냈다.

"꺼져! 꺼져 버려!! 악마 같은 녀석아! 좀 있으면 오픈 시간이라고!"

처참하게 얼굴이 밀린 쥴리는 아무런 저항도 하지 못한 채 제자리로 돌아왔다. 때마침 딜리트 메모리 전체에 종소리가 울려 퍼지고 오픈을 알렸다.

종소리에 그대로 멈춘 직원들은 딜리트 메모리 정문을 바라봤고 곧이어 일사분란하게 자신의 자리로 향했다. 시선이 정문에 고정되고 종소리가 끝나자 딜리트 메모리의 정문이 열렸다.

기다리고 있던 환자와 메모리샵의 손님들이 물밀듯이 들어오기 시작했다. 몰려오는 인파를 보고 놀란 쥴리는 마른 침을 삼키고 곧 있으면 자신이 서 있는 곳 역시 발 디딜 틈도 없어질 것을 알아차렸다.

"어서⋯. 어서 도망가. 쥴리!"

막시무스는 몰려오는 환자와 손님에게서 시선이 고정된 채 말했고 잔뜩 겁먹은 거 같았다.

"아⋯아니⋯, 그래도 이게⋯."

당황하며 뜸까지 들이자 막시무스는 등을 떠밀며 말했다.

"어서! 콜린 퍼스 님의 사무실로 가도록 해. 아! 그리고, 콜린 퍼스님 몸 상태가 많이 안 좋아 보였어. 확인 좀 해 줘!!"

등까지 떠밀려 안내 데스크에서 멀어진 쥴리는 전쟁터를 뒤로하고 사무실로 향했다. 얼마 지나지 않아 지나왔던 곳을 돌아보자 이미 안내 데스크는 손님과 환자들에게 점령돼 있었고 화이트와 막시무스는 정신없이 환자와 손님들을 응대하기 시작했다.

직원 모두가 정신없이 일하고 있지만 혼자서 놀러 가는 듯한 기분에 마음은 썩 좋지 않았다. 그보다 더 신경 쓰이는 막시무스의 한마디는 머리까지 복잡하게 만들었다. 한 번도 아픈 모습을 보인 적 없던 콜린 퍼스가 아프다는 소리에 발걸음은 더 빠르게 움직였고 사무실 앞에 도착한 쥴리는 노크까지 잊어버린 채 벌컥 문을 열고 들어갔다.

사무실에 들어왔지만 콜린 퍼스는 보이지 않았고 자연스레 주위를 살피었다. 늘 쌓여 있던 박스들은 온데간데없이 사라지고 한쪽 벽면에 걸려 있던 액자들은 빛이 나고 있었다. 어린아이가 뛰어 놀아도 될 정도로 넓어진 사무실은 아무도 없는지 고요했다. 천천히 발걸음을 옮겨 사무실 안으로 들어서자 시선은 한 곳에 고정되었고 어느새 초들이 가득한 진열장 앞에 서 있었다.

가슴이 아파 오고 알 수 없는 감정이 목까지 들어찼다. 눈가가 촉촉해지는 걸 느끼고 뭔가에 홀린 듯 자연스레 손을 뻗었다. 쥴리의 손이 초와 닿기 직전 자두색의 커튼이 앞을 가로막고 힘겨운 숨을 내뱉는 콜린 퍼스가 걱정스러운 눈빛을 보내고 있었다.

"저 초…. 크리스 님 초인가요?!"

다급하게 묻는 쥴리였지만 콜린 퍼스는 대답 대신 자리를 피했다.

"제가 대답할 수 있는 건 없습니다."

의자에 앉으며 대답한 콜린 퍼스는 어딘가 많이 힘들어 보이고 아파 보이기까지 했다. 이마에 맺힌 식은땀은 중력에 의해 흘러내리고 온몸에 힘이 없어 보이는 콜린 퍼스는 의자에 완전히 몸을 맡긴 채 누워 버렸다.

"괜찮으세요…?"

"그럼요! 이 정도는 아무것도 아닙니다…."

말이 끝나자 연신 기침을 내뱉은 콜린 퍼스는 조금 전 말에 대한 신뢰감을 떨어트렸다.

"전혀 그렇지 않은데요…? 아무래도 오늘 회의는 참석하지 않는 편이 좋겠어요."

"아쉽지 않겠어요?"

도리어 쥴리에게 질문한 콜린 퍼스는 이미 대답하지 못한다는 걸 알면서도 질문했다.

"저 콜린 퍼스입니다. 제 몸은 제가 잘 알고 이건 감기 같은 게 아니에요. 쉬거나, 약을 먹는다 해서 나아질 게 아니죠."

걱정과 아쉬움이 교차하고 깊은 숨을 내뱉은 쥴리는 어떻게 해야 할지 전혀 감이 잡히지 않았다.

"오늘 회의는 윌리트의 초가게에서 열린다고 하는군요. 쥴리 씨의 친구가 일하는 곳이죠?"

쥴리가 조심히 고개를 끄덕였다.

"좋네요. 쥴리 씨의 친구도 만나고 제 친구 윌리트에게 쥴리 씨를 소개할 수 있는 기회겠어요. 지난 재판에 오지 않아 윌리트가 쥴리 씨를 무척이나 보고 싶어 하더군요."

"하…."

대답 대신 한숨을 내뱉은 쥴리가 팔장을 끼며 말했다.

"좋아요. 대신 몸 상태가 더 나빠진다면 바로 돌아오기로 약속하시죠."

콜린 퍼스는 고개를 끄덕이고는 빠르게 외투를 챙겼다. 잠시 후 자리에서 일어난 콜린 퍼스는 순간 뭔가 떠올랐는지 쥴리에게 다가오라는 듯이 손짓했다.

"잠시 이쪽으로 오시겠어요? 내 간호는 일정에 없던 일이니 그에 맞는 보상을 해야겠지요?"

줄리는 보상이라는 말에 자동적으로 입가에 미소가 띄어졌고 곧장 콜린 퍼스에게 달려갔다. 콜린 퍼스는 책상 뒤에 위치한 책장을 가리키며 말했다.

"원하는 책을 빌려드리도록 하죠."

"정말요?! 진짜로 빌려주시는 거예요?!"

"그럼요! 미리 이야기하겠지만 제가 갖고 있는 책들은 무척이나 구하기 힘든 책들입니다. 어서 골라 보세요! 단, 다 읽으면 돌려주셔야 합니다?"

"당연하죠!!"

줄리는 책장에 꽂혀 있는 책들을 유심히 관찰하더니 한 책에서 시선이 멈추었고 고민 없이 책을 빼내 들었다.

"전 이걸로 하겠습니다!"

줄리가 빼 든 책을 본 콜린 퍼스가 흥미롭다는 얼굴로 물었다.

"호호…, 이건 루디의 자서전이군요! 저도 굉장히 좋아하는 책이기도 합니다. 하지만… 줄리 씨는 루디 선생의 팬이지 않나요? 이미 읽어 보셨을 거 같은데요?"

"네! 하지만 영화도, 드라마도, 책도 이미 봤어도 다시 보고 싶을 때가 있잖아요!"

* * *

로비로 나온 줄리와 콜린 퍼스는 평소보다 많은 환자와 손님들 탓에 앞으로 걸어 나가기가 쉽지 않았다. 이리저리 뛰어다니는 어린아이들과 밑을 보지 않으면 알아차리기 어려운 작은 동물들까지, 잠시라도 한눈을 팔았다가는 강아지의 꼬리나 사람의 발등을 밟기 일쑤였다.

까치발을 들어 천천히 또, 조심히 안내 데스크에 도착한 둘은 막시무스와 화이트에게 인사하려 했지만 안내 데스크에는 화이트밖에 보이지 않았다.

"막시무스는 어디 갔나요?"

콜린 퍼스가 바빠 보이는 화이트에게 묻자 그제서야 콜린 퍼스를 확인했다. 화이트는 하나의 빛줄기라도 본 토끼처럼 눈동자가 초롱초롱해지고 콜린 퍼스에게 달려들었다.

"지금 정문 앞에 가위 환자가 속출했다고 해서 확인하러 갔어요…. 저 혼자 너무 힘들어요…."

평소와는 전혀 다른 상냥함을 머금고 있는 화이트는 도움이 절실하고 간절해 보였다. 콜린 퍼스는 품에 안겨 있던 화이트를 다시 안내 데스크에 내려놓고 머리를 쓰다듬고는 주머니에서 당근을 꺼내 건네주었다. 곧이어 정문으로 향하는 콜린 퍼스와 쥴리는 의도치 않게 부딪히는 수많은 손님과 환자들에게 연신 사과를 연발하며 빠르게 헤쳐 나갔다.

정문 앞에 도착하자 완전히 굳어 버린 채 숨조차 쉬기 힘들어 보이는 한 여성이 자리하고 있었다. 주위로 방어막이라도 쳐져 있는지 모두가 피해 가고 있었고 우두커니 서 있는 환자를 보며 턱을 어루만지는 막시무스는 꽤나 곤란해 보였다.

"무슨 일인가. 막시무스?"

콜린 퍼스의 질문에 그제서야 콜린 퍼스와 쥴리를 발견한 막시무스는 한숨을 내뱉으며 말했다.

"하…. 아무래도 가위에 눌리신 거 같습니다. 저도 손님이 말씀해 주셔서 알았고요. 지독한 가위에 눌리셨는지 식은땀에 숨도 어렵게 쉬고 계시네요…."

"이거 참 큰일이군."

콜린 퍼스까지 자신의 턱수염을 만지며 고민하기 시작했다. 조금의 미동도 보이지 않고 식은땀과 고통스러운 숨소리가 무서움과 두려움에 떨고 있는 것만 같았다.

"도와줄 방법이 없나요?"

안타까운 마음에 줄리가 물었지만 콜린 퍼스는 고개를 휘저었다.

"아쉽지만 할 수 있는 게 없어요. 이곳에서 잠을 깨우는 건 더 위험한 일이죠. 잘못 건드렸다간 꿈에서 깨어나면서 온몸에 멍과 상처가 생길 가능성이 큽니다."

"그럼… 그냥 둬야 한다는 말씀이신가요?!"

콜린 퍼스는 어쩔 수 없다는 표정으로 고개를 끄덕였다.

"오늘 회의 안건에도 가위에 대해 있으니 뭐라도 알게 되겠죠. 요즘 부쩍 가위 신고가 많다고 하네요."

"일단 이 고객은 제가 잘 통제하겠습니다."

막시무스가 자신만 믿으라는 듯 어깨를 으쓱거렸다.

"혹시 도움이 될 수 있으니 편안초 하나도 부탁할게요. 막시무스."

"맡겨만 주십쇼!"

막시무스의 어깨를 두드리며 위로를 건네고 자신의 손목시계를 확인한 콜린 퍼스가 다시 입을 열었다.

"저희는 이만 가 봐야겠습니다. 아무래도 회의에 딜리트 메모리가 제일 늦은 거 같군요."

"넵!"

콜린 퍼스와 줄리는 회의를 위해 걸음을 옮겼고 정문의 손잡이를 잡으려는 순간 불쑥 나타난 손이 문을 대신해 열어 주었다.

"회의에 가시는 겁니까?"

환한 미소와 훈훈한 외모, 상냥함이 얼굴에 그대로 써져 있는 7층의 주인, 루디 선생이었다.

"오랜만이군. 루디, 이제 그 이상한 가면은 쓰지 않는 건가?"

"파티는 오래전에 끝났는걸요? 줄리 씨도 함께 가시나 봐요?"

"네!! 그런데 줄리엣 님은 안 보이시네요?"

"거래처 가는 길이라 줄리엣은 병원을 지키고 있습니다."

"거래처?!"

콜린 퍼스가 루디를 노려보며 물었다.

"네…. 무슨 문제라도…?"

"아니네."

순간 분위기가 차가워져 루디와 줄리는 콜린 퍼스를 쳐다봤다. 심각한 얼굴을 하고 있는 콜린 퍼스의 입은 더 이상 열리지 않았고 곧장 문을 통과해 밖으로 나가 버렸다. 난감한 상황에 줄리는 빠르게 루디에게 인사하고는 콜린 퍼스를 뒤따라갔다.

길거리로 나온 줄리는 거리 한복판에 멈춰 있는 콜린 퍼스에게 다가갔다. 그리고 잠시 후 눈에 들어온 풍경에 당혹함을 숨길 수가 없었다.

"이게 무슨…."

"아무래도 가위 손님과 연관돼 있어 보이네요."

콜린 퍼스는 얼굴에 심각함을 그대로 내비추었다. 늘 복잡하고 많은 인파들로 정신없던 길거리에는 평소보다 훨씬 부족한 인원과 곳곳에 멈춰 선 시민과 동물들을 손쉽게 찾아볼 수 있었다.

"아까 말했듯이 저희가 할 수 있는 일은 없습니다. 쥴리 양."

안절부절못하며 가위에 눌린 사람들을 하나하나 확인하는 쥴리에게 콜린 퍼스가 말했다. 쥴리의 얼굴에는 걱정과 속상함, 안타까운 마음이 그대로 드러났다. 애타는 마음으로 콜린 퍼스를 쳐다봤지만 콜린 퍼스는 다시 한번 고개를 휘저었다.

"일단 회의부터 갑시다."

결국 아무것도 할 수 없다는 허탈함은 발걸음을 무겁게 만들고 둘은 윌리트의 초가게로 향했다. 지나쳐가는 가위에 눌린 시민과 동물들은 하나같이 거친 숨소리와 식은땀을 흘리고 있었고 다른 시민들은 피해 가기 급급해 보였다.

딜리트 메모리 바로 옆에 위치한 윌리트의 초가게까지는 단 몇 걸음이면 충분했고 거침없이 문을 열고 안으로 들어가자 엄청나게 큰 나무가 둘을 반기었다. 나무의 가지에는 초들이 매달려 있었고 마치 동화 속에 나오는 한 장면을 연상케 했다.

돌을 깎아 만든 의자와 곳곳에 피어 있는 꽃들, 숲속에 들어온 듯한 맑은 공기와 오로지 센터족으로 이루어진 직원들이 손님들을 케어하고 있었다.

"콜린 퍼스!!"

가게 전체에 울려 퍼지는 콜린 퍼스의 이름에 손님과 직원 모두가 콜린 퍼스를 쳐다봤다. 부끄러움에 콜린 퍼스의 고개가 떨어지고 떨어진 고개는 좌우로 움직였다. 잠시 후 모습을 드러낸 윌리트는 웃음을 참으려 했지만 조금씩 새어 나오는 웃음소리가 즐거움을 나타내고 있었다.

"이봐, 윌리트!! 꼭 그렇게 반겨야겠나?"

"난 자네의 그런 모습이 가장 좋은데 어떡하나!"

콜린 퍼스와 비슷한 키와 자두색 원피스, 원피스 위에 걸친 검정색의 무스탕 코트는 한껏 품격을 과시하고, 검정색 롱 장갑이 섹시하게 다가왔다. 풍성한 백색의 머리카락과 얼굴에는 주름이 있지만 그에게 나오는 아우라는 그 누구보다 아름다웠다.

"쥴리 양이군요? 아쉽게도 재판에 가지 않아 처음 보게 됐네요."

미소와 함께 다가온 윌리트의 오른손은 왜인지 모르게 고급스럽게 보였다. 윌리트의 손을 잡으며 쥴리는 더 환한 미소로 답했다.

"크리스의 병원 간호사, 쥴리입니다. 정말 아름다우시네요. 저도 꼭 윌리트 님처럼 늙고 싶어요!"

"어머, 제가 늙었다는 건가요?"

"아…아니요! 제 말은 그런 뜻이 아니라…."

당황해하며 상황을 수습하려는 쥴리와는 다르게 애석하게도 콜린 퍼스는 웃음을 내뱉으며 쥴리의 심정을 완전히 모른 척했다.

"농담입니다. 나이가 중요한 게 아니죠. 열정이 중요한 거지."

"멋진 말입니다!"

"쥴리!!"

이번에는 쥴리의 이름이 크게 울려 퍼지고 다시 한번 시선이 집중됐다. 낯익은 목소리와 이런 짓궂은 장난을 할 지인은 딱 한 명뿐이었고 약 3초 후면 쥴리의 볼을 붙잡을 게 뻔했다.

'3…, 2…, 1.'

"쥴리~~!"

쥴리의 볼살을 끌어안으며 친분을 과시하는 페니는 신남과 즐거움을 감추지 못하고 있었고 쥴리는 자신의 볼에 붙어 있는 페니를 떼어내며 말했다.

"페니… 불과 2시간 전까지 함께 출근하고 있었어…."

"하지만 직장에서 널 보니깐 너무 반갑잖아!!"

분명 말은 쥴리에게 하는 것 같지만 페니의 시선은 콜린 퍼스에게 고정되어 꿈쩍도 하지 않았다.

"이미 쥴리 님이 페니 님의 친구라는 걸 모르는 직원이 없습니다…. 많이 아끼는 친구라고 몇 번을 이야기하더군요."

월리트의 말을 듣자 페니는 흐뭇한 미소를 지어 냈지만 쥴리는 완전히 정반대의 표정이 만들어졌다.

"제발 그러지 않았으면 좋겠어요. 그러면서 지금 저는 안중에도 없는 걸요?"

"자신의 최애를 만났으니 이해해 줍시다. 이봐, 콜린! 어서 너의 팬에게 서비스하지 그래?"

주위를 둘러보던 콜린 퍼스가 그제서야 페니를 확인했고 환한 얼굴로 페니에게 조심스레 검지손가락을 내밀었다. 페니가 조심스레 팔을 뻗어 콜린 퍼스의 손가락이 맞닿자 페니의 얼굴은 터질 것 같이 달아올랐고 잠시 후 페니는 입에서 하얀 연기를 내뱉으며 쥴리의 손에 떨어졌다.

"아 참! 이미 모두가 너를 기다리고 있었다는 건 알고 있겠지? 가장 가까운 사람이 제일 늦다니 반성해야겠어~."

축 늘어진 페니를 건네받은 윌리트는 자신의 주머니에 조심스레 페니를 담았고 콜린 퍼스를 노려봤다.

"네가 신나서 떠들지만 않았어도 5분은 일찍 시작했을 걸세."

"남 탓하긴."

윌리트가 헛웃음까지 내뱉고는 발걸음을 옮겼고 콜린 퍼스와 쥴리는 뒤따라 걷기 시작했다.

"오늘 내 새끼는 지각 안 했나?"

"내 직원에게 내 새끼라는 말은 좋지 않네. 윌리트."

"내 새끼를 내 새끼라 하는 데 불만 있나?"

"금방 한 자리 수까지 올라올 의사라면 말이 달라지지."

'내 새끼…?' 호기심을 불러일으키는 단어에 고유 특성이 발동된 쥴리는 콜린 퍼스에게 바짝 붙어 작게 물었다.

"혹시, 윌리트 님 자녀가 딜리트 메모리의 직원인가요?"

"몰랐나요? 쥴리 님과도 친분이 있으실 텐데요?"

"네?!"

"하하, 제니퍼의 보호자가 여기 있는 윌리트입니다."

순간 쥴리의 머릿속이 빠르게 회전하고 제니퍼의 기억을 끄집어냈다. 방금 전 재판에 가지 않았다던 윌리트의 말과 평소 제니퍼의 옷과 외모, 화장법까지 떠오르자 마치 모든 퍼즐이 맞춰지는 것만 같았다.

"정말요?! 그…그럼 제니퍼 님의 어머니가 윌리트 님…?"

"그건 아닙니다. 제니퍼 선생이 이곳으로 왔을 때 그를 보살피고 함께 지낸 게 윌리트일 뿐이죠."

줄리는 많이 놀란 나머지 말도 제대로 하지 못했고 콜린 퍼스는 그런 줄리를 보며 즐거워했다.

"너무 놀라지 말아요. 줄리 양, 앞으로 알게 될 것들은 이보다 더 놀라울 겁니다."

* * *

회의가 진행되는 세미나실 문 앞에 도착하자 문 너머에서 시끌벅적한 소리가 문틈 사이로 흘러나오고 있었다. 문이 열리자 화려한 조명과 아름다운 샹들리에, 그 밑으로 길이가 족히 10M는 돼 보이는 테이블이 있었고 테이블 위에는 이미 먹음직스러운 음식들이 후각을 자극하고 있었다.

테이블에 일정한 간격으로 놓인 의자에는 이미 3자리를 제외한 모든 의자에 고위직 임원들이 자리해 있었다. 남은 자리는 월리트, 콜린 퍼스, 줄리의 자리라는 것을 묻지 않아도 알 수 있었다.

"내 오랜 친구 콜린 퍼스!!"

가장 먼저 콜린 퍼스 일행을 확인한 킹이 한걸음에 달려와 콜린 퍼스를 강하게 끌어안았다.

"오랜만이군. 킹."

반가움을 과시하던 콜린 퍼스가 말이 끝나기 무섭게 기침을 내뱉으며 괴로워하는 것을 보자 당황한 킹이 위아래로 훑으며 말했다.

"이런 이런. 슬슬 오는 건가. 콜린?"

"아무래도 그런 거 같군. 아직 준비할 게 많은데 말이야."

"고생이 많겠어. 콜린, 와우!! 쥴리 양도 오셨군요!"

킹의 시선이 쥴리에게 옮겨 가고 오른손을 내민 킹은 여전히 콜린 퍼스와 같은 동년배라는 것이 믿겨지지 않을 정도로 젊고 멋있었다.

쥴리는 망설임 없이 킹의 오른손을 잡으며 악수했고 반가움을 전하듯 눈이 초롱초롱하게 빛났다.

"반갑습니다. 킹 님! 저번 재판에서는…."

순간 킹이 검지를 쥴리의 코앞으로 가져가더니 쥴리의 말을 막아 냈다.

"이번 회의에서는 지난 재판 이야기는 금지입니다. 조심해 주세요~."

"아…, 넵!"

쥴리가 고개를 끄덕이자 킹은 엄지를 치켜세웠고 도리어 쥴리에게 어깨동무까지 하며 걸음을 옮겼다.

"둘이 이렇게까지 친했나요?"

과한 킹의 친근감에 월리트가 콜린에게 물었고 콜린은 한숨을 내뱉으며 소리쳤다.

"다시 말하는 거지만 쥴리는 절대 지옥에서 일하지 않을 거네!"

"예에~."

무심하게 대답한 킹은 콜린 퍼스의 말을 무시에 가깝게 대했고 앞으로 걸어 나가는 킹을 따라 월리트와 콜린 퍼스도 걸음을 옮겼다.

천천히 지나치는 의자에 시선을 떼지 못하는 쥴리는 아무래도 의자에 앉아 있는 고위직 임원들이 궁금한 모양이었다. 그런 쥴리가 못마땅한지 킹이 대뜸 걸음을 멈춰 쥴리에게 물었다.

"여기 있는 사람들이 궁금한가요?"

"당연하죠! 한 번도 본 적 없고 이 메모리 세계에 영향력이 가장 강한 사람들만 모인 자리잖아요!"

줄리의 답변에 킹이 소리 내 웃기 시작했고 이어서 테이블 중앙을 가리키며 말했다.

"여기 있는 고위직 임원들도 줄리 씨와 별반 다를 거 없습니다. 저기 보세요!"

킹이 가르킨 곳으로 시선이 옮기자 테이블 위에는 센터족 여왕 랭포드가 쿠키를 먹고 있는 모습이 눈에 들어왔다. 곧이어 반인반마의 대표 조세핀이 입을 열었다.

"랭포드? 여왕이면 품위를 지키세요. 죠니의 쿠키는 모두가 나누어 먹어야 합니다. 혼자 독차지하는 건 옳지 못해요!"

쿠키를 먹던 랭포드는 자신의 날개에 쿠키 가루가 묻어 지저분해졌다는 걸 모르는 모양이었고 조세핀의 말을 듣자 헛웃음을 지으며 노려봤다.

"허! 초장부터 장난질한 게 누군데?! 쿠키 두 개를 주머니에 빼놓는 걸 내가 못 봤을 거 같아?! 내가 빙다리 핫바지로 보여!"

랭포드의 말에 모든 시선이 조세핀에게 향하고 꿈 감독관 조로가 말했다.

"그게 사실이야? 조세핀?!"

"시나리오 쓰고 있네. 증거 있어요?!"

조세핀의 이마에서는 식은땀이 흐르고 있었고 많이 불안해 보였다.

"구라 치다 걸리며 피 본다고 누가 그랬는데~."

"누가 가서 오함마 가져와요!!"

흥미롭게 지켜보던 루루와 무무까지 합세하며 분위기가 심상치 않아지자 대뜸 줄리가 끼어들며 입을 열었다.

"저기… 쿠키가 문제라면…."

숨 막히는 상황 속 모든 시선이 쥴리에게 집중됐다. 쥴리는 주섬주섬 가방을 뒤지더니 엄청난 양의 쿠키를 꺼내 보였다.

"저에게 많아요! 회의 간다고 해서 크리스 님께 받아 왔어요!!"

* * *

한바탕 쿠키 소동이 끝나고 모두가 만족할 만큼 쿠키를 먹고 나서야 쥴리는 자리에 앉을 수 있었다. 고위직 임원들이 흡족한 얼굴을 확인하니 괜스레 뿌듯함이 느껴졌다.

테이블 위에는 쿠키 외에도 먹음직스러운 등갈비부터 연어회, 슈크림빵, 키위 소스를 곁들인 샐러드까지 많은 음식들이 침샘을 자극해 왔다.

지난번 재판에서 보지 못했던 치매센터장 쉬프와 기억전당포의 세바스찬도 자리를 빛내고 있었고 아직 회의가 시작하지 않았지만 쥴리의 가슴은 심히 요동치고 있었다.

"모두들 바쁘실 텐데 이렇게 회의에 참석해 주서서 감사합니다."

자리에서 일어난 윌리트는 고개 숙여 인사하며 회의의 시작을 알렸고 한 명씩 시선을 옮기고 나서야 다시 말을 이었다.

"이번 회의에 주최를 맡은 윌리트입니다. 우선, 각자 애로 사항을 이야기해 보려 합니다. 애로 사항이 있다면 손을 들고 이야기 해 주세요."

윌리트의 질문에 조심스레 쉬프가 손을 들었고 자연스레 시선이 집중되고 모두가 쉬프의 말을 기다렸다.

"현재 저희 치매센터에 있는 주인을 잃은 기억들이 점점 늘어나고 있습니다. 창고에는 이미 수용하기 힘들 정도로 애를 먹고 있습니다. 부디 작은 도움이라도 괜찮으니 도와주셨으면 합니다."

쉬프는 말을 끝내고 자리에서 일어나 고개 숙여 부탁했고 회의장은 순식간에 숙연해졌다. 치매센터는 주인이 없는 기억들이 모이는 곳이자 기억들의 묘지라고 불리는 곳이었다. 아름답고 행복한 기억들이 사라지는 마음 아픈 곳이기도 했다. 안타까운 마음에 초로 만들어 보려 했지만 성질 자체가 달랐던 탓에 실패했고 초에 관해 양대 산맥이라 불리는 윌리트와 루루&무무조차도 단 한 번도 성공하지 못했다.

숙연해진 분위기 속 침묵을 깨트린 것은 조세핀이었다.

"주인을 잃은 기억들은 시간이 지나면 소멸되지 않나요? 그 시간을 단축시킨다면 해결될 문제일 거 같은데…."

"소중한 말씀 감사하지만 치매센터에 모인 기억들은 하나같이 아름답고 황홀한 기억들입니다. 그런 기억들이 한순간에 사라지는 걸 본다면 그런 결정을 내릴 순 없어요."

마땅한 해결 방안을 찾기는 쉽지 않아 보였고 두 손을 모은 채 킹이 말했다.

"여기서 쉬운 일을 하는 사람은 아무도 없습니다. 쉬프? 고집을 부릴 때가 아니에요. 방법이 소멸이라면 어찌할 방도가 없습니다."

킹의 '고집'이란 단어가 쉬프에게 전해지자 쉬프는 화들짝 놀라며 반론했다.

"고집이라니! 기억이 무슨 죄입니까?! 한때는 빛났던 기억이에요. 윌리트! 루루&무무! 그대들도 보지 않았나요? 치매센터에 있던 기억들을요."

루루&무무, 윌리트를 번갈아 응시한 쉬프는 매우 간절해 보였고 지켜보던 모두를 안타깝게 만들었다. 콜린 퍼스마저 굳게 입이 닫힌 채 덥수룩한 수염을 만지고 있을 뿐이었다.

"그건 그렇지만…. 몇백 년간 연구했지만 초로 만드는 건 불가능에 가까워요. 치매센터에 있는 기억들은 온전하지 못하거나 조작된 기억들도 많습니다. 더 나아가 시간과 노력을 투자하기에는 득보다 실이 큽니다."

쉬프가 원했던 답변이 아닌지 고개를 떨구고 말았고 힘이 쭉 빠진 듯 기운이 없어 보였다.

"제 생각은 다릅니다."

"저도요."

루루&무무가 동시에 손을 들어 말했고 떨어졌던 쉬프의 고개가 다시 돌아왔다.

"윌리트 자네도 봤지 않았나요? 기억이 사라지는 순간 잠깐이지만 그 기억을 볼 수 있습니다."

"정말 환상적이고 아름다웠지!"

"그게 어떻다는 거죠?"

윌리트는 이해할 수 없다는 표정을 지어 냈고 말을 덧붙였다.

"저도 그게 매우 마음이 아프지만 그렇다 해도 초로 만드는 건 불가능합니다!"

"초로 만들자는 게 아닙니다!"

"생각을 달리 해 보세요! 그게 어렵다면 관점을 바꾸어 봅시다."

루루와 무무는 서로 번갈아 말하며 마치 짜여진 각본처럼 이야기했고 모두가 경청하고 있었다.

"치매센터에 기억은 반드시 소멸하는 운명을 가졌다고 봐도 무방합니다. 비록 소멸할 때 큰 폭발이 일어나지만 기억의 초와 감정의 초보다 더 생생한 기억과 감정을 잠시나마 보여 주고 떠나죠."

"우린 그걸 이용하자는 겁니다! 치매센터에 기억의 전시장을 만드는 거예요. 초보다 생생한 기억을 마주하고 수많은 감정을 느낄 수 있는 전시장."

"소멸하는 기억이 아프고 안타까운 건 사실이지만 관점을 다르게 본다면 새로운 기억의 시작이기도 합니다."

"저희 루루&무무 자매는 전시장 건설에 이미 금전적 지원을 결정했습니다."

루루와 무무가 의견이 내비추자 회의장은 소란스러워졌고 고민에 빠져 있던 콜린 퍼스의 얼굴에 생기가 돌아왔다. 그들의 의견이 꽤나 마음에 든 모양이었고 한참을 고민하던 킹이 제일 먼저 질문을 던졌다.

"아무리 루루와 무무라고 해도 건설 비용을 전부 지원하는 건 무리일 텐데요? 좋은 방법이라도 있는 겁니까?"

"함께해 주신다면 감사하겠습니다. 미리 말씀 드리지만 전시장 입장료는 무료입니다. 꿈을 꾸는 사람과 동물들 또, 저희 시민 모두가 이용하는 시설을 만들 계획입니다."

"이봐. 우리가 자선 사업가는 아니지 않나?"

루루의 말이 터무니없다고 생각한 조로가 말했다. 곧이어 콜린 퍼스가 입을 열었지만 말 대신 기침이 터져 나오고 말았다. 연신 기침을 내뱉은 콜린 퍼스가 목을 가다듬고 말했다.

"그렇다고 이익을 추구하는 사업가는 더더욱 아니지. 이보다 더 좋은 방법이 있겠나? 나와 의견이 같다면 손을 들어 보게!!"

콜린 퍼스의 대답은 이미 결정된 일이었고 뒤따라온 질문에 기대하는 눈치였다. 소란스러웠던 회의장이 침묵에 빠지고 고민을 하고 있는지 각자 생각할 시간이 필요해 보였다.

"풍족해서 베푸는 게 아니라 베푸니깐 풍족해지는 거죠."

당당하게 손을 들며 윌리트가 말했다. 윌리트를 기점으로 내려가 있던 고위직 임원들의 손들이 하나둘씩 올라오고 거의 모든 임원들이 동의하는 명장면이 만들어졌다.

쉬프는 만족을 넘어 감격스러운지 눈물까지 보이며 모두에게 감사한 마음을 어떻게 전해야 할지 고민에 빠진 채 첫 번째 애로 사항이 끝이 났다.

"그럼 이번 애로 사항은 루루&무무 부인과 치매센터 쉬프 님께서 담당해 주시면 감사하겠습니다. 그럼 다음 애로 사항 있습니까?"

윌리트는 MC처럼 상황을 정리하고 다음 차례로 넘어갔다. 윌리트의 말이 끝나기 무섭게 꿈 감독관 조로가 손을 들고 목을 가다듬었다.

"현재 길거리에 마스크가 굉장히 많이 버려지고 있습니다. 이건 모두가 알고 있는 사실이지요. 도로, 인도, 식당, 병원, 장소를 가리지 않고 모든 곳에 마스크가 버려져 있습니다. 치워도 치워도 끝이 없죠."

조로가 가슴속의 응어리를 털어내듯 숨조차 쉬지 않고 말했다. 아무래도 모두가 공감하는 부분인지 고개를 끄덕이는 고위직 임원들을 손쉽게 찾아볼 수 있었다.

딜리트 메모리에서도 마스크 때문에 고생을 하고 있는 것도 사실이었다. 무슨 일인지 환자와 손님 너 나 할 것 없이 마스크를 착용하고 있었고 그로 인해 바닥에는 늘 마스크가 지저분하게 버려져 있었다.

"현재 지구에는 코로나바이러스가 유행 중이라고 하더군요."

킹이 두 손을 모으며 말했다. 킹 역시도 지금까지 애를 먹고 있는지 곤란한 얼굴로 말을 덧붙였다.

"코로나라는 바이러스로 인해 많은 인명 피해가 일어나고 있으며 저희 저승사자 역시도 밤낮을 가리지 않고 일하고 있습니다."

쥴리는 인명 피해라는 소리를 듣자 심각성을 깨닫고 안타까워하며 주위를 둘러보자 본인과 같은 표정을 지은 임원은 없다는 걸 깨달았다. 숙연해진 분위기에 콜린 퍼스가 손을 들며 말했다.

"모두들 안타까운 마음에 속으로 애도를 표현하고 있군요. 저 역시도 마찬가지입니다. 하지만 이겨 낼 겁니다. 언제나 그랬듯이 말이죠. 지금까지 코로나 외에도 재난, 재해로 많은 안타까운 일들이 일어났지만 그들은 이겨 냈습니다. 언제 그랬냐는 듯이 일어났고 저희에게 찾아왔죠. 그들은 생각한 것보다 훨씬 강하고 대단한 사람들입니다. 저희는 그저 바이러스를 이겨 내고 평상시로 돌아갈 수 있도록 응원하는 게 다입니다. 길거리에 버려진 마스크는 전용 쓰레기통을 배치하는 건 어떤가요?"

콜린 퍼스의 말이 숙연한 회의장에 전해지자 부정하거나 반론하려는 사람은 존재하지 않았다. 콜린 퍼스의 말대로 메모리 세계에서는 이승에 대해 관여해서는 안 됐고 할 방법도 없었다. 그렇기에 콜린 퍼스의 방안은 최선의 방법이었다.

월리트는 다시 자리에서 일어나며 콜린 퍼스에게 엄지를 치켜세우고는 입을 열었다.

"확실히 좋은 방안이었습니다. 이 부분은 다 같이 힘을 합쳐서 쓰레기통을 배치하도록 하죠. 자, 그럼 다음 애로 사항이 있을까요?"

윌리트는 주위를 둘러보며 다음 애로 사항을 찾았고 이번에는 기억 전당포에 세바스찬이 조심스레 손을 들어올렸다. 윌리트는 세바스찬을 지목하고는 다시 자리에 앉으며 경청의 자세로 돌아왔다.

"현재 저희 기억전당포에 기억을 맡기고 간 손님들이 찾으러 오지 않는 분들이 늘었습니다. 물론 마땅한 해결 방안이 있는 것은 아니겠지만 그래도 이야기하고 싶었습니다. 혼자 고민하는 것보다는 좋을 테니까요."

세바스찬의 말이 회의장을 돌아 킹에게 전달됐을 때 킹이 콜린 퍼스에게 물었다.

"콜린? 좋은 방법 없나? 딜리트 메모리와 비슷한 고민일수도 있을 텐데…."

킹의 물음에 콜린 퍼스는 손끝으로 테이블을 치기 시작했다. 마땅히 좋은 해결 방안은 없어 보였고 콜린 퍼스 외에도 회의장에 있는 모두가 다 같이 고민하는 듯 보였다.

가장 먼저 손을 든 것은 조세핀이었지만 표정에서는 아쉬움이 드러났고 썩 자신이 있지는 않아 보였다.

"이거 다! 할 방안이 나오기 힘든 문제 같습니다. 환자와 손님을 찾아가 이야기할 수도 없는 노릇이고, 그렇다 해서 그 기억들을 소멸시킬 수도 없는 노릇이니까요."

분명 맞는 말이었다. 하지만 조세핀의 말에 세바스찬은 한숨을 내뱉고 말았다. 잠시 후 누군가 조심스레 손을 들어 올렸다. 자신감 없이 보이는 손의 주인은 쥴리였다.

"저희 딜리트 메모리에서도 수술을 예약하고 오지 않는 노쇼 환자들이 존재합니다. 기억의 초를 예약해 두고 오지 않는 손님들도 당연히 존재하죠. 하지만 저희 병원은 그런 환자와 손님을 존중합니다. 더 이상 그 기억에 아프지 않기에 수술을 원치 않는 것이고, 감정을 소비해 가며 원하는 꿈을 꾸고 싶지 않을 뿐이니까요."

쥴리의 말이 끝나고 올라갔던 손은 다시 조심스레 내려왔다. 순간 회의장이 조용해졌지만 이내 콜린 퍼스의 웃음소리가 회의장 전체에 울려 퍼지고 콜린 퍼스가 쥴리의 어깨를 토닥이며 말했다.

"아무래도 원장보다 간호사가 더 나은 거 같네요. 딜리트 메모리와 기억전당포, 완전히 같다고는 할 수 없겠지만 손님이 원하는 거라면 그거면 된 거 아니겠습니까? 안 그런가요? 세바스찬?"

세바스찬을 응시하며 묻자 세바스찬은 고개를 끄덕였다.

"그거면 된 겁니다! 저희 딜리트 메모리 역시도 그거면 충분하지요. 그리고 어쩌면 기억전당포는 손님들에게 있어서 하나의 쉼터일지 모릅니다. 기억을 지우고 싶은 건 아니지만 잠시 동안은 떠올리고 싶지 않은 기억을 맡아 줄 곳이 필요하니까요. 난 기억전당포를 운영하고 있는 세바스찬에게 늘 고마움을 느끼고 있습니다. 고맙네. 세바스찬."

다시 한번 세바스찬을 보며 말한 콜린 퍼스였고 세바스찬은 미소를 지으며 고개만 끄덕일 뿐 별 다른 말은 하지 않았고 왠지 썩 마음에 들어 하는 눈치는 아니었다.

잠시 후 콜린 퍼스는 쥴리에게 박수를 보내고 이어서 킹까지 박수를 치기 시작했다. 회의장에 있던 모두가 차례차례 쥴리에게 박수를 보내자 기쁨과 부끄러움이 동시에 느껴져 어쩔 줄 몰라 하며 얼굴이 빨개지고 말았다.

박수 소리가 멈추고 윌리트가 자리에서 일어나 모두를 집중시켰다.

"그럼 다음 애로 사항이 있는 분이 계실까요?"

주위를 둘러보며 물은 윌리트였지만 이번에는 손을 드는 임원은 없었고 다들 배고픈지 음식에서 시선을 떼지 못하고 있었다.

"아무래도 없는 거 같은데…. 그럼 회의는 여기까지 하고 다 같이 배를…."

"잠시만요."

윌리트의 말을 끊어 내며 다소 정색하는 목소리로 킹이 말했다. 낮고 무거운 목소리에 다소 당황했고 킹의 얼굴을 보자 굉장히 진지해 보였다.

"왜 다들 물어보지 않는 거죠? 여기가 누구 눈치 볼 자리였던가요?"

아무래도 이건 화에 가까운 말투였다. 상황을 쉽게 이해하기 어려웠던 쥴리는 주위를 둘러보자 모두가 킹의 시선을 마주치지 않으려 노력하는 것만 같았다. 모두가 숙연하게 아무 말도 하지 않을 때 콜린 퍼스가 입을 열었다.

"그럼 이야기해 보게. 지금 가위에 눌리는 시민과 손님, 환자들을 설명할 수 있나?"

콜린 퍼스가 킹에게서 시선을 떼지 않고 물었고 킹은 한숨을 내뱉으며 말했다.

"하…. 모두가 무슨 생각을 하는지 알고 있습니다. 저희 저승사자가 가위를 도맡고 있는 것도 사실이고요. 하지만 이번 가위 소동은 절대로 저희 지옥과는 관련이 없습니다."

"증명할 수 있나?"

킹의 대답이 끝나기가 무섭게 조로가 물었고 곧이어 연신 질문이 쏟아져 나왔다.

"현재 가위에 눌린 손님들이 얼마나 되는지는 알고 있어요?!"

"가위를 안전하게 풀 방법은 없는 건가요?"

"이번 가위들로 우리 가게에 손해가 얼마나 큰지 알기나 합니까? 해결 방안은 둘째 치고 이유라도 알고 있어야 하는 거 아니에요?!!"

아무래도 가위 때문에 스트레스가 이만저만이 아니었는지 다들 봇물 터지듯 킹을 쏘아붙였다.

"다들 진정하시죠."

보다 못한 콜린 퍼스가 흥분한 임원들을 진정시키려 노력하였고 다시 한번 한숨을 내뱉은 킹이 말했다.

"확실한 설명을 드리지 못하는 점 죄송스럽지만, 다시 한번 말하겠습니다. 저희 지옥과는 절대 관련이 없는 일입니다."

"증명할 수 있겠냐고 물었습니다."

킹을 노려보며 말한 조로는 킹과 당장이라도 싸움이라도 할 생각인지 눈이 이글거렸다.

"증거를 되면 믿어 주기는 할 겁니까? 당신들 단지, 이 가위에 대해 책임질 사람이 필요한 거 아니에요?! 그래서 지금까지 내가 말을 꺼내기 전까지 조용히 하고 있던 거 아닙니까!"

"그게 무슨 말도 안 되는 소리죠?! 그렇게 하면 우리에게 뭐라도 떨어져요?"

조로는 윽박까지 지르며 반론했고 킹은 테이블을 박차고 일어나 삿대질까지 하며 말했다.

"이번에는 내가 묻도록 하지. 방금 그 말, 증명할 수 있나? 꿈 감독관 조로! 내가 뭐가 좋다고 이런 짓을 벌였을지 논리적으로 이야기할 수 있 겠나?"

상황은 점점 험악하게 흘러가기 시작했고 안절부절못하던 쥴리는 둘을 번갈아 응시하고 있었다. 콜린 퍼스가 자리에서 벗어나 둘에게 말했다.

"당장 그만두지 못하나?! 어른답지 못하게 뭐 하는 짓인가!! 둘 다 그 만하게."

둘을 말리는 콜린 퍼스였지만 여전히 둘의 신경전은 계속됐고 완전히 망쳐진 회의 분위기는 다시 좋아지기는 어려워 보였다. 당장이라도 터 질 거 같은 킹의 손은 떨리고 있었고 조로의 눈동자 역시도 흔들리고 있 었다.

"신경전은 그만두시죠. 아무래도 밖에 큰일이 난 거 같습니다."

둘의 신경전에 윌리트가 끼어들더니 모두를 집중시켰다. 잠시 후 윌 리트 주위에 페니의 모습이 보이고 페니는 몹시 초조해 보였다. 다시 윌 리트가 말을 꺼내려는 순간 회의장의 문이 열리고 숨을 급하게 몰아쉬 는 막시무스와 저승사자의 론이 뛰어 들어와 동시에 외쳤다.

"큰일입니다! 콜린 퍼스 님!"

"큰일입니다! 킹 님!"

***

콜린 퍼스와 윌리트, 킹을 비롯한 회의에 참석한 모든 임원들이 곧장 윌리트의 초가게에서 빠져나오자 경악을 금치 못했다. 당장 눈에 담기고 있는 모습을 어떻게든 부정하고 싶었지만 몇 번을 다시 봐도 똑같았다.

아까와는 비교도 되지 않을 정도로 길거리에 있는 시민들이 가위에 눌린 채 고통스러워하고 있었고 시간이라도 멈췄는지 모두가 일절 움직이지 않았다. 시선을 옮겨도 똑같이 가위에 눌려 괴로워하는 시민들에 줄리는 당장이라도 눈물이 날 지경이었고 다른 인원들도 별반 다르지 않았다. 이미 가위의 수준이 재난에 가까웠고 메모리 세계가 완전히 멈춘 거나 다름이 없었다.

"이게 대체 무슨 일인가요?"

꿈 감독관 조로가 완전히 넋이 나간 채 누구라도 좋으니 자신의 질문에 대답해 주길 원해 보였다.

"일단 마스크 먼저 착용하시겠습니까?"

막시무스는 급하게 자신의 재킷 주머니에서 마스크를 꺼냈고 윌리트의 초가게 센터족 직원들이 황급히 마스크를 나누어 주기 시작했다. 자신보다 몇 배는 큰 마스크를 힘겹게 들고 있는 센터족 역시도 마스크를 착용하고 있었고 킹에게 마스크를 권하는 센터족이었지만 킹은 정중히 거절했다.

"이게 무슨 일인가. 막시무스."

마스크를 착용한 콜린 퍼스가 다급하게 물었다. 하지만 이미 회의에서부터 무리한 모양인지 아까보다 훨씬 더 힘이 들어 보였고 기침을 참느라 애쓰는 모습까지 보였다.

"지금 메모리 세계에 수상한 바이러스가 돌기 시작했습니다. 바이러스에 감염된 시민들은 가위에 눌려 괴로워하고 있고요…. 그런데… 더 큰 문제가…."

막시무스는 뭐라 말을 해야 할지 말하기 어려워 보였다. 말을 제대로 잇지 못하고 머뭇거리자 참다 못 한 콜린 퍼스가 막시무스의 어깨를 잡으며 말했다.

"한시가 급하니 숨기지 말고 이야기해야 합니다. 막시무스!!"

고개를 떨군 막시무스는 차마 고개를 들지 못하였고 찰나였지만 그의 눈에서는 따뜻한 눈물이 흘러내렸다.

"죄송합니다…. 콜린 퍼스 님, 현재 딜리트 메모리의 손님, 환자 모두가 가위에 눌린 상태입니다. 면목 없습니다."

고개를 들지 못하는 막시무스는 모든 게 자신의 탓이라 생각하는 모양이었다. 그런 막시무스를 본 콜린 퍼스와 줄리는 동시에 딜리트 메모리로 전속력으로 달려갔다.

한 치의 망설임 없이 딜리트 메모리의 정문을 연 콜린 퍼스는 한 발자국 안으로 내딛자 기침을 연신 내뱉었다. 이미 콜린 퍼스의 체력은 바닥에 가까워 보였지만 그의 눈에 담긴 자신의 병원은 처참하다는 말밖에 나오지 않았다.

이미 가위에 눌려 괴로워하는 환자와 손님들, 시민들까지 딜리트 메모리를 가득 채우고 있었고 신음 소리와 비명 소리가 난무하고 있었다. 간혹 화들짝 놀라며 가위에서 깨어나는 손님도 보였지만 이미 몸 상태는 최악으로 보였다. 딜리트 메모리 건물이 비명을 내지르는 것만 같았다. 잠시 후 뒤따라온 임원들은 딜리트 메모리 상황을 보자 황급히 자신의 가게로 향하는 듯 보였다.

"모두 제 불찰입니다."

콜린 퍼스 앞에서 90도로 고개 숙인 막시무스는 죄책감이 극에 달했는지 몸이 떨리기까지 했다.

"자네 잘못이 아니네. 너무 자책하지 말게."

힘겹게 막시무스의 어깨를 위로하며 말한 콜린 퍼스였지만 이미 죄책감으로 떨어질 때로 떨어진 자존감은 다시 회복되기 힘들어 보였다.

직원들은 가위에서 깨어난 시민을 케어하고 아직 가위에서 벗어나지 못해 괴로워하는 환자와 손님들을 케어하느라 정신없이 바빠 보였다. 그중 화이트와 함께 표정이 좋지 않던 크리스의 고개가 돌아가고 콜린 퍼스를 확인하자 빠르게 다가오기 시작했다.

쥴리는 당장이라도 "크리스 님!!"이라며 이름을 부르고 싶었지만 크리스의 표정을 보자 차마 그럴 수 없었다. 이미 얼굴에 화가 치밀어 올라와 있었고 크리스의 발걸음이 서서히 느려지고 콜린 퍼스의 앞에 멈추어 입을 열었다.

"지금 이게 무슨 일이죠?"

"바이러스 때문이라 하는군⋯."

힘겹게 대답한 콜린 퍼스는 혼자 힘으로 서 있기 힘든지 순간 다리 힘이 풀렸고 급히 막시무스가 잡아 주었다.

"제가 그걸 몰라서 묻는 걸로 보이십니까?"

정색까지 하며 과하게 콜린 퍼스를 몰아붙이는 크리스의 말은 모두를 당황하게 만들었고 안 그래도 칙칙해진 분위기에 이제는 싸늘한 한기가 도는 것만 같았다.

"크리스 님⋯ 진정하시고⋯."

보다 못한 쥴리가 빨리 상황을 무마하기 위해 크리스의 손을 잡으며 말했지만 크리스를 잡은 손이 허공을 가르고 완전히 나가 떨어졌다.

"닥쳐, 쥴리! 지금 병원이 이 꼴이 날 때까지 뭐 하시고 계셨습니까!!"

"크리스 님! 콜린 퍼스 님은 회의에 참석하고 있었습니다!"

크리스의 고함에 이번에는 막시무스가 막아 보려 했지만 크리스의 날카로운 눈빛이 자신에게 날아오자 시선을 피하고 말았다.

"미안하네. 내가 안일했네…."

"당신이 이 병원의 원장이시면 적어도 길거리에 가위에 눌린 시민을 봤을 때! 병원을 나가기 전에 보신 가위에 눌린 손님을 봤을 때! 조치하셨어야 했습니다. 전 당신한테 그렇게 배웠으니까요."

크리스는 도저히 화를 참아 내기 어려워 보였다. 하지만 이건 명백히 콜린 퍼스만의 잘못은 아니었다. 절대로 콜린 퍼스가 책임지고 해결해야 할 문제도 아니었다. 쥴리는 그렇게 생각하고 크리스와 콜린 퍼스의 사이를 가로막으며 크리스를 쳐다보며 말했다.

"아무리 그래도 이건 콜린 퍼스 님만의 잘못은 아닐 텐데요!"

"그건 나도 동감이에요. 쥴리 양."

순간 뒤쪽에서 낯익은 목소리가 들려오고 자연스레 시선이 뒤로 향했을 때 그곳에는 킹이 서 있었다. 킹은 모여 있는 직원들과는 다르게 근심 걱정이 없어 보였다.

"이거 한번 보시겠어요? 이게 말이죠…."

킹은 자신에게 집중된 시선을 확인하고 손에 쥐고 있던 물건을 모두가 볼 수 있도록 하늘 높이 들어 올렸다. 손에는 어두운 자두색의 길고 얇은 일심향을 쥐고 있었다.

"이건 저희 물건과 몹시 비슷한 일심향입니다. 자세히 말하면 죄를 지은 영혼들을 벌할 때 사용하는 물건이지요. 이 일심향의 연기를 들이마시게 되면 지독한 가위에 눌리게 되는데…. 참 이상하죠? 어째서 이게 여기에 있는 거죠? 정문 바로 위에서 타고 있던데요?"

킹의 말이 끝나기 무섭게 줄리를 지나친 크리스는 막을 새도 없이 킹의 멱살을 잡으며 말했다.

"네 짓이지?!"

"인사가 굉장히 격하군요. 크리스 군?"

"바른대로 말해. 네가 꾸민 짓이지?!"

"크리스 군, 저를 의심하는 행위는 잠깐만 이해해 주도록 하죠. 자세히 보세요. 저희가 사용하는 일심향은 녹색이지만 이건 자두색이죠?"

"지금 그걸 묻는 게 아니잖아!!"

모든 상황을 지켜보고 있던 빅토르와 화이트가 달려와 크리스를 말려보려 했지만 크리스는 놓을 생각이 없어 보였다.

"경고하겠는데, 감당할 수 있는 행동만 하세요."

더 이상 킹도 참지 못하겠는지 크리스를 노려보며 말했다. 순간 건물 전체에 강한 바람이 불어오고 바람이 멈추자 킹의 뒤로 수많은 저승사자들이 자리해 있었다. 당장이라도 크리스를 잡아채 머리를 바닥에 처박고 싶어 하는 저승사자들은 크리스를 노려보고 있었다.

"당장 그만두지 못해!!!"

상황이 심각해지자 콜린 퍼스가 큰 소리로 외쳤고 고함 소리는 딜리트 메모리 전체를 휘감아 귀를 막지 않으면 고막이 아플 정도로 강력했다. 자연스레 크리스가 멱살을 놓았고 콜린 퍼스는 힘겨운 숨소리로 둘을 응시하고 있었다.

"어서 돌아가 주게. 킹, 크리스의 만행은 내가 다음에 사죄 하도록 하지."

킹은 망가진 옷가지를 정리하고는 고개를 끄덕였다. 잠시 후 딜리트 메모리의 정문이 열리고 킹과 저승사자들이 속속히 건물을 빠져나갔다.

"딜리트 메모리 원장, 콜린 퍼스가 전합니다. 모든 직원분들은 마지막까지 가위 환자에게 최선을 다해 케어해 주시기 바랍니다. 그리고 철저히 딜리트 메모리로 들어오지 못하도록 통제해 주시기 바랍니다."

콜린 퍼스는 마지막 젖 먹던 힘까지 쏟아냈고 직원들은 안타까운 눈으로 콜린 퍼스를 바라보며 무언의 동의를 건넸다.

"그리고 크리스? 당장 내 방으로 오세요."

* * *

자신의 방으로 향하는 콜린 퍼스는 뒤따라오는 크리스는 신경도 쓰지 않은 채 힘겹게 발걸음을 재촉했다. 크리스는 담담하게 뒤따라갔지만 아무래도 방에 도착해서는 좋은 말을 듣기에는 이미 불가능에 가깝다는 것을 본능적으로 알 수 있었다.

강하게 사무실 문을 열고 들어간 콜린 퍼스는 크리스를 노려봤고 크리스가 들어오자마자 다시 강하게 닫아 버렸다. 이후 크리스의 가슴을 검지손가락으로 밀며 말했다.

"이제 후련한가. 크리스 선생?!"

콜린 퍼스의 질문에 아무런 대답도 하지 못한 크리스는 부동자세를 유지하고 뒷짐을 진 채 앞으로 날아올 폭격을 대비해야 했다.

"후련한가 물었네. 크리스!!"

"아닙니다."

"자네가 나를 질타하는 건 충분히 이해할 수 있었네. 자네의 말이 옳았고! 자네의 행동이 옳았지. 자네 말대로 내가 자네를 그렇게 가르쳤으니!"

크리스를 노려보며 이야기하던 콜린 퍼스는 급하게 뒤를 돌아 사무실 안으로 걸음을 옮겼고 잠시 후 자두색 커튼을 강하게 걷어냈다.

"자네가!! 나에게 저 검은 초를 건넬 때 이야기하지 않았나! 이 병원을 지킬 수 있도록 가르쳐 달라고! 그런데 킹에게 한 자네 행동이, 자네의 말이! 병원을 지키기 위해 필요했던 말인가?!"

모습을 드러낸 크고 새까만 초를 가리킨 콜린 퍼스였지만 어째선지 크리스의 시선은 여전히 바닥만 보고 있었다. 콜린 퍼스는 자신의 책상으로 향하고 힘겨운 숨을 내뱉더니 의자에 앉으며 강하게 책상을 내리쳤다. 지금까지 서 있기도 힘든 모습이었는데 저런 힘이 나온다는 게 놀라울 따름이었다.

"이제 시간이 없네. 난 회기의 시간으로 들어갈 것이고 내가 없는 동안 이곳 딜리트 메모리를 지켜야 할 사람은 다름 아닌 자네라는 것은 알고 있겠지?"

크리스는 고개를 끄덕이며 대답을 대신했다.

"하지만 방금 킹에게 한 행동은 절대로 우리 딜리트 메모리를 위한 행동이라 볼 수 없네. 앞으로 다시는 그런 행동은 보이지 않기를 바라네. 아무리 자네를 좋아하는 킹이지만 도를 넘는다면 분명 가만히 있지 않을 거야."

"알겠습니다."

크리스의 대답이 콜린 퍼스에게 전해지자 그제서야 몸의 힘을 빼며 의자에 누워 버렸고 한숨을 내뱉었다.

"후…. 그리고… 나에게 할 말 없나?"

"…."

분명 콜린 퍼스의 질문을 들었지만 크리스의 입은 굳게 닫힌 채 열릴 기미가 보이지 않았다. 콜린 퍼스는 그의 대답이 나오기까지 기다릴 심산인지 크리스에게서 시선을 떼지 않았다.

"무슨 말인지 잘 모르겠습니다."

"오리발 내미는 것은 자네 성격이 아닐 텐데?"

다시 눈에 힘이 들어간 콜린 퍼스를 보자 아무래도 한 번 더 오리발을 내민다면 용서는 없을 게 분명했다.

"이 세계에 당신의 눈이 없는 곳이 없는 겁니까?"

"그렇다고 봐도 무방하지."

그제서야 크리스의 뒷짐이 풀어지고 걸음을 옮긴 크리스는 콜린 퍼스의 맞은편 의자에 앉으며 머리를 쓸어 넘겼다.

"네. 죠니와 이스터를 만났습니다. 방송도 제가 부탁했습니다. 무슨 문제라도 있습니까?"

"이스터에게서 무편집본 영상을 받았지? 어째서인가?"

"단지, 확실해지면 이야기하고 싶었습니다. 아직은 심증뿐이고 같은 직원을 의심하고 싶지 않았으니까요."

"어느 걸 말인가."

"저희 병원에 사자의 새끼가 들어온 거 같습니다."

크리스의 대답에 콜린 퍼스의 표정이 굳어지고 두 손을 모으며 고민하는 듯 보였다.

"그래서 뭐라도 알아낸 게 있는 건가?"

콜린 퍼스는 얼굴에 그림자가 드리우고 낮은 목소리로 물었지만 크리스의 고개는 좌우를 휘저었다.

"의심되는 사람은?"

"확신이 들 때 이야기하겠습니다."

더 이상 크리스는 이 일에 대해 이야기하고 싶지 않아 보였고 자리에서 벗어났다. 왔던 길을 되돌아가고 문고리를 돌리자 콜린 퍼스의 기침 소리가 들려왔다.

"콜록콜록."

고개를 돌리자 기침에 고통스러워하는 콜린 퍼스가 눈에 들어왔다.

"기침약이라도 드서 보시죠."

"그런 걸로 해결할 수 있는 게 아니란 걸 자네가 더 잘 알지 않나…. 그리고, 앞으로는 그렇게 해 주게. 확신이 들지 않는다면 섣불리 행동하지 말게나. 킹에게 한 행동은 그렇지 못했으니…."

"잘 알겠습니다."

"그리고 문 좀 열어 주겠나? 알맞게 온 거 같구나."

콜린 퍼스의 말이 무슨 말인지 이해하기 어려웠고 문고리를 돌려 문을 열고 나서야 무슨 말인지 깨달았다. 문 앞에는 알록달록한 앞치마를 입은 채 안타까운 눈빛을 보내고 있는 하마가 나타났다. 금방이라도 눈물을 흘릴 거 같은 하마는 크리스를 밀어 버리고는 안으로 들어와 곧장 콜린 퍼스에게 다가갔다.

"괜찮으세요…? 콜린 퍼스 님, 이번에는 좀 늦은 감이 있습니다. 아시죠?"

"그래도 자네가 제때 오지 않았나. 윌리."

＊＊＊

　어젯밤 늦은 시간까지 가위 환자를 케어한 쥴리는 여전히 온몸에 피로가 그대로 남아 있었다. 집에 돌아와 끊임없이 올라오는 기사와 뉴스는 쥴리를 잠들지 못하게 만들었다. 이미 많은 시민들이 가위에 눌려 괴로워하고 모두 공포에 떨고 있었고 집에서 한 발자국도 나오지 않겠다는 의견이 이미 70%가 넘어갔다.

　급하게 기자 회견을 가진 꿈 감독관 조로는 되도록 외출을 삼가 하고 부득이하게 외출을 해야 하는 경우에는 마스크를 반드시 착용하라는 말과 함께 고개 숙여 사과했지만 시민들은 확실한 해결책을 원했다. 공포와 두려움이 화로 바뀌고 고위직 임원들에게 화살이 돌아가기 시작했다. 인터넷 기사 댓글에는 "네가 대신 출근해 줄 거냐.", "내일 출근하지 말라는 건가?", "우리 회사는 내일 출근하라는데?"와 같이 비꼬는 댓글들이 가득했다.

　루루&무무, 그리고 윌리트는 불안해하는 시민들을 위해 초와 식량을 시민들의 집 앞에 배달하는 일을 도맡았고 새벽까지 잠도 자지 않고 시민들을 위해 일했지만 초는 필요 없고 해결책이나 가져오라는 시민들에게 쓴소리를 들어야만 했다.

　출근을 위해 거리로 나온 쥴리는 마스크를 착용하고 있었고 기껏 아침부터 공들인 메이크업이 마스크에 가려지고 마스크에 묻어나오는 화장품은 아침부터 짜증을 불러 일으켰다.

　거리에는 먼지만 돌아다닐 뿐 유령 도시와 별단 다를 게 없었다. 거리에 있던 사람들은 집 문을 걸어 잠그고 한 발자국도 나오지 않았고 모퉁이를 돌아 메모리 사거리로 진입하자 사람들과 동물들이 보이기는 했지만 몇 안 되는 인원들뿐이었다.

아무래도 이곳에 있는 시민들과 동물들은 쥴리와 같이 바이러스도 막을 수 없는 직장인들 같았고 그들은 바이러스보다 생계를 유지해야 한다는 압박감이 더 무서웠을지도 몰랐다.

건물들 사이, 옥상, 식당, 골목길에는 이미 저승사자들이 점령했고 메모리 세계가 저승으로 보이는 착각까지 불러일으켰다. 하지만 가위에 아무런 영향을 받지 않는 저승사자들이 이번 바이러스에 대해 해결책을 찾을 수 있는 유일한 존재이기도 했다.

매일같이 사람들에게 치이고 지옥 같던 출근길이 공원에 산책이라도 나온 것처럼 여유를 가져다주지만 지금 쥴리의 기분은 차라리 그런 지옥 같은 아침 출근길이 그리웠다.

딜리트 메모리의 정문을 열고 안으로 들어오자 순간 싸늘한 한기가 느껴지고 차갑고 날카로운 한기는 뼛속까지 강타했다. 휑한 로비, 생기 없는 꽃과 인테리어, 꺼져 있는 조명, 따뜻한 온기가 더 이상 존재하지 않는 딜리트 메모리는 그야말로 처참했다.

주위를 둘러보던 쥴리는 안내 데스크의 모여 있는 직원들이 눈에 들어왔고 곧장 발걸음을 옮겨 안내 데스크로 달려갔다.

"안녕하세요…."

아무래도 출근한 직원들은 쥴리를 포함해 8명뿐이었다. 여전히 안내 데스크를 지키는 화이트와 막시무스, 제니퍼와 빅토르, 5층의 제니 선생님과 이나 간호사님까지 자리했고 다들 환자 차트로 보이는 서류 한 장에서 시선을 떼지 못하고 있었다. 하나같이 심상치 않은 표정을 짓고 있었고 그중 제일 표정이 좋지 않은 크리스가 깊은 한숨을 내뱉었다.

쥴리의 인사가 무안해질 때쯤 쥴리를 알아차린 막시무스가 힘없이 쥴리에게 손을 흔들었다.

"어서와. 쥴리…."

"다들 무슨 일 있으세요? 다들 표정이 전세 사기라도 당한 얼굴이네요…."

쥴리의 걱정이 모두에게 전해지자 서류에 향해 있던 시선이 쥴리에게 향하고 다소 과한 시선에 안절부절못하는 쥴리에게 한 장의 서류가 불쑥 다가왔다. 쥴리는 서류를 건네받아 서류를 읽기 시작했지만 평범한 환자의 차트와 별반 다르지 않았다. 어째서 심각한 표정을 하고 있는지 도저히 이해가 가지 않자 입이 열리고 말을 내뱉었다.

"이건 그냥… 환자 차트인데요…?"

쥴리의 물음에 제니퍼가 자신의 서류를 쥴리에게 보여 줬고 제니퍼의 환자 차트를 확인했을 때 쥴리는 연신 자신이 들고 있는 차트와 비교했다. 수차례 시선이 돌아다니다 고개를 든 순간 다른 직원들의 차트에도 같은 이름과 성별, 주소지까지 모두 동일하다는 걸 깨달았다.

"내가 딜리트 메모리에서 일하면서 처음 겪는 일이야…. 이게 가능하긴 한 거야? 막시무스?"

제니퍼의 답답함이 막시무스에게 향하고 막시무스도 당황스러운 건 마찬가지였다. 이례적인 일에 의사, 간호사 너 나 할 것 없이 모두 혼란에 빠지고 말았다.

"제니퍼 님께서도 처음 겪는 일이라면 저희도 알 리가 없죠…."

고개를 떨구며 말한 제니는 많이 낙담한 모습이었다. 지나면서 본 게 다인 5층의 제니는 동물의 기억을 담당하고 있었다. 작은 체구와 아담한 손을 보자 아마 처음 보는 사람이라면 그를 어린아이로 오해할 수도 있을 거라 생각했다.

"제니… 너무 낙담하지 말아요. 해결 방법이라도 생각해 봐야죠!"

제니의 옆에 서 있던 그의 간호사인 이나가 서류를 가슴에 품은 채 제니를 위로했다.

"흠…. 그럼 정리해 봅시다."

애써 힘을 내 보려는 막시무스가 모두를 집중시켰고 빠르게 다음 말을 꺼냈다.

"다들 받은 환자 차트는 앞으로 여러분이 수술해야 하는 환자의 차트가 맞습니다. 그렇죠?"

모여 있던 직원들이 일제히 고개를 끄덕였지만 크리스는 관심이 없는지 여전히 차트에 눈이 고정됐고 다른 생각에 빠진 듯 보였다.

"그런데 2층, 3층, 5층 모두가 같은 환자인 거죠?"

"으음으음…."

고개를 휘저으며 부정하는 제니퍼가 할 말이 있는지 검지손가락을 치켜세우며 말했다.

"나는 이제 3층의 의사가 아니야!"

"아… 죄송합니다. 제니퍼 선생님. 아무튼!"

막시무스가 다시 말을 이어 나가려는 도중 크리스는 갑자기 발걸음을 옮겼고 모두의 시선이 자연스레 크리스에게 향했다. 안 그래도 좋지 못한 분위기에 크리스라는 똥이 더해진 기분이었다.

"잠깐만요. 선생님!!"

급하게 크리스에게 달려간 쥴리가 크리스를 붙잡았지만 크리스의 표정을 보자 쥴리는 순간 굳어지고 말았다. 단단히 화가 난 것처럼 이글거리는 눈동자를 본다면 아마 모두가 같은 반응이었을 것이다.

"뭐."

"그…. 어…어디 가십니까?"

"망할 영감탱이한테 가야지!"

크리스는 쥴리의 손을 떼어 놓으며 자신에게 집중된 시선의 주인들에게 소리쳤다.

"그런다고 뭐 해결 방안이라도 나와?! 직접 가서 따져야 할 거 아니야!"

크리스는 말이 끝내고는 다시 발걸음을 옮겼고 크리스의 의견에 설득된 직원들은 고개를 끄덕이더니 하나둘씩 크리스의 뒤를 따라갔다.

단숨에 콜린 퍼스의 사무실 앞에 도착한 크리스는 노크도 없이 곧장 문고리를 돌려 안으로 들어갔다. 뒤따라온 직원들도 차례차례 안으로 향하고 마지막으로 들어온 쥴리는 사무실에 들어오자 콜린 퍼스의 사무실이 맞는지 의심하기 시작했다. 쥴리를 제외한 다른 직원들은 동시에 한숨을 내뱉었고 크리스의 주먹은 강하게 쥐어지고 떨리기 시작했다.

콜린 퍼스의 사무실은 전과는 전혀 달랐고 온통 아기 용품들이 가득했다. 한 곳에는 모빌과 아기 침대까지 배치돼 있고 벽에 걸려 있던 콜린 퍼스의 인물 사진은 사라지고 누군가의 신생아부터 유아기, 청소년기, 성인, 노인순으로 전시돼 있었다.

"이봐요!! 누가 노크도 없이 들어와요!!"

사무실 안쪽에서 익숙한 목소리가 들려오고 잠시 후 모습을 드러낸 윌리 아주머니의 품에는 작고 귀여운 아기가 잠들어 있었다. 쥴리와 윌리 아주머니의 시선이 마주치자 서로 동공이 커지고 당황스러움을 숨길 수가 없었다.

"왜 아주머니가 거기서 나와요?!"

"어…. 그…그게…. 오랜만이구나. 쥴리…."

말을 더듬으며 시선까지 피하는 윌리 아주머니는 이상하리만큼 어색한 반응이었다.

"하필 꼭! 지금이어야 했습니까?!"

대뜸 소리를 지르는 크리스는 뭔가를 알고 있는 눈치였고 잠시 후 윌리 아주머니의 품에서 곤히 자고 있던 아기가 깨어나 큰 소리로 울기 시작했다. 아기의 울음소리는 엄청난 데시벨을 자랑했고 고막이 찢어질 듯한 느낌까지 들었다. 도리어 귀를 막고 있던 제니퍼가 소리쳤다.

"아니, 왜! 애를 울리고 그래!!"

"지금 그게 문제야?! 이 상황을 어떻게 할 거냐고!!"

"왜 다들 소리를 지르고 그래요!!"

답답함에 짜증이 더해지고 직원들은 서로를 질타하기 시작했다. 윌리 아주머니는 큰 소리로 울고 있는 아기를 달래 보지만 한 번 울기 시작한 아기를 달래는 건 여간 쉬운 일이 아니었고 윌리 아주머니 역시 굉장히 힘들어 보였다.

"콜린!!!!!!!!!!"

순간 뒤에서 큰 소리가 들려오고 이번에도 익숙한 목소리였다. 단번에 누군지 알 수 있었던 쥴리는 잠시 후 콜린 퍼스의 방 안으로 달려 들어온 킹을 보자 이제는 그리 놀랍지도 않았다.

느닷없이 나타난 킹은 윌리 아주머니의 품에서 울고 있는 아기를 뺐

다시피 안고는 달래기 시작했다. 건물이 울릴 정도로 울던 아기는 킹에게 안기자 언제 그랬냐는 듯이 금세 울음을 멈추며 얌전해지고 킹을 보며 환하게 웃기 시작했다.

"드디어!!! 회기의 시간을 맞이했구나. 콜린!!"

"다아닫다!"

킹은 아기를 보며 굉장히 행복해 보였고 연신 "오구오구."거리며 마치 자신의 아이마냥 아빠의 모습을 하고 있었다. 귀를 막고 있던 직원들은 손을 떼어내고 킹에게 다가가 물었다.

"이게 대체 무슨 일이죠…? 이 아기가 콜린 퍼스 님이라는 겁니까?"

아기에 한눈이 팔린 킹은 쥴리의 질문을 듣지 못했는지 여전히 아기에게서 시선을 떼지 못하였고 잠시 후 아기를 윌리 아주머니께 건네주고 나서야 쥴리의 질문에 대답했다.

"많이 당황스럽겠지만 저와 콜린 퍼스는 생을 다하면 다시 신생아로 돌아갑니다. 우린 그것을 회기의 시간이라고 부르지요. 너무 걱정하지 마세요. 콜린도 금방 자랄 겁니다!"

뭐가 그리 즐거운지 얼굴에는 웃음꽃이 피어나고 말투는 아무 문제없다는 듯이 이야기했다. 그 모습을 지켜보고 있던 직원들의 얼굴에서 분노가 치밀어 오르기 시작했다.

"그럼 윌리 아주머니는 왜 여기에 계신 거죠?"

"쥴리, 이해하기 힘든 건 알겠지만 그건 저에게 물어볼 질문이 아니에요. 아쉽게도 콜린은 회기의 시간으로 들어갔고 지금부터 콜린 퍼스의 권한은 자연스레 2층의 주인인 크리스에게 넘어갑니다. 제가 답해 줄 수 있는 건 이게 답니다."

킹이 크리스를 가리키며 말했지만 크리스는 고개를 돌리며 내키지 않아 보였다.

"쉽게 말하지 맙시다. 저승사자 씨."

지켜보고 있던 제니가 킹에게 무서운 눈을 하고서 말했고 말속에는 감정이 섞인 말투였다.

"당신은 아기를 보며 히히덕거려도 되겠지만 저희 딜리트 메모리는 비상사태입니다. 밖에는 바이러스로 시민들이 두려움에 떨고 있고 저희 병원에서는 한 번도 없었던 일이 일어났어요. 적어도 여기에서는 남일이라 생각하고 태평하게 말하지 마세요."

제니의 말투와 눈빛이 다소 지나치게 차가웠고 제니의 시선이 마주친 킹의 얼굴에서 씁쓸한 미소가 일어났다.

"일단 자리를 옮기도록 하죠. 할 이야기도 있습니다. 그리고 쉽게 생각하지 않습니다. 제니 양."

걸음을 옮겨 문 앞에 도착한 킹은 문고리를 돌리며 다시 입을 열었다.

"그리고, 콜린 퍼스가 그리 무책임하게 행동할 사람은 아니지 않습니까? 콜린 퍼스는 여러분을 믿고 회기의 시간에 들어간 겁니다. 제니양? 당신의 옛 보호자로서 말하겠지만 말 속에 사적인 감정은 빼도록 하세요."

***

다시 로비로 돌아온 직원들은 안내 데스크에 기대어 한참 동안 생각에 빠진 킹을 그저 바라보고만 있었다. 막시무스와 화이트는 자신의 주거지가 점령당한 사람처럼 도끼눈을 한 채 킹을 째려봤다.

"그래서 할 말이 뭔데요?"

용기 내어 말한 빅토르의 말은 분명 킹에게 전해졌지만 킹은 바로 대답하지 않았고 여전히 깊은 생각에 빠져 있었다.

"저기요. 킹 씨? 이러다 밤이라도 새실 생각이세요?"

제니퍼가 킹에게 다가가 물었다. 그제서야 킹은 몸을 바로하고 자신에게 쏟아지고 있는 날카로운 시선을 깨달았다.

"아… 미안합니다. 콜린 퍼스에게 어울릴 만한 모빌을 고민하다가…."

"지금 농담 따먹기 하세요? 저희는 비상인데?!"

"제니 양? 그건 저와 상관없는 일입니다."

킹의 말은 굉장히 싸가지가 없었지만 틀린 말도 아니었다.

"일단 메모리 세계에 바이러스가 돌고 있다는 건 모두가 아는 사실일 겁니다. 저번에 보여 드린 일심향은 기존의 일심향과 감정의 초가 섞여 저도 처음 보는 물건이었습니다. 딜리트 메모리를 떠나 메모리 사거리, 더 나아가 메모리 세계 곳곳에서 발견됐고 앞으로 저승사자들은 이런 짓을 벌인 범인을 찾을 겁니다. 그전까지 모두들 마스크 잘 쓰시기 바랍니다."

"고작 그런 이야기나 하려고 여기까지 왔다고? 그걸 저희보고 믿으라는 겁니까?"

크리스의 짜증 섞인 질문은 도리어 킹을 웃게 만들었고 웃음이 그치고 나서야 다시 입을 열었다.

"하하, 역시 크리스! 맞습니다. 첫 일심향이 발견된 곳은 딜리트 메모리였던 건 모두가 아실 테지요? 다른 곳에서 발견된 초보다 훨씬 강력하고 전염성까지 가지고 있더군요. 그리고 저희 저승에서는 그 사실을 묵인하기로 했습니다. 그러니 딜리트 메모리에서도 묵인했으면 하는 바입니다."

"거래라도 하자는 겁니까? 우리가 왜 그래야 하죠?"

제니가 어이가 없다는 듯이 콧방귀까지 끼며 물었다.

"서로 윈윈 하자는 겁니다. 일심향이 저승의 물건이라는 것을 시민들이 몰라야 하고 그 물건이 딜리트 메모리에서 시작됐다는 사실도 몰라야 하죠. 그리고 제니 양은 이게 거래로 보이십니까?"

제니와 정확히 눈을 맞추고 말한 킹이었다. 아무래도 거래라기보다는 협박에 가까웠다.

"대충 딜리트 메모리도 콜린 퍼스 없이 뭔가를 결정하기는 어렵지 않나요? 수습하거나 결정에 대한 책임질 힘도 없잖아요?"

킹의 질문에 반론을 하거나 부정할 수 있는 사람은 없었다. 오히려 킹의 시선을 피하며 분함의 자신의 입술을 깨물 뿐이었다. 이미 킹의 질문에 대한 답변은 그런 모습들이 대신해 주었다.

"그럼 전 이만 가 보도록 하죠."

킹은 뒤를 돌아 딜리트 메모리의 정문으로 향했고 손을 흔들며 인사까지 하는 게 여유로워 보였다.

"너무 걱정하지 마세요. 콜린 퍼스는 금방 돌아올 겁니다. 그래도 실망이네요…. 메모리 세계에서 이름 좀 날리는 의사와 간호사가 콜린 퍼스 하나 없다고 이리 나약하다니…. 나 때는 안 그랬는데…."

뒤도 돌아보지 않은 채 말한 킹의 말은 정확히 직원들의 가슴에 강한 폭탄을 떨어트렸다. 이후 정문의 문을 활짝 열었고 뒤에서 지켜보고 있던 직원들은 완전히 넋이 나가 아무런 말도 할 수 없었다. 당장 킹이 눈앞에서 사라졌으면 좋겠다고 생각했지만 어째선지 문이 활짝 열렸음에도 킹의 발걸음은 바닥에 고정된 채 귀신이라도 본 사람처럼 그대로 굳어 있었다.

"넌 뭐냐?"

희미하게 들린 킹의 말은 직원들을 향해 하는 말은 아니었다. 뭔가 심상치 않음을 깨달은 직원들은 빠르게 정문으로 뛰어갔고 킹의 앞에 한 여성이 서 있었다. 들고 있던 서류와 여성을 번갈아 응시하던 쥴리가 조심스레 입을 열었다.

"혹시… 오세희 씨?"

"네. 그런데요?"

"어서 오세요. 오세희 씨 여기는….."

"너, 어떻게 왔냐?"

차갑고 무서운 킹의 목소리가 순간 주위를 울리는 것만 같았고 공포감이 밀려 들어왔다.

"현재 모든 꿈은 중지시켰는데 어떻게 이곳에 온 거야!!!"

강한 말투로 말한 킹은 평소보다 더 흥분해 보였고 당장이라도 세희를 잡아먹을 것만 같았다. 당장 중재하지 않으면 무슨 일이라도 벌어질 것만 같았고 쥴리는 다급하게 킹과 세희의 사이를 가로막았다.

"이분은 저희 병원에서 수술받을 환자입니다. 환자에게 고함은 삼가 주세요."

"왜! 어떻게 여기 왔냐고 묻잖아!! 분명 꿈은 막아 뒀다. 그런데 어째서 네가 여기에 들어올 수 있었던 거지?!"

줄리의 만류에도 아랑곳하지 않는 킹은 다시 한번 고함쳤지만 세희는 아무렇지 않는 듯 어떠한 감정도 드러내지 않았다.

"그런데… 그렇게 꿈이라는 사실을 이야기해도 되는 거예요?"

아무런 표정 변화 없이 대답한 세희의 질문은 직원들에게 신선한 충격을 가져다 줬다. 잠시 후 킹은 한숨을 내뱉더니 줄리에게 시선이 옮겨가며 물었다.

"이 자식 내가 데려가도 되지? 당장 저승으로 데려가서 온갖 고문을 해서라도 알아내야겠어."

"그건 절대로 안 됩니다."

"되겠습니까?"

줄리의 부정을 한층 더 어필한 제니가 킹에게 바짝 붙더니 말을 이었다.

"저 사람은 엄연히 살아 있는 사람입니다. 그리고 여기! 여기! 안 보여요?"

제니는 이나가 들고 있던 환자 차트를 빼앗아 킹에게 들이밀었다.

"환자입니다. 딜리트 메모리의 환자이고 딜리트 메모리 안에서는 염라대왕이라도 무력을 행사할 수 없습니다."

제니의 완강한 대답에 자기 뜻대로 되지 않은 킹은 골치가 아픈지 입에서 깊은 한숨이 빠져나오고 고개를 휘저었다.

"하…. 좋습니다. 하지만 미리 이야기하는데 만약 저 인간이 딜리트 메모리 밖을 돌아다닌다면 어떻게 해서든 저승으로 데려갈 겁니다. 부디 이 문 밖에서는 보이지 않도록 해야겠네요."

킹은 제니에게 충고하듯이 말하고는 자신을 가로막고 있던 제니를 지나쳐 밖으로 나갔고 정문은 강한 바람을 일으키며 닫혔다.

킹이 사라지고 난 후, 직원들은 서로를 바라보며 눈빛을 교환하고 있었고 가장 먼저 입을 뗀 건 이나였다.

"말은 이렇게 했지만…. 어떻게 하죠…?"

"일단 세미나실로 이동하자. 물론 저 자식도 함께."

크리스는 세희를 가리키며 말하고 그대로 세미나실로 향하는지 발걸음을 재촉했다. 다른 직원들도 별다른 방법이 없자 크리스를 뒤따라 세미나실로 향했다. 세마실로 가는 동안 직원들의 발걸음이 무겁게만 느껴지고 머리에는 복잡한 생각들로 가득했다. 난데없는 환자와 방금 전 뼈를 때리는 킹의 말은 직원들의 멘탈을 흔들었고 정신이 돌아오기에는 시간이 필요해 보였다.

세미나실에 도착하자 지난 파티로 인해 여전히 파티의 잔여물들이 그대로 남아 있었고 테이블과 의자는 한쪽에 정리된 채 쌓여 있었다. 밝았던 조명은 어째선지 어둡기만 했고 바닥 여기저기에는 파티에 사용했던 물품들이 지저분하게 널려 있었다.

회의 장소로 사용하기에는 적합하지 못하자 크리스는 막시무스를 노려봤고 막시무스는 애써 시선을 피했다.

"그냥 의자 하나씩 가져와서 앉죠?"

의자가 정리된 곳에 도착한 제니가 말했다. 이후 크리스를 제외한 모두가 의자를 가져와 조명 아래에 둥글게 앉기 시작했고 크리스도 마지못해 플라스틱 의자를 끌고 와 자리에 착석했다. 멀뚱히 쳐다보고 있던 세희도 직원들을 따라 의자를 가져와 앉았고 초상이라도 난 집처럼 분위기가 무겁고 암담하게 느껴졌다.

"그래서 이제 어쩔 거야?"

먼저 운을 떼듯 제니퍼가 물었지만 선뜻 의견을 내는 사람은 없었다.

서로 눈치만 보고 굳게 닫힌 입술은 떨어질 기미가 보이지 않자 막시무스가 먼저 손을 들며 말했다.

"킹 님의 행동을 보았을 때 선뜻 돌려보내는 것도 쉽지 않을 거 같은데요…."

"그건 중요한 게 아니야. 무슨 사정이 있는지는 모르지만 우리가 나설 일은 아니야."

크리스가 차갑게 이야기하고는 직원들을 확인했다. 깊은 고민에 빠진 사람처럼 시선이 바닥에 고정되고 하나둘씩 팔짱을 낀 채 아무런 말도 하지 않았다.

세미나실에 정적이 흐르고 어느 정도 시간이 지나자 세희가 조심스레 손을 들며 입을 열었다.

"저기요…? 저도 어떻게 된 건지 알고 싶은데요…?"

세희의 질문에 마지못해 제니가 대답했다.

"현재 저희 메모리 세계에 바이러스가 퍼져서 이승의 모든 생명들의 꿈이 정지됐습니다. 그런데 지금 오세희 씨가 꿈을 꾸게 되셨고 더 나아가 앞으로 저희 병원에 수술까지 받으러 오시게 됐습니다."

간략하고도 완벽하게 설명에 세희는 이해했다는 듯이 고개를 끄덕였다.

"저도 수술을 받아야 한다는 거군요?"

"이봐요! 그렇게 간단하게 결정할 문제가 아닙니다."

세희의 질문에 격하게 이빨을 드러내듯 빅토르가 말했고 잠시 후 생각 정리를 끝마친 크리스가 입을 열었다.

"난 이번 수술에 대해 반대야. 아무리 콜린 퍼스의 권한이 나에게 있다고 한들 이런 도박은 좋지 않아."

"저도 동의합니다. 건물 밖에는 바이러스로 공포에 떠는 상황에서 저희 병원에서까지 문제를 만들고 싶지는 않아요."

제니도 크리스의 의견에 동의하며 말했고 이제는 돌아가면서 자신의 의견을 이야기하는 것만 같았다. 이번에는 팔짱을 풀어내며 등받이에 기댄 빅토르의 차례였다.

"저는 중립으로 하겠습니다. 제가 결정하기에는 엄두가 안 나네요. 더군다나 지난번 일 때문에 우리 병원이 책임져야 할 일은 피하고 싶습니다."

빅토르의 의견에 직원들의 표정이 어두워졌고 제니퍼가 빅토르의 옆구리를 찌르며 말했다.

"아주 양반 납셨습니다. 네가 주인이냐?"

"주인이란 분을 믿기가 힘들어서요."

"뭐?! 허!"

제니퍼의 헛웃음 소리가 입 밖으로 튀어나오자 직원들의 시선이 제니퍼에게 고정됐고 제니퍼는 자리에서 일어나 빅토르의 어깨를 잡아 눈동자를 마주치며 말했다.

"난 동의하는 입장인데? 아까 킹의 말 못 들었어?! 너희는 부끄럽지도 않아? 분하지 않냐고!! 그리고 콜린 퍼스 님은 우릴 믿고 회기의 시간에 들어갔다고 하잖아!! 우리 직원들을 믿으신다고!"

"제니퍼 선생님, 전 이 환자 차트와 수술동의서를 믿을 수 없습니다. 콜린 퍼스 님께서 3개나 되는 수술을 한 번에 동의한 적은 지금까지 없었고, 회기의 시간에 맞춰서 온 것도 너무 이상해요!"

제니퍼의 의견을 절대로 용납할 수 없다는 듯이 제니가 말하자 제니퍼는 빅토르에게 벗어나 새로운 목표물로 향했다.

"난 복잡한 건 딱 질색이야. 그렇게 머리 굴려 봐야 정답이 나오기나 해? 이 상황에서?! 우리는 우리 일을 하면 되는 거라고."

제니퍼는 제니를 향해 윙크까지 했지만 제니는 귀신이라도 본 것처럼 소스라치며 거부했다. 곧이어 조용히 지켜보던 이나가 손을 들었고 자신의 안경을 고쳐 쓰며 말했다.

"이번에는 저도 제니퍼 선생님의 의견에 찬성입니다. 뭐가 됐든 간에 저희는 환자 차트와 수술동의서를 막시무스 님에게 건네받았습니다. 평소처럼요. 그렇다면 저희도 평소처럼 해야 하지 않을까요?"

"이나!! 그게 무슨 말이야!!"

이나의 말이 끝나자 소리친 제니는 곧장 이나에게 달려갔고 이나는 필사적으로 시선을 피하며 입까지 굳게 닫아 버렸다.

"그럼… 쥴리만 남았네요?"

막시무스가 쥴리를 쳐다보며 묻자 어수선해진 분위기가 조용해지고 모두의 시선이 쥴리에게 집중됐다. 다수결로 정하자는 말은 없었지만 쥴리의 의견을 기다리는 걸 보니 그렇게 할 모양 이었다.

반대 2, 찬성 2. 완전히 쥴리의 의견 하나로 정해질 일이었다. 쥴리가 고개를 떨구며 한숨을 내뱉고 다시 고개를 들어 올리자 여전히 자신에게 집중된 시선이 부담스럽게 다가왔다.

"저… 그…, 저는…."

부담스러운 시선에 대답하기 어려워진 쥴리는 질끈 눈을 감으며 말했다.

"전 찬성입니다!!"

힘주어 감은 눈을 조심스레 눈을 뜨자 찬성과 반대에 대한 의견을 내비춘 직원들은 상반된 얼굴을 하고 있었다. 반대했던 직원들은 뜨거운 시선을, 찬성하던 직원들은 따뜻한 시선을 보내왔다.

"물론, 반대하시는 분들 입장도 충분히 이해합니다. 그런데…저희 의사이고 간호사잖아요. 아픈 환자를 모른 척 돌려보내는 건 저희 본분이 아니라고 생각합니다."

쥴리는 뜨거운 시선들로 인해 눈치 보며 말했지만 말이 끝나자 따뜻한 시선도, 따가운 시선도 사라지고 그저 어안이 벙벙해져 버린 직원들이 눈에 들어왔다. 설명이 부족한 건가 싶은 생각에 자리에서 일어나 다시 말을 이었고 이번에는 자신감도 첨가했다.

"합시다! 저희 의사이고 간호사잖아요! 지금까지 해 왔던 것처럼. 환자를 위해 수술합시다. 그게 우리가 이곳에 있는 이유잖아요!"

쥴리의 말이 끝나자 제니퍼는 웃음을 터트리곤 쥴리에게 어깨동무까지 하면서 친분을 과시하는 거 같았다.

"내가 이래서 쥴리 씨를 좋아한다니깐. 쥴리 말 반박 시 직위 반납."

제니퍼의 장난에 쥴리는 화들짝 놀라며 손사래 치며 부정했고 언제 다가왔는지 화이트가 쥴리의 다리를 툭툭 차며 말했다.

"웬일로 맞는 말을 하네. 쥴리 말 하나 틀린 거 없다."

화이트는 둥글게 모인 모두가 잘 볼 수 있도록 정 가운데로 이동했고 크게 외쳤다.

"내가 의사나 간호사는 아니지만 적어도 아픈 환자를 돌려보내는 짓은 하지 말아야 한다는 건 안다. 콜린 퍼스 님이 보셨다면 크게 실망하셨을 거야!"

모두를 보며 이야기한 것 같았지만 방금 끝의 말은 정확히 크리스를 보고 말했고 화이트는 여전히 크리스에게 시선이 고정돼 있었다.

"네가 틀렸다면?"

크리스의 목소리에는 힘이 들어갔고 줄리 덕에 훈훈해진 분위기가 다시 싸늘해지고 말았다.

"저 환자가 아프지 않다면 말이 달라지지."

자리에서 벗어난 크리스는 세희에게 천천히 걸어갔고 세희의 앞에 도착하자 무서운 눈빛으로 말했다.

"여기에 온 이유가 뭐야!!"

02

헌신적인
사랑

조심스레 떠진 눈은 아직 현실인지 꿈인지 알아차리기 어려웠고 멍하니 떠 있는 눈에는 흰색의 천장만이 보이고 있었다. 몇 시쯤 됐을까. 낮인지 밤인지 분간이 가지 않았다. 정신이 점점 돌아오는 것을 느끼고 고개를 돌려 커튼을 바라본다.

커튼 사이로 들어오는 가로등 불빛이 밤이라는 것을 알리고 천천히 상체를 들어 올리자 공허함이 준비라도 하고 있던 모양인지 깨어난 나에게 달려들었다. 무기력과 무의욕들이 나를 잠식하지만 늘 그랬던 것처럼 개의치 않는다.

두리번거리다 안방에서 잠을 청했다는 사실을 깨닫는다. 어째서 안방에서 잠이 들었는지는 모르겠지만 나에게 있어서는 굉장히 위험한 일이었다.

"하…."

나지막하게 입에서 나온 한숨은 의도하지 않았지만 뭔가 지금의 나를 대변하고 있다. 퀸 사이즈의 침대는 혼자 쓰기에 너무 크고 널찍한 안방은 나랑 전혀 맞지 않았다.

긴 밤 꿈속에서는 누군가와 회의를 하는 듯한 기억이 미세하게 떠오르지만 기억해 내려 할수록 멀어져 가는 느낌이었다. 한 줌의 연기처럼 사라져 가는 꿈의 기억은 어둡고 칙칙한 기억으로 뒤바뀌었고 좋지 않은 기억들이 피어 올라왔다.

피어오른 기억들을 지우기 위해 고개를 휘젓다 침대 옆에 놓인 화장대 거울이 눈에 들어왔다. 알 수 없는 이질감, 허전함으로 절여진 내 모습이 지금의 상황을 온전히 보여 주고 있다.

팔을 뻗어 화장대에 놓인 핸드폰을 낚아챘다. 핸드폰은 잠들기 전과 똑같이 지저분한 알림들과 부재중 전화, 수십 개에 문자 메시지들로 가득했다. 정리를 하려다가도 이내 포기해 버리고 핸드폰을 무심하게 던져 놓는다.

잠에서 깨어나 의미 없는 시간들을 보내고 나서야 두 발이 방바닥에 닿았다. 서늘한 기운이 발바닥에서부터 뇌까지 전해 오고 소름끼치는 싸늘함을 뒤로하고 화장실로 향한다. 볼일을 보는 사이 화장실 문 너머로 익숙한 목소리가 들려온다.

"자기야~ 나도 화장실…."

분명 남자의 목소리다. 최근 부쩍 들려오는 이 목소리는 나를 미치게 만든다. 꼭 안방에서 자고 나면 들리는 이 소리는 이상하리만큼 익숙하다. 이번에도 문을 열면 아무것도 없다는 것을 알고 있지만 왠지 모르게 기대하게 만든다. 조심스레 화장실 문을 열어 보지만 역시나 이번에도 아무것도 없다.

"시발…."

이제는 귀신이라도 좋으니 누군지 알고 싶은 심정이다. 한숨과 욕이 저절로 나오고 손을 씻는데 다시 한번 거울에 내가 눈에 들어온다. 며칠 동안 감지 않은 머리와 생기 없는 입술, 맹한 눈동자. 폐인이라는 단어가 완전히 나를 뜻하는 단어이며 폐인이 곧 나이기도 했다. 다시 한번 한숨이 저절로 입 밖으로 튀어 나온다.

"하…."

화장실에서 나와 온기 없는 거실을 보자니 발걸음이 떨어지지 않았다. 딱히 할 일도 없는 저녁 시간에 일어나 집 거실을 보고 있으면 몹시나 괴로웠다. 혼자 쓰기에는 너무나 큰 거실과 먼지가 쌓인 소파, 한곳에 널브러진 강아지 장난감은 여전히 나를 괴롭히고 있다. 이미 따뜻한 온기도 없으며 영혼이 빠져나간 사람과, 폐가에 가까운 집은 사람이 살 곳이 아니었다.

순간 숨이 "턱!" 하고 막혀 오고 이대로는 도저히 안 됐다. 바닥에 아무렇게나 놓인 모자 하나를 주워 들고 곧장 밖으로 도망쳐 나간다. 문을 열고 쏜살같이 계단을 빠르게 내려가 대문을 강하게 열어 도롯가로 나왔다.

맑은 공기를 폐 깊숙이 밀어 넣고 곧이어 몸속에 있던 이산화탄소를 토해 냈다. 심호흡을 수차례 거듭하고 나서야 조금이나마 숨통이 트이고 정신이 돌아온다. 집 앞에 놓인 우체통은 통지서들이 가득 차 있었지만 가볍게 무시하고 걸음을 옮겼다.

시원한 밤, 바람이 목구멍을 지나 가슴에 전해지자 기분 좋은 서늘함으로 바뀌었다. 5월의 밤바람은 더럽게 시원하고, 더럽게 깨끗했다. 목적지는 존재하지 않지만 발걸음은 가볍고 차가운 아스팔트를 내딛으며 나아간다. 하지만 어째선지 바닥에 고정된 시선은 좀처럼 올라올 기미가 보이지 않는다.

아무것도 보고 싶지 않았고, 아무것도 느끼고 싶지 않았다. 아무것도 듣고 싶지 않았지만 청각이 말썽을 부리며 지나치는 집의 대화 소리를 가져왔다.

"아빠! 밥 먹어!"

"오늘 저녁은 뭐야?"

"엄마가 아빠 좋아하는 김치찌개 해 줬어!"

난데없이 남의 집 저녁 메뉴가 들려오고 괜스레 서글퍼진다. 내려가 있는 고개를 들어 올릴 힘조차 사라지고 그저 빠르게 그곳을 지나쳐 가는 것이 최선이었다.

땅만 보고 걷고 있지만 주위에 뭐가 있는지는 충분히 알 수 있었다. 반려견을 산책시키는 가족, 날씨가 좋아 산책을 나온 연인, 자녀와 마트에 다녀오는 부모, 나를 제외한 모든 사람들이 행복하고 웃으며 살아가고 있다.

나 역시도 분명 저런 날이 있었다. 하지만 과거형이며 이제는 나를 힘들게 하는 기억들로 변질되고 말았다. 이따금씩 변질된 기억은 나를 괴롭히고 있으며 지금은 이 공간에는 지나치게 행복함만 존재한다.

어느 순간 나에게 다가온 시바견 한 마리가 눈이 마주치자 나를 보며 환하게 웃어 보였다.

"아이고… 죄송합니다!"

시바견의 주인으로 보이는 한 여성이 나에게 고개 숙여 사과하며 곧장 강아지를 안아 자리를 떠났다. 자동적으로 열린 입에서는 또다시 욕이 튀어나왔다.

"진짜 개 같네."

아무렇지 않게 나온 비속어가 완전히 나를 대변했다. 순간 미치도록 화가 치밀어 오르고 기억해 내고 싶지 않은 기억이 머릿속에서 뒤엉키고 있다. 이어 배 속까지 말썽인지 눈치 없이 "꼬르륵…." 소리를 일으켰다.

하루 종일 아무것도 먹지 않고 잠만 잔 탓에 배도 굉장히 기분이 나쁜 모양이다. 잠시 고민하다가 대충 가까운 편의점으로 향한다.

"어서 오세요~."

편의점 문을 열고 들어오자 아르바이트생이 환한 미소로 나에게 인사를 건넸지만 가볍게 무시하고 지나간다. 늘 먹던 삼각김밥과 샌드위치, 가장 중요한 소주 한 병을 빠르게 집어 들고 계산대로 향한다. 진열대를 도는 순간 한곳에 눈길이 가고 발걸음까지 멈추었다.

'it chu'

시선이 고정된 건 겨우 개껌 하나였다. 알 수 없는 감정이 가슴속에서 스리슬쩍 피어올라 오고 감정들이 나에게 소리치는 것만 같다.
'구름이 간식 사야 하는데….'
이미 두 손에는 삼각김밥과 샌드위치, 술까지 들고 있는 탓에 만석이었고 저 작은 개껌을 챙기는 것도 꽤나 힘이 부치는 일이었다. 가까스로 들어 올린 개껌은 아슬하게 손끝에 걸려 함께 계산대로 향했다.
계산대에 올려놓자 아르바이트생은 아무 말 없이 상품에 바코드를 찍더니 개껌을 보고는 나를 번갈아 응시한다. 이상한 눈초리를 보내는 저 아르바이트생이 설마 내가 개껌을 먹는다거나 사람이 먹는 걸로 착각해서 사는 거라 생각한다면 시원하게 욕을 박아 주기로 다짐한다.
"강아지 키우시나 봐요?"
아쉽게도 예상은 빗나가고 준비해 둔 욕은 다시 목구멍 아래로 넣어 둬야 했다.
"무슨 상관이죠?"
"네…?!"
순간 아르바이트생의 표정이 빠르게 굳어졌다.

"물건 사는 데 꼭 알아야 합니까?"

"아…."

다소 불편한 내 발언이 아르바이트생을 당황하게 만들고 동공까지 흔들리게 만들었다.

"기분 나빴다면 죄송합니다…."

아르바이트생은 시선을 상품에 고정한 채 계산을 이어 갔다. 아마 이대로 결제가 끝나고 편의점에서 빠져나가는 순간 나를 진상으로 기억하겠지만 이 또한 상관없는 일에 불가했다.

"봉투 필요하세요…?"

"네."

"12,400원 결제하겠습니다."

빠르게 계산을 끝마치고 편의점을 문을 잡는 순간,

"감사합니다. 안녕히 가세요."

끝까지 불친절했던 나에게 굳이 끝인사까지 보내는 아르바이트생이 신기하게 느껴진다. 밖으로 나오자 봉투에 담겨 있는 개껌은 곧장 쓰레기통으로 향했다. 굳이 이유를 덧붙이자면 사실 나도 모르겠다. 어쩌면 당장이라도 정신병원에 가야 하는 건가….

또다시 이유 없이 걷기 시작했다. 걷는 동안 내 귓가에 아이들 웃음소리와 화목한 가정의 대화 소리가 들려오고 점점 더 기운이 다운되고 있다.

나도 한때는 "친절하네요.", "다정하다!" 같은 수식어가 붙으며 착한 사람이라는 말을 많이 들었지만 이제는 오래전 이야기다. 어쩌다가 이렇게 됐는지는 나도 잘 모르겠다. 나 역시도 방금 아르바이트생처럼 지낼 때가 있었다. 짜증이 나고 기분이 상할 일에도 끝까지 미소를 보이며 나에게 인사를 하던 그 아르바이트생처럼 말이다.

순간 기분 좋게 불던 바람이 강하고 날카로운 바람으로 변하더니 나를 덮쳤다. 조용하던 길거리에 쓰레기가 날아다니고 중심을 잡지 못했다면 저 쓰레기들처럼 나 역시도 길거리를 나뒹굴고 있었을 것이다.

강한 바람은 짧고 강하게 훑고 지나가고 자동적으로 바람을 등지자 시야에는 한 동물 병원이 보였다.

'한마음 동물 병원'

가슴이 먹먹해지고 당장이라도 눈물을 쏟아낼 거 같다. 심지어 이상하게 저 병원에 가고 싶은 욕구까지 생겨났다. 이미 내 발걸음은 동물 병원을 향해 걷고 있었고 동물 병원에 바로 앞까지 다가온 나는 마치 정해진 것처럼 문을 열고 안으로 들어갔다.

병원 안으로 들어가자 마치 이날, 이 시간에, 내가 올 것을 알고 있었던 것처럼 날 기다리고 있는 듯한 눈빛을 보내는 2명의 여성은 각자 상반되는 얼굴로 나에게 인사했다.

* * *

세미나실에서의 회의는 크리스의 호통친 탓에 잠에서 깬 세희 때문에 일단락됐다. 세희가 사라지자 씩씩거리던 크리스는 결국 세희가 앉아 있던 의자까지 던져 버리며 분노를 표출했다.

뭔가를 알아챈 듯한 모양이지만 대답해 줄 생각이 없어 보였고 곧바로 세미나실을 빠져나갔다. 크리스가 나가고 의사, 간호사 너 나 할 것 없이 한숨을 내뱉었고 이후 침묵이 유지됐다. 모두가 입을 다물고 있자 보다 못한 막시무스가 모두에게 소리쳤다.

"계속 이러고 있을 건가요?!"

팔짱을 끼며 모두를 한 번씩 훑어본 막시무스는 자신의 손목시계를 확인했고 화이트가 막시무스의 어깨에 올라와 말을 덧붙였다.

"환자가 오기까지 많은 시간이 주어진 게 아닐 텐데?"

"하…할게요. 하면 되잖아요…."

마지못해 자리에서 일어난 제니는 말의 끝으로 갈수록 목소리가 작아지는 걸 보니 전혀 내키지 않는 모양이었다.

"이나, 가자."

제니는 앉아 있던 이나에게 말했고 이나는 미소를 지으며 만족스러운 표정으로 자리에서 일어났다. 둘은 곧장 수술을 위해 병원으로 향하는데 갑자기 빅토르가 막아섰다.

"잠시만요! 아무리 그래도 너무 위험하지 않습니까?"

다급하게 둘을 막아 보지만 곧이어 달려온 제니퍼에게 붙잡혀 밀려났고 제니퍼가 화를 내며 말했다.

"오지랖이 너무 지나치지 않아?! 의사와 간호사에게 환자를 받지 말라는 게 말이 된다고 생각해?!"

"하지만…."

"이건 의논을 하고, 안 하고의 문제가 아니야. 의논은 문제가 생겼을 때 해도 늦지 않는다고!"

제니퍼의 말이 끝나기 무섭게 제니퍼를 뿌리친 빅토르는 고개를 들어 모두를 응시했다. 그리고 그제서야 깨달았다. 이미 모두가 이 환자의 수술을 진행하기로 결심했다는 것을.

"어이~ 제니~."

다시 병원으로 향하는 제니를 부른 제니퍼는 엄지손가락을 치켜세우며 말했다.

"수술 잘해라~. 반드시 성공시켜!"

제니퍼의 응원에 제니는 피식하며 웃어 보였다.

"그렇게 걱정되면 병원까지 같이 가든가."

쿨하게 말하며 다시 발걸음을 옮긴 제니의 뒤로 남아 있던 인원들은 한 번씩 눈빛을 교환하더니 제니와 이나를 뒤따라 걸어갔다.

세미나실에서 빠져나와 로비에 도착하자 월리 아주머니가 보였고 안절부절못하며 초초해하는 월리 아주머니는 아무래도 직원들을 기다린 눈치였다. 잠시 후 쥴리를 확인한 월리 아주머니가 급하게 달려와 물었다.

"어떻게 됐니…?!"

"아…어…, 수술하기로 했어요…."

쥴리의 대답을 듣자 월리 아주머니는 안도의 한숨을 내뱉었고 이마에 땀을 닦아 냈다. 아무래도 보이지 않는 곳에서 혼자 많은 생각들과 고민들을 하며 마음고생한 모양이다. 어느새 월리 아주머니도 직원들 사이에 끼어 함께 걷기 시작했다.

"콜린 퍼스 님은 괜찮으세요?"

"응. 분유 드시고 방금 잠들었어."

곧이어 월리 아주머니를 빠히 쳐다보는 쥴리는 월리 아주머니가 많이 낯설었다. 아직도 윌리 아주머니의 오피스텔에서 지내고 있는 쥴리는 지금까지 월세를 독촉하는 모습과 엄마같이 잔소리하는 모습만 봐 왔지만 지금은 완전히 달랐다. 이제는 완전히 딜리트 메모리의 직원이라 해도 손색없이 자연스러웠다.

"왜 그렇게 보니…?"

"아… 죄송합니다. 그냥, 제가 알던 아주머니와는 많이 달라서요…."

"큭큭…. 너무 그렇게 생각하지 않아도 된단다. 여전히 집주인이기도 하거든!"

"아…, 네…."

짧은 대화 후로 직원들의 발자국 소리만 들려오고 아무도 입을 열지 않았다. 조용히 앞으로 있을 제니와 이나의 수술을 마음속으로 응원하고 그 뒤에 있을 자신의 수술을 생각해야 했다.

제니와 이나를 따라 5층에 도착한 직원들은 병원 문 앞에서 일제히 발걸음이 멈추었다. 제니와 이나는 직원들에게 환한 미소로 손을 흔들고는 병원 안으로 들어가 버렸다.

"저…, 혹시… 저희는 들어가지 않는 건가요?"

직원들 사이에서 머뭇거리던 쥴리가 물었다. 하지만 직원들은 쥴리를 이상한 눈초리로 쳐다보기 시작했고 곧이어 고개를 저으며 한숨까지 내뱉은 막시무스가 말했다.

"쥴리…. 하…. 본인 병원이 아닌 다른 병원에는 출입하는 건 쉬운 일이 아니란다. 쥴리! 너무 상식적인 문제라 뭐라 할 말이 없구나…."

"일한 지 원투 데이야?! 아직도 그걸 몰라? 다른 병원에 출입하려면 콜린 퍼스의 결제가 필요한 일이라고!! 그것 또한 허가가 떨어지려면 적어도 일주일은 걸린다고."

막시무스의 이어 화이트까지 쥴리를 향해 소리쳤다. 당연히 쥴리도 모르는 것은 아니었다. 하지만 지금 쥴리의 머릿속에는 자신의 첫 수술 때 병원 안으로 들어왔던 화이트를 어떻게 설명할 수 있느냐였다.

"그건 당연히 저도 알고 있어요!! 그럼 어떻게 저번에 저희 병원에 들어온 거죠?!"

억울함에 강하게 말이 나왔지만 직원들은 전혀 모르는 눈치였고 화이트 역시도 마찬가지였다.

"화이트 님!! 제 첫 수술 때 서류가 뒤바뀌었다고 알려 주러 오셨잖아요! 제가 분명 기억하고 있다고요!"

일순간에 바보 취급당한 쥴리는 화이트를 잡아 강하게 흔들며 외쳤지만 화이트의 얼굴은 정말 아무것도 모르는 눈치였다. 황급히 막시무스가 다가와 쥴리를 말리며 화이트를 뺏어 들었다.

"쥴리! 이게 무슨 행동이야!! 네가 착각하는 거 아니니?! 그날 화이트는 출근부터 퇴근까지 나와 함께 있었어!"

강하게 흔들리던 화이트의 귀가 멈추고 곧이어 화이트의 눈이 빨개지고 잠시 후 화이트가 소리쳤다.

"너 이 새×야!!! 일로 와. 내가 뭘 어쨌다는 거야!!"

당장이라도 쥴리에게 달려들려 하는 화이트였지만 막시무스가 강하게 끌어안으며 제지했고 곧장 화이트를 끌어안은 막시무스는 급하게 자리를 피했다.

"마음 같아선 나도 병원으로 들어가고 싶지만 애초에 불가능한 일이야. 우린 그저 수술이 잘되길 기도하며 기다려야 한단다…."

쥴리의 어깨를 다독이며 말한 제니퍼는 인자한 얼굴을 한 채 고개를 끄덕였다. 이후 제니퍼도 발걸음을 옮겨 자신의 병원으로 향하는 듯 보였고 빅토르도 뒤따라 내려갔다.

쥴리는 여전히 믿을 수 없는 모양이었고 제니의 병원 문 앞으로 가더니 조심스레 문고리를 돌려 봤지만 꿈쩍도 하지 않았다. 힘을 주고 밀어도, 당겨도 미세한 움직임조차 보이지 않았다.

"괜찮니…?"

윌리 아주머니의 위로 섞인 물음에 주위를 둘러보자 복도에는 이미 윌리 아주머니뿐이었다.

"진짜에요…. 정말로 그날 저희 병원에 화이트 님이 들어…."

순간 말을 잇지 못하는 쥴리는 뭔가가 떠올랐는지 동공이 커지며 말했다.

"콜린 퍼스 님이 거짓말을 하셨군요…? 그리고 그날 저희 병원에 온 건 화이트 님이 아니라 콜린 퍼스 님이었던 거고요…."

충격에 빠진 듯한 쥴리는 윌리 아주머니를 쳐다봤고 왜인지 모르겠지만 윌리 아주머니는 안절부절못하는 모습을 보였다.

"뭔가 알고 계시죠? 그렇죠?! 아주머니는 단순히 오피스텔에 주인이 아닌 거죠?!"

"일단 좀 걸을까…?"

느닷없는 윌리 아주머니의 제안에 복도를 산책할 기분은 아니었지만 그렇다고 해서 딱히 다른 좋은 방법도 없었다.

"나는 오피스텔의 주인이자 딜리트 메모리의 옛 직원이란다. 막시무스와 화이트가 있던 안내 데스크에서 말이지. 지금은 둘이서 하고 있지만 나는 혼자서 일했단다."

월리 아주머니는 옛 추억에 빠져 자신의 직무 수행 능력에 자부심까지 느끼고 있는 눈치였다.

"은퇴한 지 오래됐지만 콜린 퍼스 님이 회기의 시간을 가지실 때마다 지금처럼 딜리트 메모리에서 콜린 퍼스 님을 돌보고 있단다."

말을 끝내며 조심스레 쥴리의 눈치를 살핀 월리 아주머니는 완전히 독기를 품고 자신을 노려보고 있는 쥴리를 보자 순간 겁을 먹고는 이내 한숨을 내뱉었다.

"하…. 그래. 얼버무리긴 힘들겠지…?"

쥴리는 강하게 고개를 끄덕였다.

"그래서 궁금한 게 뭘까…?"

"전부 다요. 전부 계획된 일인 거예요? 제가 딜리트 메모리에 취업을 해야만 했던 거죠?"

쥴리는 마음 깊숙이 월리 아주머니가 "아니야."라고 대답하기를 빌고 또 빌었다. 만일 이 모든 게 계획된 일이라면 지금까지 있었던 일들이 전부 대본에 짜여진 것이라 생각하며 자학할 게 뻔했다. 그건, 쥴리에게 너무 가혹한 일이었다. 하지만 월리 아주머니의 고개는 조심스레 아래로 그리고 다시 위로 올라왔다.

"허…."

가늠하기 힘든 배신감이 한순간에 몰려오고 억울함과 서운함이 쏟아졌다. 당장이라도 눈물이 떨어질 거 같아 고개를 돌려 애써 참아냈다.

"이건 옳지 못해요. 저는 정말 콜린 퍼스 님을 존경하고 신뢰합니다. 앞으로도 존경할 분이었어요. 하지만 이건 아니에요. 이건 취업 비리나 마찬가지잖아요! 제가 사랑하는 직장에서 낙하산이란 딱지를 달고 일할 순 없습니다!"

쥴리는 속상한 마음에 결국 윌리 아주머니에게 소리치고는 바닥에 주저앉아 고개를 파묻었다.

"전혀 그렇지 않아. 쥴리….."

윌리 아주머니가 쥴리의 앞에 편하게 앉고는 머리를 쓰다듬기 시작했다.

"내가 딜리트 메모리에서 일하면서 단 한 번도 콜린 퍼스 님은 사적인 것을 부탁하지 않았단다. 그런데 퇴사한 나에게 부탁이 있다며 찾아와서는 이렇게 말하더구나."

"큰 별이 하나 이곳으로 올 겁니다. 그 친구가 저희 병원으로 올 수 있도록 도와주세요. 그 아이는 자신이 큰 별이란 것을 모르고 아무것도 될 수 없는 별이라 여길 것입니다."

천천히 파묻혀 있던 고개가 돌아오고 쥴리는 윌리 아주머니와 눈을 맞추었다.

"너는 낙하산도, 취업 비리로 취업한 게 아니란다. 오로지 딜리트 메모리에 필요한 별이었고 내 임무는 그저 별이 딜리트 메모리를 향하게 하는 거였어."

윌리 아주머니는 쥴리의 머리카락을 넘겨주었고 그 손길이 마치 어머니의 따스한 손길처럼 따스했다.

"딜리트 메모리에서 일어나는 일들은 그 누구도 알 수 없단다. 하지만 이건 분명해. 너는 지금까지 일했던 모든 직원들 중에 가장 빛나고 중요한 존재란다."

* * *

5층의 병원으로 들어오자 제니가 한숨을 내뱉고는 뒤를 돌아 무서운 눈빛으로 이나를 쳐다봤다.

"대체 왜 찬성한 거야?!"

아무래도 수술을 찬성한 이나가 꽤나 마음에 들지 않는 모양이었지만 이나는 자신의 선택을 전혀 후회하거나 잘못된 선택이라고 생각하지 않아 보였다.

"저는 제가 맡은 일에 최선을 다할 뿐. 그 이상 그 이하도 아닙니다. 선생님은 수술하기 싫으신 겁니까?"

"하…."

다시 한번 한숨을 내뱉은 제니는 고개까지 떨구었고 다시 말했다.

"이게 진짜 맞는지 나도 솔직히 모르겠어서 그렇지…."

"저희는 늘 그랬듯이 하던 대로 하면 됩니다."

표정 하나 바뀌지 않은 채 말하는 이나가 조금은 얄미웠지만 틀린 말도 아니었다. 제니가 다시 발걸음을 옮기자 이나의 다리도 움직였다. 5층 병원 내부는 다른 병원과는 크게 다르지 않았지만 제니의 체구를 위해 맞춤 제작이라도 한 것인지 가구와 물건들이 작게 제작돼 있었고 문까지 제니를 위해 문고리가 하나 더 있었다.

"근데… 이게 무슨 냄새죠…?"

갑자기 코를 찡긋거리는 이나는 무슨 냄새라도 맡았는지 인상까지 굳어졌다.

"냄새…?"

이나의 말에 제니 역시 코를 찡긋거리며 냄새를 맡기 시작했다. 순간 눈앞에 포착된 갈색의 털을 보이고 순식간에 잡아챈 이나는 유심히 관찰했다.

"개…털…?"

"개털?!"

화들짝 놀란 제니는 고개를 들어 올리며 이나의 손끝을 집중했다. 작은 체구의 제니를 위해 배려하듯 무릎을 굽힌 이나가 자세히 볼 수 있도록 제니에게 보여 주었다.

"진짜 개털이네…?"

"이상하네요…. 아무리 저희가 동물의 기억을 담당한다고 하지만 청소를 대충하지 않았고 저희가 최근에 받은 환자는 고양이였습니다. 더군다나 이번 환자는 사람이고요."

뭔가 잘못된 듯한 직감이 제니와 이나의 머리를 스쳐 지나갔다. 둘의 시선은 동시에 로비로 향하고 시선을 따라 발걸음도 빠르게 로비로 내달렸다.

로비에 도착하자 제니와 이나의 눈에 들어온 것은 갈색의 털을 갖고 있는 시바견 한 마리였다. 제니는 단숨에 시바견에게 다가갔고 강아지는 천천히 꼬리를 흔들기 시작했다.

"너, 뭐야."

무겁고 차갑게 말을 내뱉자 천천히 움직이던 꼬리가 멈추었고 고개를 숙인 시바견이 말했다.

"저는 구름이라고 합니다. 제니 선생님이시죠?"

구름이는 말을 하면서도 코가 찡긋거리고 눈망울이 초롱초롱 해졌다. 제니와 인사라도 하고 싶은지 앞발을 들었다 내렸다를 반복하자 제니는 고개를 끄덕이고 구름이를 따뜻하게 안아 주었다.

"너도 알잖아. 여기에 있으면 안 돼. 너도 바깥 상황 정도는 알거 아니야."

"네. 알고 있습니다. 하지만… 저에겐 주인님이 훨씬 더 중요해요. 도와주세요. 약속도 못 지키고 왔어요…."

환하게 미소 짓던 구름이의 눈동자에서 갑작스레 따스한 눈물이 떨어졌고 제니의 어깨에 부딪혀 사라졌다.

"제발… 부탁입니다. 저희 주인님 기억 좀 지워 주세요. 약속 했단 말이에요. 주인님이 올바르게 지낼 수 있도록. 꼭 그렇게 하겠다고 약속 했는데 저 때문에 다 망가졌어요…. 이대로면 전 완전히 쓸모없는 강아지라고요."

구름이의 눈물이 연이어 떨어지고 제니의 어깨를 적시기 시작했지만 아랑곳하지 않고 구름이를 천천히 또, 부드럽게 쓰다듬었다.

제니에게 완전히 파묻혀 울고 있던 구름이는 3분가량을 자신의 마음을 자해하고 깎아내리고 있었다. 구름이의 고개가 올라오자 제니는 뒤로 물러나 머리를 쓰다듬었다.

"전혀 그렇지 않아. 생이 다하기 전까지 주인의 곁을 지켰고 여기 와서도 주인을 걱정하는 너의 마음은 이미 충분하단다. 너는 잘했어. 지금까지 잘했으며, 앞으로도 잘할 거고, 이미 충분해."

제니의 위로가 구름이에게 어떻게 전해졌을지는 모르지만 다시금 천천히 움직이는 꼬리를 보아하니 적어도 의미 없는 말은 아닌 거 같았다.

"이나, 차트 줘 봐."

이나가 준비했다는 듯이 차트를 건네주었고 차트를 차례차례 읽어 나가는 제니의 표정은 크게 변하지 않았다.

"너는 어떻게 생각해?"

차트를 다시 이나에게 건네주며 물었고 차트와 구름이를 번갈아 응시하고는 말했다.

"제니님이 느끼신 것처럼 지금까지 받아 온 환자들과 별반 다르지 않는 환자입니다. 수술 여부는 환자와 선생님의 몫이기에 저는 언제나 대답은 같습니다."

"알아서 해라?"

"네."

짧고 경쾌한 답변은 전혀 도움이 되지 않았고 당장이라도 이나에게 따지고 싶지만 옆에서 보고 있는 구름이를 보자 말문이 막혔다. 슬픈 표정을 지은 채 이나와 제니를 번갈아 응시한 구름이는 고개를 숙이며 소리쳤다.

"제발 부탁입니다! 저희 주인님 기억 좀 지워 주세요!!!!"

이제는 애원까지 하는 거 같은 구름이는 급기야 목이 떠나라 울기 시작했고 실수로 반려견의 꼬리를 밟은 듯한 기분이 몰려들었다.

"아니야!! 절대 수술을 하지 않겠다는 게 아니야!!"

"뭔가 오해를 하는 거 같은데… 우리가 한 말은 그저 특별하고 이상한 점이 없다는 거야!"

"정말요…?"

제니와 이나는 연신 고개를 끄덕이며 대답을 대신했다.

"저희 주인님 진짜 착하고, 성실하고, 마음도 굉장히 여려요! 너무 좋은 분인데 지금 저 때문에 너무 힘드셔서 잠깐 삐뚤어졌을 뿐입니다. 제발 저희 주인님 좀 편하게 살 수 있게 해 주세요…."

주인을 무척이나 생각하는 구름이가 기특했지만 제니의 얼굴은 씁쓸한 표정이 만들어졌다.

"사실, 기억을 지운다고 해서 꼭 편하게 살 수 있는 건 아니란다. 더군다나 지금 병원 상황도 좋지 못해서 우리도 뭐가 뭔지 하나도 모르겠어…."

말의 끝으로 갈수록 목소리가 작아진 제니는 부쩍 자신감을 잃은 모양이었다. 모든 게 이상하게 흘러가는 가운데 갑작스럽게 정상적인 걸 본다면 오히려 그게 더 이상하게 보일 뿐이었다.

"혹시 괜찮다면 너희 주인에 대해서 이야기해 줄 수 있을까? 아까 말했던 약속도 무슨 말인지 이야기해 주면 좋을 거 같은데…."

복잡한 상황에서 작은 단서라도 절실했고 제니가 조심스럽게 물었지만 구름이는 다소 고민에 빠진 듯 "크웅…."거리며 곤란함을 내비추고 있었다.

"그게…."

짧게 입을 열자 제니와 이나는 황급히 구름이의 옆에 앉아 귀를 크게 열었고 경청하기 시작했다.

"저희 주인님은 혼자셨어요. 가족도 없고, 늘 차갑고, 처음에는 무서웠죠. 하지만 저에게는 세상에서 가장 따뜻하셨어요!! 본인은 식사도 제대로 챙기지 않으시면서 제 밥과 간식, 장난감은 잊지 않으셨죠!"

이승에 있을 당시 주인을 상상하며 이야기하는 듯한 구름이는 굉장히 설레어 보였고 즐거워 보였다.

"그렇다면 왜 기억을 지워 달라는 거야?"

"제가… 약속을 지키지 못했거든요….."

"그래, 그 약속이 대체 뭐야?!"

"약속했습니다. 주인님의….."

구름이의 말이 중요한 부분을 남겨 두고 갑자기 병원 전체가 흔들리기 시작했고 아무래도 환자가 오는 모양이었다. 평소보다 더 심하게 흔들리는 병원은 몸을 가누기도 힘들 정도였고 잠시 후 떨림이 잦아들자 구름이는 황급히 자리에서 벗어나며 말했다.

"죄송합니다! 저는 숨어야 할 거 같아요!!"

뭐에 쫓기기라도 하는지 안내 데스크 안쪽으로 도망치고 결국 중요한 대답은 듣지도 못한 채 환자를 맞이해야 했다.

"진짜 뭐가 어떻게 돌아가는 거냐….."

"일단 갑시다. 선생님."

제니와 아니는 떨림이 완전히 멈추고 곧장 환자가 입장하는 문으로 향했다. 얼마 지나지 않아 병원 문이 활짝 열리고 멍한 얼굴의 세희가 모습을 드러냈다.

"어서 오세요. 딜리트 메모리입니다."

제니와 아니는 환영 인사와 함께 고개를 숙였고 다시 고개를 원위치시켰을 때 당황해 보이는 세희가 입을 열었다.

"딜리…트, 뭐요?"

"이곳은 기억을 지워 주는 병원입니다."

아니가 친절하게 답변했지만 세희의 얼굴에는 불신이 가득해 보였다.

"여기, 동물 병원 아닌가요…?"

"여기는 오세희 환자님의 기억을 지우기 위한 병원입니다. 안으로 들어오시죠."

이번에는 제니가 상냥하게 대답했지만 세희는 제니를 위아래로 훑고는 조금 전보다 더 인상이 구겨졌다.

"기억을 지워요?! 그게 무슨…. 아무래도 제가 잘못 들어온 거 같네요."

제니와 이나의 말에 황당함을 감추지 못하는 세희는 다시 돌아가려는지 문손잡이를 잡았지만 곧이어 제니의 입에서 나온 질문에 그대로 굳어지고 말았다.

"구름이, 보고 싶죠?"

손이 떨리고 있는 세희를 보자니 아무래도 정곡을 찌른 모양이었고 제니가 다시 한번 말했다.

"정말 사랑하고, 좋아했던 반려견을 마지막으로 볼 수 있습니다. 또한, 현재 아픔도 이 자리에 두고 가실 수 있죠."

세희는 지금 자신의 앞에서 이상한 말만 늘어놓는 둘을 이해하기 어려웠다. 분명 방금 전까지 아무런 생각 없이 거리를 걷고 있었고, 나도 모르게 들어온 동물 병원이 기억을 지워 주는 병원이라니…. 거기다 한 번도 본 적 없는 여성과 아이는 왠지 모르게 낯익은 느낌까지 들었다. 수많은 생각들이 머리에 과부하를 일으키고 곧이어 뭔가를 깨달은 세희는 두 손으로 자신의 뺨을 강하게 가격했다.

"짝!"

아무래도 꿈이라 생각한 게 분명했다. 찰지고 경쾌한 소리가 병원 로비를 채우고 얼얼해진 두 뺨은 손자국까지 남았다. 고통은 뺨에서부터 뇌로 순식간에 전달됐고 곧이어 꿈이 아니라는 것을 깨달았다.

"꿈이 아닙니다. 현실이고 방금 말한 모든 게 사실이죠."

따가운 뺨과 얼얼해진 두 손을 무시하고 고개를 끄덕이며 말했다.

"좋습니다. 이게 꿈이 아니라고 치죠. 그래서 뭐 어쩌자고요. 내가 당신들 말을 믿어야 하나요? 고작 꼬마 아이와 처음 보는 여자를?"

차갑고 말에 뼈가 있는 세희의 말이 제니에게 전해지자 순간이지만 제니의 이마에 핏줄이 올라왔다.

"믿는 건 환자분 마음입니다. 그리고 꼬마 아닙니다."

'꼬마'라는 말이 상당히 거슬렸는지 제니의 표정이 어두워졌고 이나에게 눈짓했다. 이나는 단숨에 의도를 알아차리고 수술동의서를 세희에게 건네주며 말했다.

"수술동의서입니다. 세희 씨는 꿈에서 딜리트 메모리를 찾아와 반려견인 구름이의 기억을 지우기 원하셨습니다. 동의한다면 구름이의 기억을 말끔히 지워 드리도록 하죠. 그럼 앞으로 구름이 생각에 고통스러운 날도 없을 테지요."

건네받은 수술동의서를 한참을 보기 시작한 세희는 모든 약관을 읽어낸 후에야 제니와 이나에게 시선이 돌아왔고 세희는 한 번 비웃고는 수술동의서를 내던져 버렸다.

"기억을 지운다니, 무슨 애들 장난치십니까? 그딴 거 필요 없습니다."

굉장히 무례하고 예의 없는 행동에 제니와 이나의 표정이 굳어지고 바닥에 나뒹구는 서류들은 주인을 잃어버린 강아지마냥 한 자리에 완전히 멈추었다.

"그만 갈게요. 이딴 어린애들 장난에 속을 어른은 아니거든요."

"어른 같지도 않은데요. 뭘."

제니의 반론이 세희에게 전해졌지만 아랑곳하지 않는 세희는 다시 문손잡이를 잡았지만 곧이어 들려오는 소리에 차마 문손잡이를 돌릴 수 없었다.

"왕!! 왕!!"

익숙한 소리는 빠르고 정확하게 귀에 전해졌다. 분명 이 소리는 강아지가 짖는 소리였다. 잠시 후 대리석 바닥을 달리는 강아지의 발자국 소리가 들려오고 발소리가 끊기자 오른쪽 바짓가랑이 무거워졌다.

"안 보이려고 도망간 거 아니었어?"

제니의 목소리가 들려오고 이미 온 신경이 다리에 향해 있을 때 자연스레 시선이 다리로 향했다. 두 눈을 의심할 수밖에 없었다. 지금 내 눈앞에 구름이가 바짓가랑이를 문 채 버티고 있었고 다시 한번 꿈인지 현실인지 분간이 가지 않았다.

"구…구름아!!"

당장 무릎을 굽히고 구름이와 시선을 맞췄다. 똘망똘망한 눈과 부드러운 털, 늘 해맑게 웃는 미소까지 남들은 알아볼 수 없겠지만 수년간 함께한 세희는 알 수 있었다. 지금 눈앞에서 꼬리를 흔들고 있는 시바견은 분명 구름이가 맞았다.

"구름아…."

다시 한번 구름이를 부르며 안겨 버린 세희는 방금까지 차가웠던 사람은 어디 갔는지 한순간에 따뜻해졌고 구름이의 두 눈에서는 눈물이 떨어지고 있었다.

"주인님…."

순간 구름이가 말하자 화들짝 놀란 세희는 귀까지 쫑긋거렸다.

"너… 말을 해…?"

"여기는 기억을 지워 주는 병원이에요. 저는 생을 다했으니까요. 많이 혼란스럽겠지만…."

말을 전부 끝내기도 전에 고개를 돌린 구름이는 바닥에 내던져 버린 수술동의서를 물고 세희에게 다시 돌아왔다.

"수술 받아 주세요. 그리고… 기억도 지워 주세요!"

"그게 무슨 말이야…."

떨리는 손으로 구름이가 건네는 수술동의서를 받긴 했지만 떨떠름할 뿐이었다.

"지금까지 수많은 이별을 겪었겠지만 이번 이별까지 아파하며 힘들어 하지 않았으면 좋겠어요."

세희는 아직까지 믿을 수가 없는지 구름이를 뚫어져라 쳐다봤고 구름이를 쓰다듬으려는 순간 구름이는 거부하듯 제니의 뒤로 도망쳤다.

"수술 받겠다고 약속해요!! 제니 선생님과 이나 간호사님이 도와줄 거예요!"

강하게 나온 구름이는 세희가 승낙하기 전까지 절대로 옆에 가지 않겠다며 시위하는 것만 같았다.

"허…?"

구름이의 반응에 순간 헛웃음이 나왔다. 구름이의 표정은 진지했고 정말 구름이가 원하고 있다는 사실을 눈치 채자 세희는 소리 내 웃기 시작했다.

"너는 그러고 싶은 거지? 그래. 그렇게 하자."

고개를 절레절레 저으며 두 손 두 발 다 든 세희는 이나에게 다가와 손을 내밀었고 이나는 곧바로 볼펜을 건네주었다. 세희는 순식간에 수술동의서에 사인하고는 말했다.

"이제 어디로 가면 되죠?"

"아…, 이쪽입니다."

당황스러움을 숨기지 못한 제니가 수술실을 가리켰다. 세희는 구름이에게 짧은 인사를 남기고는 곧장 수술실로 들어가 버렸고 제니와 이나는 서로를 쳐다봤다.

"갑자기 왜 저럴까요…?"

"나야 모르지…. 너는 좀 알고 있니?"

구름이는 애써 제니의 시선을 피해 버렸고 꼬리까지 내려갔다.

"이대로 괜찮을까요…?"

"뭐 어쩌겠어. 환자가 원하는 일인데…."

제니는 소파에 놓아져 있던 자신의 가운을 입으며 이나에게 말했다.

"그럼 가 볼까?"

"네!"

제니는 수술실로 향하고 제니의 다리가 앞으로 나아갈 때마다 가운이 바닥에 끌렸지만 전혀 개의치 않는 눈치였다.

그렇게 제니는 수술실로 모습을 감추었고 로비에는 이나와 구름이만 남아 있었다.

"나도 이제 그만 수술 준비하러 가야 하는데… 너는 계속 여기 있을 거니?"

"네…. 그런데 혹시 부탁 하나만 해도 될까요?"

구름이는 애처로운 눈빛을 이나에게 보냈고 이나는 그런 구름이를 위해 무릎을 구부렸다.

"무슨 부탁?"

"저… 괜찮다면, 잠깐이라도 좋으니깐 주인님의 기억 속에 들어갈 수 있을까요…?"

"어?!"

무리한 부탁에 잠시 당황하고 곰곰이 생각해 보지만 쉬운 일은 아니었다. 기억 속에 영혼이 들어간다는 것 자체가 위험한 일이었고 콜린 퍼스의 허락이 있지 않는 한 불가능한 일이었다.

"음…. 동물에 한해서는 가능은 하지만 콜린 퍼스 님의 허락이 있지 않으면 안 된단다. 그런데 지금 콜린 퍼스 님에게 허락을 구할 수도 없는 상황이라…."

"끄으응…."

한층 좌절한 듯해 보이는 구름이는 완전히 바닥에 엎드려 버렸고 좌절까지 하는 모습이었다. 풀이 죽어 기운을 잃은 구름이를 보고 있으니 마음 한켠이 아려 왔고 끝내 한숨을 내뱉은 이나는 구름이를 쓰다듬으며 말했다.

"그래. 그렇게 하자. 내가 도와줄게! 그게 너와 너의 주인이 편해지는 방법이라면 얼마든지!"

***

수술실 안으로 들어온 제니는 침착하게 수술대에 앉아 있는 세희를 보고 놀랄 수밖에 없었다. 분명 구름이를 만나기 전까지는 불신이 가득했지만 지금은 여유로워 보였고 믿음은 더 이상 중요한 게 아닌 사람처럼 편안해 보였다.

"제 얼굴에 뭐라도 묻었나요…?"

"아…, 아닙니다. 죄송해요. 되게 여유로워 보이시네요."

"아직은 뭐가 뭔지 모르겠지만 지금까지 하신 말씀이 사실이라면 다른 기억들도 지울 수 있는 거죠?"

침착하고 여유로운 걸 넘어서 이제는 제니에게 미소까지 보이며 질문해 왔다.

"네. 가능합니다. 뭐…, 이것 말고도 세희 씨가 받을 수술이 더 있기는 하지만 자세한 건 이야기하기가 어렵네요."

"그렇군요."

팔짱을 끼며 무슨 고민이라도 하는 거 같은 세희는 잠시 후 팔짱을 풀며 제니에게 물었다.

"이곳에 누우면 될까요?"

"네. 맞습니다."

제니의 대답이 끝나자마자 빠르게 수술대에 누운 세희는 콧노래까지 흥얼거리기 시작했고 신나 보이기까지 했다.

"선생님, 제가 왜 수술을 받겠다고 했는지 궁금하시죠?"

"궁금하긴 하지만 환자의 선택이 곧 최선의 선택이기 때문에 저희는 존중합니다."

"좋은 말이네요. 밖에서 저희 구름이 표정 봤어요? 저는 같이 살면서 저런 표정 처음 봤습니다. 굉장히 저를 안타깝게 바라보고 있었죠. 그

때 알겠더라고요. 홀연히 떠나가서 잘 지내고, 행복하게 지낼 줄 알았는데 죽어서까지 제 걱정을 했다는 걸. 그런데 그게 참….”

“저희 병원은 주로 동물에 대한 기억을 지웁니다. 반려견 대부분이 구름이와 같죠. 편히 가지 못하고 주인을 기다리거나 주인을 걱정하면서 메모리 세계에서 지내죠.”

기계에 시선을 고정한 채 말한 제니는 수술 준비에 집중하고 있었다. 잠시 후 이나와 연결된 이어폰에서 기계음이 들려오고 약간의 시간이 지나자 이나의 목소리가 들려왔다.

“제니 선생님, 준비됐습니다.”

“응! 오늘도 잘해 보자고.”

“넵!”

수술실 전체에 기계가 작동하는 소리가 울려 퍼지고 곧이어 기계에서 보랏빛 안개가 스믈스믈 흘러나왔다.

“좀 있으면 기억 속으로 들어가게 될 겁니다. 처음에는 아무것도 보이지 않겠지만 당황하지 마시고 가만히 계세요. 제가 안내하겠습니다.”

“네.”

세희는 제니의 안내를 듣고 두 눈을 감았지만 곧바로 다시 세희의 입이 열렸다.

“선생님, 아까 최선의 선택이라 하셨죠?”

“네.”

“그거 아세요? 꼭 최선의 선택을 했다 해서 최고의 결과가 나오는 건 아닙니다.”

“네?!”

의미심장한 말에 곧바로 고개를 돌려 세희를 바라봤지만 이미 안개로 인해 세희가 보이지 않았다.

"세희 씨!! 세희 씨!!"

큰 소리로 세희를 애타게 찾았지만 아무것도 보이지 않았고 대답도 들리지 않았다. 눈에는 그저 진하고 깊은 어둠이 가득했고 제니는 다시 한번 세희를 부르며 앞으로 걸어 나갔다. 얼마 걷지 못하고 자신의 의사 가운에 걸려 중심을 잃었다. 가까스로 제니를 붙잡아 준 세희가 아니었다면 보기 좋게 넘어졌을 것이다.

"저보고는 당황하지 말고 가만히 있으라면서요…."

겨우 넘어지는 것을 면한 제니는 숨까지 가쁘게 내쉬고 있었다.

"가…감사합니다."

"조심하세요. 다치시면 어쩌려고 그래요."

세희에게 꾸짖음을 당한 제니는 잠시 얼타고 말았지만 곧이어 떨어지는 빗방울에 정신을 차릴 수 있었다. 차갑고 쌀쌀한 비가 내리고 바람까지 불기 시작했고 세희는 내리는 비에 옷이 젖을까 걱정했지만 비는 몸에 부딪히자 작은 연기로 변해 사라지고 옷은 전혀 젖지 않았다.

"비가…."

"여긴 단지 세희 씨의 기억일 뿐입니다. 비가 온다 해서 옷이 젖을 리가 없죠."

제니의 답변에 세희는 이해했다는 듯이 고개를 끄덕였다. 이후 주위를 둘러본 세희는 한 곳에 시선이 멈추었고 세희의 시선을 따라가자 동물 병원 앞, 가로등 불빛 아래에는 작은 박스 하나가 놓여 있었다.

"버려졌군요…."

혼잣말하듯 말한 제니는 그 짧은 한마디에 꽤나 깊은 감정이 담겨 있었다. 수많은 수술을 겪어 오면서 책임감 없이 반려견을 입양하고 쉽게 버리는 인간들은 지금까지 수없이 많았다. 하지만 그렇다고 해서 내성이 생기는 것은 아니었고 씁쓸한 감정은 언제나 마음속에 생채기를 두고 떠났다.

잠시 후 비를 피할 생각이 전혀 없어 보이는 여성이 나타났고 후드를 뒤집어쓴 채 천천히 제니와 세희를 지나쳐 갔다. 가로등 밑을 지나자 새끼 강아지의 울음소리가 울려 퍼지고 지나가던 여성의 발걸음을 잠시 멈추었지만 이내 다시 움직였다.

이미 저 여성이 세희라는 것을 제니는 눈치 챘다. 이후 나올 장면도 뻔한 전개였다. 이후 강아지의 울부짖음은 계속 이어지고 몇십 초의 시간이 지나자 후드를 뒤집어쓴 세희는 숨을 헐떡이며 다시 돌아왔다.

"너도 버려졌니?"

박스 안에서 온몸이 젖어 떨고 있는 새끼 강아지를 향해 조심스레 손을 뻗은 세희는 자신의 손을 핥는 강아지에 헛웃음이 나오고 말았다.

"사람한테 버려졌는데 또 사람이 손이 좋디?"

"왈!"

세희의 말을 알아듣고 대답이라도 하는지 강아지는 세희를 보며 환한 미소를 들어냈다. 세희는 조심히 구름이를 안고 비에 맞을세라 최대한 비를 막으며 자신이 왔던 길로 돌아갔다. 본인은 다 젖어 가면서도 구름이를 걱정하는 모습이 인상 깊게 다가왔다.

"착하시네요."

"뭐가 말입니까."

"길거리에서 죽을 뻔한 구름이를 구해 주셨잖아요."

세희는 제니의 말을 듣자 비웃고는 대답했다.

"결국 저에게 와서도 죽었죠. 차라리 저곳에서 죽는 게 편했을지도 모르죠."

"그게 무슨 말입니까?! 세희 씨는 구름이를 온전히 사랑했습니다. 또 최선을 다해 보살폈어요. 밖에서 구름이를 만났을 때 알았습니다. 구름이의 충성심과 주인을 생각하는 마음은 그만큼 주인의 노력과 사랑이 없다면 불가능한 일이죠!!"

제니의 반론에도 세희는 다시 한번 비웃었고 얼굴을 싹 바뀐 채 말했다.

"그래서 결국 구름이는 편히 저승으로 가지도 못하고 그곳에서 저를 걱정하며 기다리는 겁니까? 그게 제가 바라던 일 같아요? 죽었으면 편히 저승에라도 가지…."

말끝을 흐리고 혼잣말하듯 말했지만 제니에게는 정확히 전해졌다. 세희의 얼굴에는 슬픔이 가득해 보였고 벌어졌던 제니의 입은 다시금 닫히고 말았다.

순간 세희의 발이 움직이고 어디론가 향하기 시작했다.

"어디 가십니까?"

"따라가야죠? 이러고 수술이 끝나진 않을 거 아니에요."

"아…."

혼자서 걸어가는 세희에게 빠르게 달려간 제니는 세희와 걸음 속도를 맞추었지만 세희의 발걸음을 맞추기에는 빠른 걸음을 요구했다.

"굳이 걸어가실 필요는 없습니다. 안개를 통해 이동할 수 있거든요."

"괜찮습니다. 오랜만에 이 길도 보고 싶거든요."

눈길도 주지 않고 말한 세희는 그저 앞만 보고 걸어가고 있었다. 도로를 환하게 비추고 있는 가로등과 강하게 바닥을 때리는 비, 크게 특이한 점은 없지만 어째선지 세희는 추억에 잠겨 있어 보였고 침묵의 걸음은 5분 정도가 지나고 나서야 멈추었다.

"다 왔네요."

세희는 자신의 앞에 있는 집을 보며 말했고 선뜻 발이 떨어지지 않는지 들어가는 것을 머뭇거리고 있었다.

"무슨 문제라도…?"

"아…, 아니에요."

그제서야 세희의 발이 움직이고 집 대문을 열고 안으로 들어갔다. 마당으로 보이는 곳은 오랜 시간 동안 방치된 듯 잡초들이 무성하게 자라 있었고 집 안으로 가기 위한 대리석 계단은 금이 가 있고 조금씩 깨져 있었다. 조심히 계단을 오르고 집 문을 열고 들어가자 이미 도착한 기억 속 세희와 구름이는 거실에 함께 있었다.

"뭐가 그리 좋냐."

수건을 구름이를 닦아 주고 있는 세희는 아무런 표정도 보이지 않았지만 자신의 옷은 완전히 젖어 추울 법도 했지만 구름이를 먼저 챙기는 모습은 마음을 따뜻하게 만들었다.

"왕!"

세희에게 대답하듯 짖은 구름이는 자신의 몸을 한 번 털고는 세희의 젖은 손을 핥기 시작했다. 그런 구름이가 싫지는 않은지 잠깐이지만 미소가 번졌고 곧이어 드라이기까지 가져와 구름이를 말려 주기 시작했다. 거실 전체에 시끄러운 드라이기 소리가 가득해지고 따뜻한 바람과 둘에게서 퍼지는 훈훈한 기운은 차갑고 삭막했던 거실에 온기를 가져다주고 있었다.

"행복해 보이시네요."

"제가요?"

"네. 잠깐이지만 웃으시던데요?"

"잘못 봤겠죠…."

애써 자신의 기억을 부정하는 세희였지만 제니는 이미 알고 있었다. 충분히 세희는 구름이가 아닌 다른 반려견이었어도 똑같이 행동했을 것이며 누구보다 반려견을 사랑하고 키울 자격이 있는 훌륭한 주인이었다.

구름이를 전부 말린 세희는 그제서야 화장실로 향했고 잠시 후 샤워기 소리가 들려왔다. 구름이는 세희가 사라진 화장실 앞에서 엎드려 기다렸고 꼬리는 쉬지 않고 움직이고 있었다.

"구름이도, 세희 씨도 충분히 최선을 다하셨습니다. 반려견으로서, 주인으로서도 말이죠."

"그게 지금 저에게 중요할까요?"

여전히 제니에게 쌀쌀한 세희는 지금까지 단 한 번도 제니에게 시선을 주지 않았고 계속 말을 거는 제니를 귀찮은 짐짝으로만 여기고 있는 거 같았다.

잠시 후 세희가 나오고 거실 창문으로 향한 둘은 비가 그치기를 기다렸다. 서로 조용히 아무 말도 없이 침묵을 유지하고 이미 서로에게 유대감이 형성된 것인지 구름이는 세희의 곁을 떠나지 않았다. 세희 역시도 그런 구름이가 나쁘지는 않은지 부드럽게 구름이를 쓰다듬기 시작했다.

"기억을 지우셔야 할까요? 아무리 봐도 행복한 기억입니다. 단지, 구름이를 위해서 지우는 거라면 저는 반대입니다."

"네. 지울 겁니다. 굳이 구름이를 위해서도 아니에요. 저런 강아지, 애초에 들이지 않았어야 했어요. 나가라고 해도 안 나가고 버티는 게 보통 강아지가 아니라니까요?"

세희의 말이 끝나자 갑자기 빠른 재생이라도 한 것처럼 시간이 빠르게 지나갔다. 아무래도 밖에 있는 이나가 조치를 취한 모양이었다.

비와 시간은 엄청난 속도로 지나가고 차츰 하늘에서 내리던 비는 잦아들고 하늘은 완전히 걷혀 그 자리에 해가 자리했다. 언제 잠이 들었는지 모르는 둘은 아침 햇살에 두 눈이 떠졌고 세희는 기다렸다는 듯이 집 문을 열며 말했다.

"이제 됐지? 그만 나가."

"왈!"

집 문을 열고 구름이가 나가길 기다렸지만 구름이는 절대로 나갈 생각이 없는지 완강히 거부했다. 한숨을 내뱉은 세희는 구름이를 끌어안고 집 밖으로 향했다.

"미안하지만 난 너를 키울 만한 주인이 될 수 없단다."

내보내기 위해 대문까지 친히 열어 바닥에 내려놓았지만 구름이는 안절부절못하며 울기 시작했다.

"야!! 내가 널 버린 게 아니잖아! 왜 나한테 그래!"

"왕! 왕!!"

불쌍한 표정으로 울고 있는 거 같은 구름이를 보자 왠지 모르게 죄책감이 느껴졌다. 고개를 저으며 머리를 쓸어 넘기는 순간 구름이는 빠르게 대문을 지나 다시 집 안으로 들어갔고 재빨리 집 안으로 뛰어가자 구름이는 이미 소파 한 곳에 자리 잡고 있다.

"똥개 주제에!! 당장 안 나가?!"

"으르릉! 왈!!"

말싸움이라도 하는 것인지 서로 고집을 내세우고 세희와 구름이의 실랑이는 30분이 넘도록 이어졌다. 결국 승리의 미소를 지은 것은 구름이였고 세희는 포기한 듯 소파에 쓰러지듯 누워 버렸다.

"뭔가 이상하단 말이야…."

마냥 행복해 보이는 세희와 구름이의 기억을 보고 있자니 왠지 모르게 찝찝한 기분이 몰려왔다. 중요한 뭔가를 놓치고 있는 느낌에 주위를 유심히 지켜보던 제니는 의심이 점점 확신으로 변하기 시작했다.

이어진 기억에서도 다른 견주와 다를 바 없었고 오히려 다른 견주들보다 더 구름이를 아끼며 그야말로 지극정성에 가까웠다. 자신의 밥은 대충 챙겨 먹지만 구름이의 밥과 간식들은 언제나 최고급으로 마련해 두었고, 하루라도 산책을 잊지 않았으며, 구름이의 장난감은 언제나 차고 넘칠 정도로 집 안에 가득했다.

"뭐 하나 물어봅시다."

조용히 자신의 기억을 지켜보고 있던 세희에게 다가가 제니가 물었다.

"네. 말씀하세요."

"정말로 기억을 지울 생각입니까? 정말로 이런 기억이 세희 씨를 아프게 하냐는 겁니다."

다소 세희를 몰아세우며 물었지만 세희는 전혀 문제없다는 듯이 고개를 끄덕이고 여유로워 보였다.

"네. 그렇기 때문에 제가 여기에 있는 거지 않을까요?"

"그걸 지금 저보고 믿으라는 겁니까?! 지금 이 기억이 대체 어디가 아프다는 겁니까?!"

제니가 기억 속 세희와 구름이를 가리키며 말했다. 구름이와 함께 있으면 늘 미소가 가득 차 있는 세희와 함께 있는 것만으로도 충분하다는 표정으로 웃고 즐거워하는 구름이는 세희의 대답과는 전혀 알맞지 않았다.

"대체 어디가 아프고 지우고 싶은 기억입니까?? 세희 씨는 그 누구보다 최선을 다했습니다. 구름이를 위해 늘 좋은 사료와 간식을 먹이셨고, 출근하면 구름이가 걱정돼 장난감과 CCTV까지 설치하는 세희 씨는 이 기억이 아픈 게 맞을까요?"

순간 세희의 얼굴에 여유는 사라지고 급속도로 굳어졌다. 한숨을 내뱉으며 목소리까지 어두워지며 물었다.

"선생님이 제 인생을 살아 보셨나요?"

완전히 다른 사람으로 변한 세희를 보자 입이 무거워지고 가슴이 답답하고 숨구멍에 뭔가가 막힌 기분이었다.

"선생님이 제 인생을 살아 보지도 않았으면서 제 아픔과 힘듦을 아는 것처럼 이야기하시네요?"

다시 한번 세희의 말이 제니의 가슴 깊은 곳을 강하게 때리고 지나가고 자신의 실수를 깨달았다. 딜리트 메모리의 의사라면 절대 환자의 심정을 이해하지 말아야 했다. 그것은 의사들 사이에 존재하는 불문율과 같았기에 환자의 아픔은 당연하게도 환자 본인만 알고 있는 것이다. 그에 따라 환자의 감정에 대해 추측도, 감응도 해서는 안 됐다.

"행복해 보이겠죠. 좋아 보이겠죠. 하지만 현실에는 없고 오로지 기억 속에 존재하는 일이에요. 단지, 기억으로만 존재하는 행복을 다시는 경험할 수 없다면 그건 행복한 기억이 아니죠."

세희의 질문과 대답은 제니의 입을 무겁게 만들고 고개까지 떨구게 만들었다. 다시 한번 세희의 말을 되짚어 보는 제니는 순간 뭐라도 알아챈 것인지 두 눈이 휘둥그레지고 세희를 쳐다봤다.

"설마…."

나지막하게 외친 제니는 충격이라도 받은 듯한 얼굴로 집 안 전체를 샅샅이 확인하기 시작했다. 거실, 부엌, 화장실, 옷방 곳곳을 헤집던 제니는 마지막으로 안방을 확인하고는 다시 돌아왔고 세희를 밀치며 화를 내질렀다.

"미친년아!!"

뭐라도 본 것인지 안방을 확인한 이후로 단단히 화가 난 제니는 진정하기 어려워 보였고 곧이어 이나의 목소리가 들려왔다.

"제니 쌤 무슨 일이에요!"

"크리스가 왜 그런지 알겠네. 애초에 시작도 했으면 안 되는 수술이었어."

"네? 대체 무슨 소리에요…."

"수술 중단해."

방금 들려온 대답을 들은 이나는 자신의 귀를 의심했다. 단 한 번도 수술 중 중단을 선언한 적 없던 제니였거니와 이렇게까지 환자에게 화를 낸 적도 없었다.

"그건 안 됩니다. 지금 수술 중이에요!"

"기계 전원 꺼 버리면 되잖아!!"

"너무 위험하다고요! 기계를 끈다고 해서 안전하게 돌아올 수 있다고 장담할 수 없는 거 선생님도 잘 아시잖아요⋯."

"⋯."

난데없는 상황에 어떻게 해야 할지 전혀 감히 잡히지 않는 이나는 기계의 전원 스위치 앞에 손가락이 멈추어 있었다. 머리에서는 정확한 판단이 들지 않고 이마에 열이 올라오는 기분까지 들었다. 전원 스위치 앞에서 고민하고 있는 사이 뜬금없이 나타난 구름이가 이나의 손을 막으며 저지했다.

"구름아⋯."

구름이는 아무 대답도 하지 않았지만 눈빛과 표정은 무슨 말을 전하고 싶은지 충분히 알 수 있었다.

"수술⋯ 진행하시죠⋯."

"하⋯."

이나의 손이 다시 원상태로 돌아가고 제니의 머리는 더 복잡해지고 말았다. 당장 수술을 중단해야 한다고 하지만 지금 당장 제니가 할 수 있는 일은 없었고 기억은 다시 재생되고 말았다. 기억 속에서는 맨발로 온 동네를 돌아다니며 구름이를 찾는 세희가 보였다.

하루 종일 찾아다니다 해가 지고 나서야 집으로 돌아온 세희의 눈은 슬픔에 잠겨 있었고 집 안으로 들어서자 그토록 찾고 있던 구름이가 거실에서 자고 있었다. 허탈한 마음에 화도 날 법도 했지만 세희는 구름이를 끌어안으며 속삭였다.

"더 이상 잃고 싶지 않아⋯."

구름이를 끌어안은 채 나지막하게 말한 세희의 말은 괜스레 가슴이 아려 왔다.

"세희 씨… 무슨 생각을 하고 있는지 잘은 모르겠지만 여기서 수술을 그만두는 게 어떨까요…? 패널티는 어쩔 수 없지만 이런 행복한 기억을 지운다는 건 애초에 말도 안 됩니다."

제니가 애써 자신의 자존심까지 버려 가며 부탁했지만 세희의 표정은 그대로였고 세희는 자신의 선택을 바꿀 생각이 없어 보였다.

"하…. 부디 제가 한 생각이 완전히 틀렸기를 바라겠습니다."

홀로 떠드는 일방적인 대화는 더 이상 의미가 없었고 다시 기억에 시선이 돌아갔다.

이후 세희의 기억은 훈훈한 기억들이 연이어 이어졌다. 집에 있을 때는 서로가 꼭 붙어 있었고 밥을 먹을 때도 서로가 식탁에 앉아 밥을 먹었다. 구름이는 그런 세희의 사랑 덕분인지 무럭무럭 자랐고 성견이 되자 털 때문에 전쟁을 벌이기도 했다.

발톱을 자른다거나 구름이를 목욕시킬 때면 서로가 피곤해지는 모습까지 보여졌지만 세희는 제니가 만나 본 몇 안 되는 완벽한 견주였다. 하지만 영원한 건 결코 없었고 행복하고 즐거운 시간들은 전화 한 통으로 모든 게 끝이 났다.

전화를 받은 세희는 충격에서 헤어 나오지 못한 채 넋이 나가 버렸고 곧바로 집 밖으로 뛰쳐나갔다. 숨이 턱 끝까지 올라오고 다리가 아파 오지만 아랑곳하지 않은 채 달려온 곳은 다름 아닌 동물 병원이었다.

거침없이 동물 병원의 문을 열고 들어가자 간호사와 수의사는 분주해 보였고 잠시 후 다가온 간호사는 다급하면서도 급박해 보였다.

"구름이 주인이신가요…?"

"네⋯."

가쁜 숨을 몰아쉬며 힘들어하는 세희에게 서류 한 장과 펜이 눈앞으로 들어왔다.

"당장 수술부터 해야 합니다. 시간이 없어요⋯."

수술동의서에는 정확히 구름이의 이름이 적혀 있었고 곧이어 머리는 새하얗게 변했다. 떨리는 손을 부여잡고 펜을 잡은 손은 빠르게 사인을 끝마치고 급하게 돌아가려는 간호사를 붙잡은 세희가 물었다.

"어떻게 된 거죠⋯?"

"교통사고입니다. 갑자기 도로로 뛰쳐나왔다고 하는데⋯."

아무래도 집을 나오면서 문을 제대로 잠그지 않았던 것이 화근이 된 모양이다. 잠깐이었다. 정말 잠깐, 집 앞에 있는 편의점에 다녀왔을 뿐인데 구름이가 이런 큰 화를 당할 거라 생각도 하지 못했다. 모든 책임이 세희의 부주의로 돌아가고 자신의 잘못이란 생각이 머리를 완전히 잠식해 버렸다.

"도⋯돈⋯."

"비용은 많이 나올 거예요. 부담되신다⋯."

"아니요."

간호사가 말을 잇던 중 정신을 붙잡은 세희가 말을 끊어 냈다.

"얼마가 들어도 괜찮습니다. 제발⋯. 제발⋯. 구름이 살려 주세요⋯."

떨리는 입에서 힘겹게 진심을 전했고 내심 기대하며 듣고 싶던 말은 받아 내지 못했다. 안 되는 걸 알면서도 그 한마디, "반드시 살릴게요." 라는 말은 기대 속에만 존재했다.

간호사는 아무 말 없이 고개를 끄덕이고는 곧장 수술실로 달려갔다.

곧이어 수술실의 불빛이 환하게 일어나고 안절부절못한 채 수술이 끝나기만을 기다리는 세희는 손을 심하게 떨며 몇 시간을 버텨 내고 있었다.

많은 시간이 지나고 수술실 문이 열리자 의사와 간호사는 암울한 표정으로 나를 대면했다.

"수술은 성공했지만… 아무래도 힘들 거 같습니다. 마음의 준비를…."

"하…."

긴장의 끈과 이성의 끈이 한 번에 끊어지고 세희를 지탱하고 있던 다리는 힘없이 주저앉아 버렸다. 면목 없다는 듯한 얼굴로 말을 걸어오지만 무슨 말을 하는지 전혀 들리지 않았다. 다시금 나에게 사랑을 알려 주고, 사랑을 하게 만든 유일한 가족을 떠나보내야 했다.

'조금만 강아지의 대한 지식이 있었다면.', '내가 문단속을 잘했다면.', '내가 집에 있었다면.'이라는 생각들이 머리에서 무수하게 피어나고 빠르게 세희를 갉아먹어 갔다. 수술실에서 나오는 구름이를 보자 죄책감은 한 데 모여 두 눈의 눈물로 변해 고이지만 힘겹게 참아 낸다.

얼마나 아프고 고된 시간이었는지 숨도 제대로 쉬지 못하는 구름이는 세희를 보자 힘겹게 꼬리를 흔들어 보인다. 그런 모습을 보고 있는 모두가 안쓰러움과 슬픔에 잠식되고 만다. 뭐가 그리 좋은지 미소를 보이는 구름이의 표정은 세희의 가슴을 더 강하게 파고 들어와 커다란 싱크홀을 만들어 냈다.

구름이의 마지막은 집에서 보내기로 했다. 구름이 역시도 병원보다는 집을 더 선호할 거란 확신이 들었다. 처음 만난 날과 똑같이 비가 쏟아지고 있다. 처음 만난 그날 구름이와 비 오는 걸 보며 밤을 함께했던 그 자리에 세희는 이불을 피고 함께 누웠다.

"넌 이걸로 행복하니?"

힘겨운 숨을 내쉬며 일어날 힘도 없는 구름이는 마지막까지 미소를 보이며 꼬리를 흔들고 있다. 차라리 그 힘을 본인이 사는 것에 써 줬으면 좋겠는데 구름이는 마지막까지 개구쟁이였다.

"나와 함께하는 모든 것들은 결국, 떠나가는구나…."

창밖에 내리는 비를 보며 슬픔에 잠긴 채 말한 세희는 어떤 마음인지 알 수 없지만 셀 수 없는 고통들이 연이어 가슴을 난도질하고 있을 것이다. 먹구름이 하늘을 뒤덮고 비가 허공을 채울 때 구름이를 만났지만 더 이상 구름이는 맑은 하늘을 볼 수 없다. 먹구름이 있던 하늘에 푸른빛을, 따스한 햇빛이 자리한 하늘을 더 이상 구름이는 마주할 수 없었다.

언제 잠이 들었는지는 알 수 없었지만 눈이 떠졌을 때 구름이는 이미 온기를 잃어 차갑게 식어 있었다. 따뜻했던 거실의 온기는 온데간데없어지고 조용한 정막이 깔린 채 세희의 숨소리와 시계 초침 소리만이 오디오를 채우고 있다. 당장이라도 일어나 웃음을 지으며 산책 가자고 조를 거 같은 구름이는 아무런 미동조차 없다.

"하…."

동공이 흔들리고 잠시 동안 현실을 받아들이지 못하고 세희의 얼굴은 온통 흑백으로 변하였다. 어떠한 표정도, 감정도 없는 세희의 얼굴은 식어 버린 구름이와 같았고 한 발자국 내딛는 순간 기억은 조각들로 나누어지고 이내 완전히 사라지고 말았다.

"오세희 씨…? 괜찮으십니까?!"

조심스레 기억을 마주한 세희에게 묻지만 아무래도 괜한 걱정을 한 모양이었다. 평온한 표정을 짓고 있는 세희는 아무런 감정 변화도 있어 보이지 않았다.

"네. 괜찮습니다."

"기억을… 지우실 건가요?"

제니의 마지막 질문을 던지며 다시 한번 세희의 표정을 확인했다. 여전히 변화가 없는 얼굴은 이미 답변을 한 것이나 다름이 없었다.

"여기서 기억을 지우면 구름이는 편해지나요?"

"네…?"

갑작스러운 질문에 제니는 잠시 당황한 듯 보였지만 재빨리 평정심을 되찾은 후에 대답했다.

"확실하게 이야기할 수는 없지만 제 생각은 아닙니다. 무지개다리를 건넌 반려견들이 주인을 기다리고 있다는 이야기를 들어 보신 적이 있을 테지요. 기억을 지우시게 된다면 구름이는 기다릴 주인도 없이 쓸쓸히 저승으로 향할 겁니다. 그게 과연 편하다고 할 수 있을까요?"

제니는 자신의 의견에 확고한 확신이 있었다. 세희 역시도 제니의 말에 어느 정도 공감하는지 고개를 끄덕였고 입을 여는 순간 갈색의 물체가 세희를 덮쳤다. 놀랄 틈도 없이 시선이 바닥으로 향했을 때 갑자기 나타난 구름이는 쉼 없이 세희를 핥기 시작했다. 아무래도 이나의 소행인 게 확실했다.

"이나 씨…?! 이게 무슨 짓이죠?"

"메모리법 제3장 21조에 의하면 반려동물은 수술 중 의사와 간호사, 콜린 퍼스 님의 동의가 있다면 기억에 진입할 수 있습니다. 그리고 수술에 도움이 된다는 사례도 존재합니다."

"누가 몰라서 물어?! 그리고 난 동의한 적 없는데?! 콜린 퍼스 님이 동의한 게 맞아? 그 신생아가?!"

"네. 원하신다면 보여 드릴 수 있습니다. 분명 동의서에 손도장 찍으셨습니다. 무슨 말을 하는지 알 수 없었지만요."

"야!!!! 장난해?! 사리 분별도 못 하는 아기한테 그냥 도장 찍게 만든 거잖아!"

"그 또한 콜린 퍼스 님입니다. 말, 가려 해 주시죠."

"미친 거 아니야?"

당최 말도 안 되는 소리를 듣고 있자니 머리가 아파져 왔다. 순간 목구멍까지 올라온 화를 힘들게 가라앉히고 시선이 다시 세희에게 향했을 때 구름이는 아직도 세희의 얼굴을 핥으며 애정을 과시하고 있었고 구름이를 막아 보려는 세희의 손은 그다지 도움이 되어 보이진 않았다.

"그만!!"

호통 소리치며 구름이를 밀어내고 나서야 일어날 수 있었던 세희는 곧이어 미안한 표정을 만들어 냈지만 구름이의 얼굴을 보니 그 작은 걱정도 필요하지 않아 보였다.

"주인님! 몰골이 말이 아니네요!"

"넌, 좋아 보이네?"

행복한 미소를 보이는 구름이를 보자 미세하지만 작은 미소가 세희의 입가에 피어났다. 짧은 인사가 오가고 한참을 쳐다보고 있는 둘은 아무래도 각자의 감정을 숨기는 것만 같았다.

"주인님, 기억 지우는 게 어때요? 딱히 저는 기다릴 생각도 없고요. 그냥 편히 저승으로 갈 거예요. 다음 생에는 주인님으로 다시 태어나고 싶거든요."

"허! 나도 널 그리워하거나 보고 싶지 않았는데?"

거짓말이다. 방금 세희가 한 말, 그리고 구름이가 한 말 역시 거짓이었다. 둘의 눈빛만 봐도 그 말이 거짓말이라는 것은 누구나 알아차릴 수 있었고 당연하게도 서로가 서로에게 거짓말을 하고 있다는 것도 알고 있는 눈치였다.

"나로 다시 태어난다고? 그럼 나는 너로 다시 태어나야 하냐?"

"그러면 좋을 거 같습니다!"

"웃기지도 않아."

미세했던 미소가 세희의 입가에 환하고 더 크게 피어나고 구름이와 눈높이를 맞추자 구름이의 꼬리가 천천히 움직이기 시작했다.

지금까지 수많은 환자들과 반려견들을 봐 왔던 제니는 알 수 있었다. 서로 미소를 지은 채 웃고 있지만 마음속 깊은 곳에서는 울부짖으며 슬퍼하고 있다는 것을.

"그래도 걱정했는데 좋아 보여서 다행이네."

세희가 구름이의 머리를 쓰다듬으며 말했고 구름이는 답하듯 오른쪽 발을 들어 올리며 말했다.

"하이파이브!"

"어이없어 진짜. 그건 내가 해야 할 말이야."

세희는 헛웃음 지으며 어이없어 했지만 그의 오른손은 자연스레 구름이의 젤리와 맞닿았다. 다시 자리에서 일어난 세희는 제니에게 다가갔다.

"아까 전에 그러셨죠? 기다릴 주인도 없이 쓸쓸히 저승으로 향할 거라고. 그런데 기다리는 게 얼마나 힘든지는 아세요? 또, 기다린다는 것을 알면서도 가지 못하는 사람은 얼마나 고통스러울까요."

"그렇지만…."

"의사 선생님!"

제니의 말을 단호하게 끊어 낸 세희가 한숨을 내쉬었고 다시 입을 열었다.

"구름이가 편하다고 하잖아요~."

"거짓말인 거 아시잖아요…. 이거. ㄴ…."

"왈!!!!왈!!!!!"

순간 제니의 말을 끊어낸 구름이의 표정을 본 제니는 입을 닫을 수밖에 없었다. 입을 닫은 채 구름이와 세희를 번갈아 응시하자 자신이 틀렸다는 것을 그제야 눈치 챘다.

"때로는, 가끔은, 그런 거짓말을 알면서도 넘어가는 마음도 필요할 때가 있는 겁니다."

세희가 제니에게 미소를 보이며 말하자 아무래도 이번 수술도 끝이 다가왔다는 걸 느낀다. 무거운 입을 힘들게라도 열어야 했다. 절대로 말하고 싶지 않은 말을 해야 했고 찝찝한 기분이 들어도 제니는 해야만 했다.

"환자 오세희 씨, 구름이의 기억을 지우시겠습니까?"

"네."

* * *

이나와 제니의 수술이 시작된 후에 크리스를 제외한 의사와 간호사들은 다시 회의실에 모여들었고 하나같이 안절부절못하며 수술이 끝나기만을 기다렸다.

길었다면 길고 짧았다면 짧았을 시간이 지나고 회의실에 문이 열리고 이나가 들어왔다. 이나의 표정이 어두워 보이지만 애써 미소를 띠우고 있었고 뒤이어 들어온 제니는 다소 짜증과 심술이 난 어린아이마냥 입술이 삐쭉 튀어나왔다.

"수술은요…?!"

가장 먼저 자리를 박차고 일어난 쥴리가 물었다. 대답 대신 이나는 떨떠름한 미소를 지은 채 다가와 빈자리에 착석했고 뒤이어 제니도 이나를 따라 자리에 착석했다. 모두의 시선이 제니와 이나에게 집중됐고 나지막하게 한숨을 내뱉은 제니가 말했다.

"하…. 결론 먼저 이야기하자면 수술은 끝났습니다. 환자분이 기억을 지우기 원하셨고, 지우셨습니다. 입원실까지 아무런 문제없이, 아무런 표정 변화 없이 들어갔어요. 그보다 크리스는 어딨어?"

갑자기 크리스를 찾는 제니의 표정은 왠지 모르게 다급해 보였다.

"크리스는 난리 친 이후로 안 보이던데?"

제니퍼가 질문에 대답하자 제니는 짜증을 내더니 자신의 손톱을 물어뜯기 시작했다. 조심스레 제니에게 다가가 쥴리가 물었다.

"잘된 거죠…?"

"잘됐다?! 지금 알 수 없는 게 투성인데?! 내가 알고 있는 건 절대 잘된 경우는 아니란 거야. 모든 게 이상하고, 모든 게 수상하다고!"

조용하고 적막하던 회의실에 제니의 호통 소리가 울려 퍼지고 자리에서 일어나 다시 한번 소리쳤다.

"애초에 시작을 했으면 안 됐어!! 내가 분명 이 수술은 우리끼리 결정해서 진행할 사안이 아니라고 분명히 말했잖아! 콜린 퍼스가 없는 마당에 우리가 감당할 수가 없다고!"

"제니…. 무슨 일이 있었는지는 몰라도 좀만 진정하자고."

다소 흥분해 보이는 제니에게 다가간 제니퍼가 다독였다. 심호흡을 하며 고개를 끄덕인 제니는 다시 자리에 착석했다.

"네가 제일 답답한 거 알아. 무슨 기억을 봤는지, 무슨 일이 일어났는지 말할 수 없는 너의 심정은 이해해. 하지만 이 수술은 우리 모두의 투표를 통해 공정하게 결정된 거야."

"그걸 모르는 멍청이는 아니야. 단지, 기억 속에서 본 환자는 전혀 아파하지 않았어. 지금까지 맡아 본 환자와 비교하면 모든 게 부자연스럽다고."

"대체 그게 무슨 말인지…."

"두 가지는 확실해. 인정하기 싫지만 크리스가 맞았고, 우리는 중요한 무언가를 놓치고 있어."

제니의 말은 문제의 심각성을 다시 한번 일깨웠다. 회의실 전체에 가득 차 있는 불편한 침묵과 정적이 심장을 부여잡았다. 몇 분의 시간이 흐르고 다시 제니가 입을 열었다.

"다음 수술은 누구지…?"

"저희요."

제니의 물음에 제니퍼가 손을 들며 대답했고 그 옆에 앉아 있던 빅토르가 자신의 서류 가방 속에서 차트를 꺼내 들었다.

"부모님의 대한 기억이라고 하네요."

"그거 말해도 돼…?"

화들짝 놀란 제니퍼가 빅토르를 새로운 생물이라도 본 것마냥 놀라며 물었다. 늘 제니퍼에게 규칙을 운운하던 빅토르의 입에서는 나오기 힘든 말이었지만 빅토르가 단호하게 대답했다.

"지금 찬물, 뜨거운 물 따질 때는 아니잖아요?"

빅토르 말에 부정하는 사람은 없었고 일제히 고개를 끄덕였다. 잠시 후 세미나실의 문이 열리고 유유히 걸어 들어온 막시무스와 화이트의 손에는 서류 두 장이 들려 있었다.

"모두 이곳에 있을 거라 짐작했습니다."

재빨리 안으로 들어와 쥴리와 빅토르의 앞에 도착한 막시무스는 거침없이 서류를 들이밀더니 말했다.

"방금 콜린 퍼스 님에게 받은 메일입니다. 아무래도 예약 메일을 보내신 거 같은데 콜린 퍼스 님은 정말 미래를 보고 있을지도 모르겠네요."

"지…령…서?"

나지막하게 서류의 첫 장을 읽자 단숨에 쥴리의 주위로 모여든 직원들이 서류를 확인했다.

"지령입니다. 쥴리 씨와 빅토르 씨는 함께 기억전당포에 향하고 다음 수술에 필요한 기억을 찾아오십시오. 기억전당포의 세바스찬은 상당한 장사꾼이기에 조심하시기 바랍니다."

놀람도 잠시 지령서의 뒷장을 넘기기도 전에 다시 한번 회의실 문이 열리고 이번에는 킹과 크리스가 함께 들어왔다. 미소를 지으며 직원들에게 손을 흔들고 있는 킹이었지만 이곳에서 킹을 반기는 사람은 그 누구도 없었다.

"모두들 잘 지내고 있었지?"

오히려 혐오하는 사람이 더 가까웠고 그중 킹을 노려보고 있던 제니가 자리에서 일어나며 말했다.

"우리가 그쪽이랑 달갑게 인사할 상황은 아니지 않나요? 가뜩이나 골치 아파 죽겠는데?!"

킹에게 유독 차가운 제니는 같은 장소에 있는 것조차 싫은 것 같았고 곧장 발걸음을 옮겼다. 지나치게 킹을 싫어하는 제니가 킹을 지나쳐 가는 순간 킹은 제니의 손을 붙잡았다.

"잠깐 있지 그래? 전할 이야기가 있는데."

"듣고 싶지도 않고 당신이랑 같은 공간에 있는 것조차 역겨운데요?"

킹의 손을 강하게 뿌리치며 말한 제니는 지나치다 싶을 정도로 감정을 쏟아냈다.

"하…. 공적인 자리에서 너무 사적인 감정을 내비추는 거 아닌가. 제니? 난 너를 그렇게 가르치지 않았는데 말이야. 아니면 뭔가 찔리는 구석이라도 있는 건가? 이번 사태의 범인이라던지…?"

"뭐?!"

"날 너무 경계하는 거 같아서 말이야. 내가 널 보호했다 해도 이번 사태에 범인이라면 얄짤 없을 거다."

킹의 말에 순간 욱한 제니는 당장이라도 킹에게 달려들 기세였다. 분위기가 심상치 않자 크리스가 제니를 만류하며 말했다.

"일단 진정해. 이런다고 좋을 거 없잖아."

"하…. ×발!!! 크리스, 잠깐 나 좀 보지?"

욕설을 내뱉은 제니는 쉽게 진정이 되지 않는지 입고 있던 가운을 내팽개쳤고 다시 발걸음을 옮겨 세미나실을 빠져나갔다. 크리스는 한숨을 내뱉으며 바닥에 떨어진 제니의 가운을 챙겨 제니를 뒤따라갔다.

"하…. 아무튼, 모두들 고생하는 것쯤은 저도 알고 있습니다. 제가 여기에 온 이유는 좋은 소식과 나쁜 소식, 더 나쁜 소식을 전하기 위해서입니다."

썩 기대되지도 않는 소식에 다들 표정은 더 어두워지고 앞으로 나올 킹의 말을 대비하듯 숨죽이고 기다렸다.

"현재 메모리 세계에 퍼지고 있는 바이러스는 소강상태입니다. 발 빠른 대처로 다행히 바이러스가 퍼지는 것은 많이 막은 상태고 앞으로도 더 열심히 막아 낼 것입니다. 저희 저승사자들은 이번 바이러스의 원인을 찾기 위해 온 힘을 다해 찾고 있고 아직 범인은 찾지 못했지만 하나 확실한 점을 찾았습니다."

마른침을 삼킨 제니퍼와 이나는 팔짱을 끼며 다음 말에 대비하고 화이트는 막시무스의 어깨에 올라탔다. 킹이 직원들 모두를 한 번씩 눈빛을 교환하더니 말했다.

"딜리트 메모리에서 회수한 일심향은 단순히 일심향이 아니었습니다. 일심향과 제작이 금지된 악몽초, 그리고 정체를 알 수 없는 감정을 넣어서 만들었더군요. 타는 속도가 빠른 일심향과 전염성을 가진 악몽초가 합쳐진 이 일몽초는 단 하나의 초만으로 메모리 세계에 퍼지고 말았습니다. 악몽에 빠져 괴로워하는 시민들을 구하기 위해서 치료제를 만들고 있지만 첨가된 감정을 알 수 없어서 많이 늦어지고 있는 상태입니다.”

이야기가 끝으로 갈수록 표정이 더 어두워지는 킹은 곧이어 다음 이야기를 꺼낼 때는 목소리까지 깔며 긴장감을 고조시켰다.

“그리고 그 하나의 초는 이 딜리트 메모리에서 나왔고 범인은 딜리트 메모리에서 일하는 의사 중 하나라는 것을 깨달았습니다.”

“잠시만요!!”

숨죽이고 있던 쥴리가 킹의 말이 끝나기 무섭게 끼어들었고 곧장 말을 내뱉었다.

“이…이건 아니죠…. 단지, 그 초가 딜리트 메모리 안에서 나왔다는 이유로 저희 직원들을 의심한다는 것은 말도 안 됩니다!”

도저히 킹의 말을 이해할 수 없던 쥴리가 억울함을 그대로 내비추며 말했다. 아마 모두가 쥴리와 같은 의견이었겠지만 잠시 후 킹의 주머니에서 나온 투명한 비닐팩과 그 안에 들어 있는 가늘고 긴 흰색의 실을 본 직원들은 신음을 토해 내고 방금 전 제니에게 했던 발언들을 이해할 수밖에 없었다.

“지난번에 딜리트 메모리에서 나온 일몽초에서 의사 가운의 실이 발견했습니다. 딜리트 메모리의 의사들이 입는 가운은 불에 타지 않는다는 것쯤은 모두가 알고 있을 겁니다.”

* * *

“아무래도 환자가 자살하려고 하는 거 같아….”

로비에 도착하자마자 부가 설명도 없이 들어온 충격적인 말은 크리스의 머리를 멍하게 만들었다.

"그게 무슨 소리야?"

"너도 어느 정도 눈치 챈 거 아니야?!"

"다른 꿍꿍이가 있다고는 생각했지만 자살이라니! 알기 쉽게 설명해!"

제니의 어깨를 잡으며 다급하게 크리스가 물었지만 제니는 머뭇거리며 시선을 회피했다.

"지금 규칙 운운하면서 고민해야 할 타이밍은 아닌 거 같은데?"

"하…. 기억 속에서 환자의 방을 봤어. 반려견 사진, 부모님 사진, 웬 남자의 사진, 이건 내 짐작이지만 그 환자, 모든 기억을 지우고 자살하려는 거 같아. 기억에 대해 전혀 아파하지 않았다고!"

"하…. 진짜 돌겠네….."

한숨을 내뱉은 크리스는 결국 고개마저 떨어지고 다시 고개가 돌아왔을 때 제니에게 충고하듯 말했다.

"일단은 비밀로 하자. 절대로, 누구에게도 말하지 마."

03

지우기는 싫고,
기억하기는 싫은

늦은 점심시간 평소와는 다르게 딜리트 메모리가 아닌 버스정류장에 앉아 있는 쥴리의 얼굴은 근심, 걱정이 많아 보였다. 주위에는 먼지만 휘날리고 싸늘해진 거리에는 공허함이 자리하고 있었다. 늘 거리를 가득 채우고 있던 시민들은 보이지 않고 해는 밝게 비추고 있지만 어째선지 거리는 어둡게만 느껴졌다.

바이러스 때문에 시민들은 집 문을 굳게 닫은 채 밖으로 나오지 않았고 식량과 구호 물품들은 어울리지 않게 저승사자들이 일일이 전달하고 있었다.

새벽의 적막함은 고요하면서도 새벽 향기가 마음을 두드리지만 낮 시간의 적막함은 오히려 미묘한 감정만 만들어 냈다. 쥴리의 앞으로 버스가 5대 정도가 지나쳤을 때 누군가 쥴리의 어깨를 두드렸다.

"표정이 마치 썩은 나뭇가지 같네."

어두운 검정색 정장과 검정색 서류 가방, 검정색의 마스크, 흑발의 헤어스타일 검정색을 고집하는 빅토르였다. 쥴리에게 커피를 건넨 빅토르는 곧이어 쥴리의 옆자리에 착석했다.

"비유가 참 아름답다? 썩은 나뭇가지가 뭐냐."

"나름 비슷하다고 생각했는데 아니었나 보네?"

쥴리는 대답 대신 한숨을 내뱉으며 말했다.

"근데 왜 친근하게 반말이야? 우리 친했었나?"

"동기잖아."

빅토르의 간단하고 단호한 답변에 쥴리는 설득된 듯 고개를 끄덕이고 말았다. 이후 소음조차 없는 길거리를 보며 커피 한 모금을 목 뒤로 넘기고 달달한 카페라테는 고요한 길거리와는 충분히 어울렸지만 쥴리의 마음속은 카페라테보다는 진한 아이스 아메리카노가 더 잘 어울렸다.

"그래서, 무슨 일 있어?"

"일이야 너~무 많지. 메모리 세계에 퍼진 바이러스랑 정체를 알 수 없는 환자, 갑자기 아기가 돼 버린 콜린 퍼스, 바이러스를 퍼트린 범인이 딜리트 메모리 직원이라네? 이럴 때 내 심정이 어떻겠니?"

"중요한 거야?"

완전히 관심도 없는 듯이 대답한 빅토르는 다시 한번 커피를 목 뒤로 넘겼다. 차갑고 쌀쌀한 빅토르를 당장이라도 한 대 쥐어박고 싶었지만 애써 올라간 손은 인내심을 극으로 끌어올려 참아 냈다.

"그렇게 대답할 거면 왜 물어본 거야?"

"네가 또 어떤 쓸데없는 고민을 하고 있나 궁금했을 뿐이야. 어차피 우린 콜린 퍼스 님이 내린 지령을 완수하기만 하면 되는 거고 그 외 중요하지 않은 고민과 생각은 필요치 않지."

직설적이고 싸가지 없는 빅토르의 말은 더 이상 대화를 이어 가지 못하게 만들었고 애꿎은 발만 동동 구르게 만들었다.

"하…, 그래…. 네 심정이 어떤데?"

완전히 속이 상한 쥴리를 위해 원할 만한 질문을 내던졌다.

"나약함, 무지함, 자격 미달. 내가 과연 딜리트 메모리에 어울리는 사람일까?란 생각이 들어… 이 지령 역시도 콜린 퍼스 님은 이미 알고…."

말을 잇던 도중, 빅토르는 대뜸 자리에서 일어나고는 쥴리의 앞에 서더니 곧장 쥴리의 머리를 약하게 치고는 한심한 듯 말했다.

"으이구, 나 참 어이가 없어서 말이 안 나오네. 뭐?! 나약해? 무지해? 자격 미달이라고? 말 같지도 않은 소리 그만하지?"

"야!! 내가 오죽하면 그러겠냐!"

빅토르에 맞서 자리를 박차고 일어난 쥴리가 소리쳤다. 누군가 보고 있었다면 따가운 시선을 보냈겠지만 다행인지 불행인지 주위에는 빅토르와 쥴리 외에는 아무도 없었다.

"애초에 우리가 할 수 있는 일은 아무것도 없었어! 그 누구도 예측할 수 없었다고!"

"내가 이러고 싶어서 이러는 줄 알아?! 나도 모르겠으니까 그렇지!! 아무것도 모르겠는데 어떡하라고!! 예측할 수 없다고? 그럼 콜린 퍼스 님의 지령은 어떻게 설명할 건데?! 환자가 올 거란 걸 미리 안 것처럼 환자를 위한 지령이잖아!!"

"알 게 뭐야!"

강하게 소리친 빅토르는 자신이 들고 있던 종이컵을 일그러뜨렸고 남아 있던 커피가 넘치며 손을 뒤덮었다. 도리어 자신의 마스크까지 벗어 던진 빅토르가 다시 입을 열었다.

"정답이고 뭐고 알 게 뭐야. 어차피 중요한 건 온다는 거야. 우리가 기다리고 있는 버스처럼 올 거라고."

"뭐…?"

"몇 번의 버스가, 어떤 버스가 지나가든 반드시 올 거라고. 뭘 해야 하는지, 어떻게 해야 하는지 반드시 우리에게 알리듯 올 거라고. 고민하고, 걱정하고 자신을 갉아먹어 가며 생각해 봤자 답도 안 나오는 문제에 그렇게 얽매이지 마. 징징거릴 거면 그냥 딜리트 메모리로 돌아가. 거래는 내가 알아서 할 테니깐."

지나치게 과민하게 반응하는 빅토르는 곧장 자신의 포켓주머니에서 손수건을 꺼내 자신의 손을 닦아 냈다. 쥴리에게 일 초의 눈길조차 주지 않았고 방금 전 빅토르의 말이 쥴리의 가슴을 강하게 가격해 입이 굳어지고 고개를 떨구게 만들었다.

아무도 없는 낮 시간의 정류장은 완전히 밀폐된 것처럼 답답함과 어색한 기류가 가득해졌다. 잠시 후 기다리고 있던 버스가 정류장 앞으로 들어왔다. 버스의 문이 열리고 거침없이 버스에 타려고 하자 가늘고 억센 목소리가 들려왔다.

"잠깐!!"

당황하며 주위를 둘러보지만 목소리의 근원지는 보이지 않았고 잠시 후 운전석 쪽에서 대략 20마리는 돼 보이는 쥐 떼가 모습을 드러냈다. 깔끔한 유니폼을 입은 채 마스크를 쓰고 있는 쥐 떼들은 눈총을 발사하고 있었고 한 발자국 앞으로 나온 쥐 한 마리가 외쳤다.

"마스크 없이는 안 된다찍!"

자신의 입을 어루만지던 빅토르는 방금 전 흥분한 나머지 날려 버린 마스크를 그제서야 깨달았다. 당황하며 주머니를 뒤져 보지만 여분의 마스크를 챙기지 않은 듯 보였다.

"그…, 제가…."

사정을 말하고 싶지만 절대로 용납할 수 없다는 얼굴을 하고 있는 쥐들은 굉장히 확고해 보였다. 이번 바이러스로 인해 어딜 가든 마스크 없이는 돌아다닐 수 없다는 이야기가 사실이었고 길거리에서 마스크를 사용하지 않는 것이 곧 민폐라는 뉴스와 기사를 봤지만 직접 겪으니 어안이 벙벙해졌다.

당혹함을 숨길 수 없는 빅토르는 아무리 고민해 봐도 좀처럼 좋은 생각이 떠오르지 않았다. 그때, 뒤에서 지켜보고 있던 쥴리는 빅토르를 밀치고는 마스크를 들이밀었다.

"혼자서 고민한다고 답이 나오긴 하니?"

빅토르에게 마스크를 건네준 쥴리는 버스 카드를 찍고는 곧장 버스 안쪽으로 향했다. 허겁지겁 마스크를 착용하자 앞장서 있던 쥐가 고개를 끄덕이고 만족스러운 표정을 지어냈다.

횅한 버스 안은 쥴리와 빅토르를 말고는 아무도 없었고 한적한 버스는 곧이어 문을 닫고 출발했다. 미처 자리를 잡지 못한 빅토르가 넘어질 뻔했지만 가까스로 잡은 손잡이 덕분에 위기를 모면했다.

"그러다 넘어진다. 동기야."

이미 자리에 앉아 있던 쥴리가 빅토르를 놀리듯 말했다.

"고마워. 마스크…."

나지막하게 감사를 건넸지만 쥴리에게 들리지 않았는지 대답이 돌아오지 않았고 시선은 버스 밖, 지나치는 풍경에 고정돼 있었다. 쥴리의 옆자리는 핸드백이 자리를 차지하고 있었고 마치 '이 자리는 너의 자리가 아니야!'라고 말하는 것만 같았다.

보란 듯이 이어폰을 양쪽에 꽂은 쥴리는 대화 자체를 단절해 버리고 단단히 삐친 모양이었다. 하는 수 없이 다른 자리에 앉자 빅토르와 쥴리 사이에 작은 강이 흐르고 둘 사이를 가로막고 있는 것만 같았다.

고요한 버스 안은 타이어 마찰음과 웅장한 엔진 소리만 들리고 창문 밖으로는 수많은 건물들이 빠르게 지나가지만 사람들과 동물들은 일체 보이지 않았다. 고요하고 조용한 도시가 운치 있고 분위기 있어 보이겠지만 쥴리에게는 그저 숨이 막혀 오는 풍경일 뿐이었다. 기분 전환 겸

듣는 J-POP은 크게 도움이 되지 못했다.

"둘은 목적지가 같은가찍?

언제 왔는지 바로 앞에 위치한 쥐 한 마리가 쥴리와 빅토르를 번갈아 응시했다.

"네. 저랑 저쪽에 앉아 있는 현실적인 남자는 기억전당포까지 갑니다."

"그런 음침한 곳은 뭐 하러 가나찍?"

"꼭 받아야 하는 기억이 있어서요."

"가는 내내 탑승할 승객은 없어서 금방 도착할 수 있을 거다찍! 하지만 조심하는 게 좋다찍! 기억전당포의 세바스찬은 유명한 장사꾼이다찍! 절대로 자신이 손해 보는 장사는 하지 않지찍."

군이 쥴리와 빅토르에게 찾아와 이런 이야기를 하는 이유를 모르겠지만 군이 물어보지 않는 게 좋아 보였다. 딱히 악의도 없어 보이고 나쁜 쥐로도 보이지 않았다.

"감사합니다. 혹시 막차 시간을 알 수 있을까요?"

"기억전당포에서 돌아오는 막차는 저녁 6시다찍! 늦으면 그런 음침한 곳에서 하루를 묵어야 하니 조심하라찍!"

"감사합니다."

쥴리는 친절히 답변해 주는 기사님에게 미소를 보이며 인사했지만 지켜보고 있던 빅토르의 표정은 어딘가 불편해 보였고 애써 참아 왔던 입이 근질거리다 결국 입을 열고 말았다.

"저기… 운전은 어떻게 하시고 저희에게 온 겁니까?"

"그건 걱정 말라찍. 우리 66-1번 버스의 기사는 나 혼자만이 아니다찍! 각자 맡은 역할이 있다찍! 난 브레이크 담당이다찍!"

"네?!", "네?!"

동시에 대답한 쥴리와 빅토르는 당혹함을 숨기지 못하고 그대로 내비추었다.

"괜찮다찍! 여기서부터 기억전당포까지 브레이크는 밟지 않는다찍!"

"설마…."

빅토르가 나지막하게 말을 내뱉자 쥴리와 빅토르의 시선이 맞추어졌다.

"혹시 벨트 안 했나찍?"

폴짝 뛰어오른 쥐는 빅토르와 쥴리의 안전벨트를 확인했고 안전벨트를 하지 않은 둘을 보며 고개를 휘저었다.

"그럼 뭐, 둘이 껴안고 있던가찍!"

말이 끝나기 무섭게 운전석으로 향한 쥐는 이내 시야에서 사라졌고 쥴리와 빅토르는 허겁지겁 안전벨트를 허리에 감아 장착했다. 방금 전까지 도시를 지나치던 버스는 어느 순간 나무와 풀들이 가득한 산길을 내달리고 있었고 모래바람을 일으키는 버스는 작은 돌맹이에도 크게 위아래로 요동쳤다. 승차감은 어디로 사라졌는지 벨트를 하지 않았다면 지금쯤 천장과 머리가 키스를 하고 있었을 것이다.

"꽉 잡아라찍!"

운전석 쪽에서 들려온 쥐의 목소리에서 신남이 묻어 나오고 잠시 후 버스는 더 큰 소리를 내며 속도를 올렸다. 쥐들은 운전석에서 이리저리 뛰어다니며 뭔가를 대비하는 눈치였고 커브길에서는 속도를 줄이기는 커녕 더 강하게 엑셀을 밟아 보였다.

버스를 탄 것인지 롤러코스터를 탄 것인지 더 이상 분간이 가지 않을 때 엄청난 가속력을 받은 버스는 점프대로 돌진해 이내 하늘을 가로지르고 있었다. 2초간 무중력 상태에 도달하고 곧장 중력으로 인해 땅으로 처박히기 시작했다. 두 눈을 질끈 감은 쥴리는 믿지도 않는 신께 기도했다.

무서운 속도로 지면으로 추락하는 버스는 순식간에 낙하산이 펼쳐지고 속도는 점차 떨어져 안전하게 땅에 착륙했다.

"도착했다찍!"

여전히 신나 보이는 주의 목소리가 귀에 전해지고 두 눈을 뜬 쥴리는 주위를 둘러보자 자신이 살아 있다는 것에 안도의 한숨을 내쉬었다. 만일 돌아갈 때도 같은 경험을 해야 한다면 온갖 대출을 받아서라도 헬기를 타고 돌아가리라 굳게 다짐했다.

시선을 돌려 빅토르를 확인했지만 어째선지 빅토르는 보이지 않았다. 자연스레 무서운 생각이 머리에서 풍부하게 만들어졌지만 잠시 후 버스 밖에서 구토하는 소리가 들려오자 풍부해졌던 상상력은 사라지고 좋지 못한 빅토르의 모습을 상상하게 만들었다.

"열에 아홉은 다 저런다찍!"

"하…하하…. 감사합니다. 아무래도 친구는 많이 힘든가 보네요."

쥴리도 서둘러 안전벨트를 풀고 버스에서 내리자 버스는 빠른 속도로 시야에서 사라졌다. 여전히 괴로운 신음 소리와 듣고 싶지 않은 토사물이 바닥에 부딪치는 소리가 청각을 두드렸다.

"빅토르…? 괜찮아?"

"어…. 절대로, 다시는! 이딴 미친 짓거리는 하지 않을 거야."

"그건 나도 동감이야."

완전히 게워 낸 빅토르가 서류가방에서 가글을 꺼냈고 쥴리는 주위를 둘러보았다. 대낮임에도 불구하고 완전히 내려앉은 어둠과 섬뜩하게 깔려 있는 안개는 공포감을 조성하고 주위에는 나무들이 빽빽이 놓여 있어 습한 기운이 온몸을 불쾌하게 만들었다.

"굉장히 습하고 짜증 나는군."

어느새 정신을 차린 빅토르가 쥴리의 옆에 서며 말했다.

"그러게 음침하고, 습하고, 공기도 차가워. 이곳을 다니는 시민들은 없겠지?"

"왜 그렇게 생각해?"

"메모리 세계의 시민들은 감정을 돈으로 환산할 수 없는 소중한 자산이라 여기잖아."

빅토르는 쥴리의 답변에 기가 차는지 떨떠름한 표정을 지어 냈다.

"몰라도 한참을 모르는군. 절실한 사람한테는 그런 건 중요하지 않아. 그리고 전당포는 원래 그런 곳이야."

빅토르는 고개를 휘저으며 앞장서 걸어 나갔다. 여전히 마음에 들지 않는 빅토르에게 중지손가락을 치켜세운 쥴리도 빅토르 뒤를 따라갔다.

작은 산길 중간중간마다 기억전당포의 표지판이 보였지만 굉장히 낡아 있어 위태로워 보였다. 표지판만을 의지한 채 10분가량 걸음을 옮기고 나서야 산속에 있기에는 굉장히 크고 어울리지 않는 체육관 하나가 눈에 들어왔다.

바로 옆에 놓여진 팻말이 체육관이 전당포라는 것을 알리고 전당포로 향하던 둘의 걸음은 한순간에 멈추어 온 신경이 곤두섰다.

전당포 쪽에서 천천히 걸어오고 있는 사람 형체는 짧은 시간 만에 공포에 몰아넣고 마른 침을 삼키게 만들었다. 점점 가까워지는 사람 형체는 쥴리와 빅토르에게 손을 흔들기 시작했다.

"쥴리 양~, 빅토르 씨도 있네요?"

친근하게 인사하는 의문의 존재는 더 가까이 다가오고 나서야 루디라는 것을 깨달았다. 곤두세웠던 신경과 고조됐던 긴장감은 안도의 한숨으로 변해 입 밖으로 배출됐다.

"하…. 루디 님!! 지금 여기서 뭐 하는 거예요? 딜리트 메모리는 비상인데!"

그나마 루디와 친분이 있는 쥴리가 루디에게 다가가 물었다. 여전히 다정한 미소를 보이고 있는 루디는 바보 같이 웃으며 대답했다.

"잠깐 전당포에 볼일이 있어서 왔습니다. 두 분은 어쩐 일이세요?"

"볼일이요? 무슨 볼일이요?"

둘과는 상반되는 목소리로 차갑게 말한 빅토르는 표정이 굳어지고 루디에게 날카로운 눈빛을 보내고 있었다. 아무래도 루디를 수상쩍게 본 모양이다.

"어…, 그…."

"야! 빅토르, 선생님한테 무슨 말버릇이야!"

빅토르를 향해 쥴리가 강하게 나무랐지만 빅토르의 눈은 여전히 독기를 품고 있었다.

"죽은 영혼들이 맡겨 놓은 기억이 없는지 확인하러 왔습니다. 그게 제가 할 일이니까요. 이 정도면 빅토르 씨가 원하는 대답일까요?"

자신을 수상쩍게 보고 있는 빅토르에게 신사적으로 대답하며 빅토르에게 웃어 보였다. 곧이어 루디의 대답에 고개를 끄덕인 빅토르는 곧장 머리를 숙이며 말했다.

"죄송합니다. 제 언행이 다소 불편했다면 사과드리겠습니다."

"에?! 아닙니다!! 어서 고개 들어요!"

자신을 향해 고개를 숙인 빅토르에게 손사래 치며 거부하는 루디는 오히려 자신이 미안해하는 눈치였다. 이미 시민들과 직원들에게 착함 그 자체라는 말이 수식어가 붙은 루디는 인성과 행실까지 완벽했고 모든 사람들이 좋아하는 성격이기도 했다.

"아직 제 질문에 대답은 못 들었는데 다시 한번 물어볼까요…?"

"아! 저희는 콜린 퍼스 님의 지령으로 왔습니다. 다음 수술에 필요한 기억을 찾으러 왔거든요."

"흐음…. 그렇군요. 늘 바빠 보이는데 미소는 잊지 않는 게 참 대단한 거 같아요. 쥴리 양."

"루디 님 따라가려면 아직 한참 멀었죠."

서로 칭찬해 가며 하하호호 웃고 있는 둘을 보고 있자니 빅토르는 다시 한번 속을 게워 낼 거 같았다.

"그럼 이만 가 보겠습니다. 부디 잘하고 오세요~."

"넵!! 감사합니다!!"

힘차게 루디에게 인사하고 빅토르도 고개를 숙이며 인사했다. 다시 전당포로 향하는 쥴리와 빅토르는 체육관 크기에 걸맞게 간판 크기도 어마무시했다. 통나무로 만들어진 큰 건물과 작은 전구들이 일정한 간격으로 설치돼 있었고 LED 줄 조명으로 건물로 향하는 길을 인도하고 있었다. 건물 안으로 들어가는 나무 계단에 발을 올리자 '삐걱'거리는 소리가 들려왔다.

"귀신이라도 나오는 거 아니야?"

음산한 기운이 가득한 전당포 탓에 잔뜩 겁먹어 버린 쥴리는 방금 전루디와 이야기할 때와는 다르게 심장이 쪼그라진 모양이었다. 빅토르의 등 뒤에 바짝 붙어 걸어가자 빅토르는 귀찮음을 온몸으로 표현하듯 쥴리를 털어냈다.

　문 앞에 도착한 빅토르는 자신의 키보다 3배는 커 보이는 문을 두드려 보지만 아무런 인기척도 느껴지지 않았고 곧장 문을 열고 들어갔다.

　건물 안은 마치 사람의 손길이 몇 년 동안 닿지 않았는지 군데군데 거미줄이 쳐져 있었고 소파와 인테리어, 장식들까지 먼지들로 점령돼 있었다. 작은 전구에서 나오는 빛에 의존해 앞으로 걸어 나가던 빅토르는 이상함을 감지하고 뒤돌아보자 여전히 건물 밖에 있는 쥴리를 확인했다.

　"뭐 하냐?"

　"무…무섭단 말이야!"

　"뭐가 말입니까?"

　순간 쥴리의 등 뒤에서 들려온 목소리에 그대로 얼어 버리고 식은땀이 등줄기를 타고 내려왔다. 조심히 고개를 돌려 뒤를 보자 안경을 낀 채 자신을 노려보고 있는 순록은 험한 얼굴로 쥴리를 노려보고 있었다.

　"꺄아아아아악!"

　깜짝 놀라 비명을 내지른 쥴리는 곧장 빅토르에게 달려들었고 빅토르 품에 안긴 쥴리는 큰 소리로 울음을 터트리고 말았다. 쥴리를 안정시키듯 어깨를 다독이는 빅토르는 곧이어 순록을 노려봤다.

　"이게 무슨 경우입니까! 겁먹은 여성에게."

　"남의 사업장에 침입하는 건 무슨 경우죠? 더군다나 오늘은 휴일입니다."

　"사업장…? 당신이 세바스찬입니까?"

"저는 기억전당포의 직원, 호저입니다. 무슨 용건이죠?"

자신을 소개한 호저는 건물 안으로 들어와 여전히 둘을 경계하는 듯 보였다. 자신이 들고 있던 지팡이를 가볍게 바닥을 두드리자 어둡고 칙칙했던 건물 내부에 빛이 환하게 들어왔다. 이후 강한 바람이 불어오고 곳곳에 거미줄과 먼지들이 한순간에 사라지고 깨끗하고 환한 모던풍의 인테리어가 모습을 드러냈다.

"저희는 딜리트 메모리에서 왔습니다."

빅토르가 딜리트 메모리라는 말을 내뱉자 호저는 두 눈이 커지고 놀란 얼굴을 한 채 크게 소리쳤다.

"세바스찬 님!!!!!!!!!!!! 기다리던 손님이 오셨습니다!!!!!!!!!"

목소리를 넘어 소음에 가까운 고음은 울고 있던 쥴리마저도 귀를 막게 만들었고 쥴리를 다독이던 빅토르의 손 역시도 자연스럽게 고막을 보호했다.

"뭐?!!?!?! 내 당장 내려가지!!! 손님들에게 다과와 음료를 준비하게. 호저!!"

위층에서 들려온 목소리는 호저와 마찬가지로 엄청난 데시벨을 자랑했고 여전히 귀를 막고 있었다는 것이 천만다행이었다.

곧이어 한달음에 달려온 호저는 쥴리와 빅토르에게 바짝 붙어 부담스러운 거리를 형성했고 둘은 조심스레 뒷걸음쳤다.

"음료는 어느 걸로 준비하면 될까요? 티? 커피? 탄산음료? 뭐든 말만 하십시오!"

"저…저는 커피로 하겠습니다."

"남자친구분께 안겨 있는 여성분은 어떤 걸로…?"

호저가 쥴리를 향해 물었고 눈물을 닦아 내던 쥴리는 그제서야 자신이 빅토르의 품에 안겨 있다는 걸 깨달았다. 황급히 빅토르를 밀쳐 낸 쥴리는 빨개진 얼굴을 가리고 떨리는 입을 열었다.

"아…. 그…, 저는….”

"저 여자는 카모마일 차로 부탁드리죠. 안정에 좋을 겁니다. 그리고 저희는 그런 사이 아닙니다.”

"넵! 빠르게 준비하겠습니다!"

호저는 대답과 함께 엄청난 속도로 계단을 타고 위층으로 사라졌고 진정이 되지 않은 쥴리는 빨개진 두 귀를 숨기지 못한 채 안절부절못하고 있었다.

"그…그게, 고의는 아니었어. 미안해.”

쥴리가 부끄러움에 휩싸여 사과도 제대로 하지 못했지만 빅토르는 아무렇지 않은 듯 자신의 옷매무새를 정리하고 관심조차 없어 보였다. 어색한 기운이 공기에 스며들고 손목시계의 초침 소리가 둘의 정적을 강조하듯 요동치고 있었다.

잠시 후 둘의 정적을 완전히 깨 버리고 위층에서부터 크고 묵직한 발소리가 나선형 계단을 빠르게 타고 내려왔다. 쥴리와 빅토르의 시선이 발자국 소리에 따라 나선형 계단으로 향하고 1층까지 다다랐을 때 계단에서 굉장히 신나 보이는 세바스찬이 모습을 드러냈다.

"어서 오게!! 기다리고 있었어! 내 오랜 친구 콜린 퍼스의 직원들이여!"

세바스찬은 한걸음에 둘에게 달려와 번갈아 끌어안으며 반가움을 몸소 표현했지만 2M가 넘는 거구의 강한 포옹은 과격하기 그지없었다.

"인사가 굉장히 터프하시군요.”

세바스찬의 품에서 벗어난 빅토르가 불쾌함을 그대로 나타내며 말하고 세바스찬을 위아래로 훑어봤다. 밑단이 신발을 잡아먹고 브라운색의 골지 바지와 빅 사이즈의 맨투맨, 길고 덥수룩한 턱수염과 어깨까지 내려온 머리카락을 보며 빅토르는 자동적으로 인상을 구기고 말았다.

"뭐가 마음에 안 드나? 방금 떠난 루디와 어제 찾아온 크리스 역시 자네와 같은 표정으로 날 쳐다보더군."

"큼…. 크흑. 아닙니다. 목에 먼지가 들어간 거 같아서요. 그런데 크리스 님이 오셨다고요? 왜요?"

"크리스 님이 올 이유가 없는데…."

느닷없이 크리스가 찾아왔다는 말에 빅토르와 쥴리는 의아해하며 물었다.

"두 명 다 찾는 기억이 있는지 나에게 의뢰하더군."

"무슨 기억이죠?!"

"미안하지만 고객의 정보는 알려줄 수 없네. 정 그렇게 궁금하면 직접 물어보지 그래? 다들 직장 동료이지 않나?"

화기애애하게 이야기하던 쥴리와 빅토르의 표정이 급격하게 굳어지고 아무래도 일찌감치 포기하는 눈치였다. 표정을 풀곤 한 발자국 앞으로 다가간 쥴리가 고개를 숙이며 말했다.

"갈색을 굉장히 좋아하나 봅니다. 저희는 딜리트 메모리에서 온 쥴리, 빅토르라고 합니다."

"어서 오게! 지난번 회의에서 한 좋은 말, 아직도 기억하고 있다네."

세바스찬이 쥴리의 손을 맞잡으며 손등에 키스했다. 지난번 회의에서 무슨 말을 했는지는 잘 기억이 나진 않지만 쥴리의 말을 기억한다는 것

자체가 기분 좋은 말이었고 자동으로 얼굴에 웃음꽃이 피어났다.

"거두절미하고 이야기하겠습니다. 저희는 오세희 환자의 기억을 찾으러 왔습니다."

쥴리와 세바스찬의 인사가 끝나자마자 빅토르는 기다렸다는 듯이 말을 꺼냈고 방금까지 화기애애하던 분위기는 한순간에 사라지고 세바스찬은 웃음기를 제거하며 말했다.

"성격이 급한 친구구만. 이미 딜리트 메모리에서 연락을 받았다만 타인의 기억을 찾아가는 건 그렇게 쉬운 일이 아니라네."

세바스찬은 팔짱을 끼며 긴장감을 불러일으켰다.

"이미 한참을 찾아가지 않은 기억이고, 자네라면 타인의 기억을 선뜻 내어줄 수 있겠나?"

"물론 선뜻 내어 달라고 할 리가 없죠. 설렘 감정 200g."

순간 로비가 조용해지고 잠시 동안 세바스찬의 입꼬리가 올라갔다가 다시 돌아왔다. 포커페이스를 유지하고 시선을 세바스찬에게 고정된 빅토르는 진지해 보였다. 말도 안 되는 금액을 제시한 빅토르는 거짓말이 아니라는 듯 눈빛에서 말하고 있었고 조심스레 빅토르에게 다가간 쥴리가 작은 목소리로 속삭였다.

"야! 뭔 소리를 하는 거야. 거래는 너한테 맡기라더니 무슨 터무니없는 소리야!"

걱정스러운 마음에 빅토르에게 말했지만 빅토르는 잠깐 눈길을 줄 뿐 아무런 대답도 하지 않았다. 곧이어 다시 세바스찬을 향해 입을 열었다.

"절대로 아쉬운 금액이 아닌데 고민을 하시는 건가요? 흥정은 원하지 않기에 지금부터 10초마다 10g씩 차감하겠습니다."

여유로운 말투와 모습을 보이는 빅토르는 짝다리를 짚으며 꽤나 건방져 보였고 곤란한 표정을 짓는 세바스찬의 이마에서 땀방울이 맺히더니 곧이어 흘러내렸다.

"이봐, 조금만 시간을 주지 그래? 그렇게 쉬운 결정은 아니지 않나?"

"190g."

시계를 확인하며 말한 빅토르의 눈에는 악마가 살고 있었다. 분명 그의 눈에는 악마가 사는 게 확실했다.

"아무리 딜리트 메모리라고 하지만 자네 같은 일개 직원이 그만큼의 감정을 갖고 있을 수 없네. 지불은 당연히 딜리트 메모리에서 하겠지만 그런 큰 거래를 하기 위해서는 큰 시간이 필요한 법이지."

차분하게 자신의 말을 전달하며 가벼운 미소를 내비추었다. 상대가 승부수를 던진다며 나 역시도 승부수를 던지면 된다. 그것이 세바스찬의 거래 방법이었다.

현재 콜린 퍼스가 회기의 시간에 들어갔다는 것쯤은 알고 있다. 따라서 대금을 받기까지 한참의 시간이 필요하지만 상대방은 시간이 충분하지 않다는 것도 알고 있다. 고로, 아쉬운 쪽은 내가 아니라 딜리트 메모리였다.

"그렇지 않나?"

승리의 미소를 지으며 얄팍한 수를 던진 빅토르에게 넌지시 미소를 던지는 순간 빅토르는 가소롭다는 듯이 웃어 보였다. 그 미소가 어떤 것을 의미하는지 전혀 추측할 수 없자 머리에서는 수많은 생각들이 충돌하기 시작했다.

"생각이 많으신 거 같습니다? 170g."

승리의 미소가 빅토르에게 넘어가고 빅토르는 자신의 서류가방에서 두꺼운 철제 가방을 꺼내 보였다. 서류 가방에서 철제 가방이 나온 게 말이 되지 않았지만 잠시 후 철제 가방의 잠금이 풀리고 모습을 드러낸 것은 현실감을 더 떨어트렸다.

"쿨 거래 시 160g."

세바스찬에게 잘 보이도록 가방을 내밀자 머릿속에서 충돌하던 생각들은 두통으로 돌아오고 때마침 음료와 다과를 가져온 호저가 철제 가방에 내용물을 보고는 한걸음에 달려왔다.

"이…이건!! 설마 이걸 놓치시는 건 아니겠죠? 네?!"

호저의 시선이 설렘 감정과 세바스찬을 번갈아 응시하고 조심스레 설렘 감정에 손을 뻗자 빅토르는 잽싸게 가방을 닫아 버리며 말했다.

"저는 시간을 정말 소중히 여깁니다. 쿨 거래 시 150g."

"세바스찬 님!!"

잔뜩 열을 내는 호저는 원래 가격이 200g이란 사실을 안다면 분명 기절초풍했을 것이다.

"140g."

"거!!! 거래하지!"

마지못해 거래를 승낙한 세바스찬은 아쉬운 표정을 지었지만 앞 사정을 모르는 호저는 기쁨에 춤이라도 출 기세로 좋아했다. 호저와 마찬가지로 기뻐하는 쥴리였지만 빅토르는 어째선지 세바스찬과 똑같은 얼굴을 하고 있었다.

"정말 대단해!! 빅토르, 60g이나 깎아 냈어!"

기쁨과 신남이 얼굴에 그대로 나타나는 쥴리였지만 빅토르는 한숨을 내쉬며 아쉬워했고 들고 있던 철제 가방을 세바스찬에게 넘기며 말했다.

"전혀 좋아할 게 아니야. 애초에 우리가 필요한 기억의 가치를 따진다면 설렘 감정 140g이 적정가였어⋯."

"그럴 리가! 아무리 비싼 기억의 초도 그 정도 가격은 아니라고⋯."

"내가 말했잖아. '우리'라고. 현재 딜리트 메모리의 상황과 메모리 세계의 상황을 합산한다면 140g이 적정가야."

쥴리와 빅토르의 대화를 듣고 있던 세바스찬이 들고 있던 가방을 호저에게 넘기고는 다가왔다.

"이 자의 말이 맞네. 쥴리 양. 자네 나와 함께 일해 보지 않겠나?"

정확히 빅토르를 보며 말한 세바스찬은 뭐라도 결심한 듯한 눈이었고 손을 내밀었다.

"자네는 내가 적정가에서부터 흥정을 시작할 거라 생각하고 처음부터 최고가를 부른 것이지? 거기서부터 가격을 내리며 상대방을 다급하게 만들어 적정가에서 거래가 될 거라 확신하고 설렘 감정 140g를 준비한 거고?"

세바스찬의 물음에 빅토르는 인정하듯 고개를 끄덕이고 세바스찬의 손을 잡으며 악수했다.

"잠깐 손에 들었는데 무게를 맞추신 겁니까?"

"애초에 200g를 준비했다면 선뜻 가방을 나에게 보여 줬을 리가 없지."

"역시 예리한 장사꾼이십니다. 말씀은 고맙지만 안타깝게도 저는 딜리트 메모리에 있어야 할 사람입니다."

"하긴 나무는 숲에 있어야 하는 법이지."

둘은 그제서야 흡족한 미소를 보였고 그 미소는 성공적인 거래를 알리고 있었다.

* * *

세바스찬의 사무실로 안내받은 둘은 널찍한 소파에 앉아 세바스찬을 기다리고 있었다. 크게 특이점이 없는 사무실에서 호조가 준비한 다과와 음료를 마시며 기다리던 중 얼마 지나지 않아 사무실 문이 열리고 세바스찬이 들어왔다.

"기다리게 해서 미안하네. 아무래도 고가의 감정을 받은 건 처음이라 보관에 신중을 기하다 보니 늦고 말았네."

"괜찮습니다. 저희가 찾는 기억은 어디에 있죠?"

"성격 급한 청년이구만."

세바스찬은 씁쓸한 미소를 지어내며 사무용 책상으로 향했고 의자에 엉덩이를 붙이며 다시 입을 열었다.

"오세희 고객의 기억을 찾는다고 했지? 뭐 더 궁금한 건 없나?"

세바스찬의 질문에 한숨을 내뱉은 빅토르는 심히 답답한 모양이었다. 빨리 이곳을 벗어나고 싶은 모양인지 세바스찬을 기다리는 내내 시계만 들여다보고 있었다.

"저희…."

마지못해 한마디 꺼낸 순간 줄리의 손이 빅토르의 입을 막았다. 이후 빅토르에게 눈치 주듯 고개를 휘저었고 곧장 자리에서 일어나 세바스찬의 맞은편 의자에 앉으며 말했다.

"어떤 기억인지 기억하시나요?"

"음⋯."

쥴리의 물음에 자신의 턱수염을 어루만지는 세바스찬은 잠시 후 뭔가 떠올랐는지 검지손가락을 허공으로 뻗으며 말했다.

"그래!! 기억났어! 그 고객은 굉장히 초췌한 얼굴로 찾아왔지. 정말 이런 말은 조심스럽지만 썩 좋은 기억은 아니었네. 나조차도 크게 쳐 줄 수 없다고 누누이 이야기할 정도였지."

"대체 무슨 기억이죠⋯?"

"부모님의 대한 기억이었네. 그것도 부모님과 싸우는 기억이었지. 어찌나 소리 지르고 화를 내던지⋯."

제니퍼와 빅토르의 수술 역시 부모님의 대한 기억이었다. 어떤 이유로 기억을 맡기고, 지우려고 하는지 알 수는 없었지만 이번 수술 역시도 쉽지만은 않으리라 짐작했다.

"혹시 다른 특이사항은 없었습니까?"

다시 한번 세바스찬에게 질문했지만 이번에는 딱히 생각나는 게 없는지 아쉬운 표정을 지었다.

"아쉽겠지만 딱히 기억나는 건 없네⋯. 그저 많이 초췌하고 기억에 대한 아쉬움이 없었다뿐이군."

"한 가지 이상한 게 있습니다."

둘의 대화에 끼어든 빅토르는 고개를 휘저으며 전혀 이해하지 못하겠다는 얼굴을 하고 있었다.

"뭐가?"

"생각해 봐. 여긴 전당포야. 기억을 담보로 감정을 빌려주는 곳이라고. 값어치도 없는 기억? 부모님의 기억이 값어치도 없고 아쉬움도 없이 맡길 수 있을까?"

빅토르의 말이 충분히 일리가 있는지 쥴리의 고개가 덩달아 움직였다.

"사정이 있지 않았을까? 예를 들자면 부모님이랑 사이가 좋지 않다던가. 어릴 때부터 학대를 받았다면 충분히 가능한 일이야."

"그렇다 해도 이상하지! 그런 기억이라면 우리 병원을 먼저 찾아왔을 거야. 군이 이 전당포까지 찾아와 그런 기억을 맡긴다고…? 혹시 오세희 씨는 기억의 대가로 뭘 받아 갔죠?"

"한번 찾아보겠네."

세바스찬은 대답과 동시에 컴퓨터 모니터에 시선을 옮기고 빠르게 키보드를 두들겼다. 잠시 후 뭔가를 찾아낸 세바스찬은 느닷없이 입맛을 다시고는 둘을 번갈아 응시했다.

"왜 그러시죠…?"

"요즘 정보화 시대에서는…."

말을 끝까지 잇지 않으며 둘의 눈치를 살피자 빅토르는 혀를 차며 말했다.

"허! 정보 역시 돈이라는 겁니까?"

"역시 내가 알아본 인재일세! 말이 통하는구만."

기가 차는 소리에 쥴리의 표정이 굳어지고 이제는 세바스찬을 경멸까지 할 것만 같았다.

"됐습니다. 빨리 기억이나 주시죠."

"내 말 좀 들어봐! 원하는 정보를 더 주도록 하지. 가령 너희들이 맡기고 간 기억은 어떤가?"

두 눈썹을 치켜세우며 말한 세바스찬은 완전히 장사꾼이었다.

일부러 뒷말을 작게 이야기했지만 둘에게는 충분히 들렸을 것이다. 그리고 지금, 자신의 귀를 의심하고 있는 둘은 아마 수많은 생각들이 머리에서 교차되고 혼잡해지기 시작했을 것이다.

조용히 컴퓨터의 인쇄 버튼을 누르고 바로 뒤에 배치된 복사기가 요란하게 울리기 시작했다. 곧이어 따끈따끈하게 구워진 온기를 머금은 서류가 프린터기에서 배출됐다.

'3···. 2···. 1.'

"혹시 방금 하신 말씀이 뭔지 여쭈어 봐도 될까요?"

세바스찬의 예측이 정확히 들어맞으며 줄리가 질문을 던졌다. 미소가 절로 나오지만 애써 표정을 숨기고 인쇄된 서류들과 함께 다시 자리로 돌아온 세바스찬이 대답했다.

"별거 아니네. 생전에 우리 전당포에 맡긴 기억을 이야기한 걸세. 원한다면 지금도 찾아갈 수 있지. 물론! 대가를 지불해야 하겠지만."

차분하게 말을 끝냈지만 더 이상 미소는 숨길 수가 없었고 입꼬리가 씰룩거렸다. 줄리와 빅토르에게 보란 듯이 뽑아 낸 서류 3장 중 2장을 탁자에 올려두자 서류에서 시선을 떼지 못하는 둘의 눈동자는 강하게 흔들리고 있었다.

곧이어 줄리의 입술이 조심스레 떨어졌다.

"가격이···."

'나이스!'

세바스찬은 속으로 외쳤다. 완전히 자신의 페이스로 넘어와 그토록 치워 버리고 싶던 기억 두개를 비싼 값에 팔아넘길 수 있는 기회였다.

세바스찬의 입이 떨어지고 가격을 부르려는 찰나 순식간에 탁자에 있던 서류 두 장이 온데간데없어졌다. 시선을 돌리자 온 힘을 다해 서류를 구겨 버리고 있는 빅토르가 눈에 들어왔다. 빅토르의 손에 완전히 압축된 서류는 한순간에 쓰레기로 전락하고 쓰레기통으로 직행했다.

"장사는 이쯤 하시죠. 저희는 오세희 환자의 기억을 찾으러 왔지 잊은 기억을 찾으러 온 게 아닙니다."

빅토르의 말 속에 화가 묻어 나오고 쥴리를 무섭게 노려보고 있었다. 빅토르의 눈빛은 당장이라도 쥴리를 잡아먹을 것만 같았고 세바스찬이 없었다면 잔소리를 쏟아냈을 것이다.

머릿속에 들어와 있던 잡생각들과 기대들을 털어낸 쥴리가 말했다.

"맞아요. 저희는 오세희 님 기억만 받아서 가겠습니다."

말을 하면서도 내심 아쉬운 마음은 숨길 수가 없는지 쥴리의 얼굴에 그대로 드러났다. 하지만 빅토르는 이미 확고한 모습을 보이며 더 이상 시간을 지체하고 싶지 않은 눈치였다.

아쉽게 고객을 놓친 세바스찬이 씁쓸한 표정을 지으며 고개를 끄덕이고 자리에서 벗어났다. 버려진 서류는 쓰레기통에서 따듯한 온기를 잃어 가고 3명은 서로의 가슴에 찝찝한 기분만을 남긴 채 사무실 밖으로 향했다.

사무실에서 나온 쥴리와 빅토르는 세바스찬을 따라 걸음을 옮기고 아무도 말을 꺼내지 않았다. 엘리베이터에 도착해 버튼을 누른 세바스찬이 침묵을 깨며 말했다.

"아까 이야기했듯이 오랫동안 찾아가지 않은 기억을 찾는 건 여간 쉬운 일이 아니야. 장소를 알고 있다고 해도 위험이 도사린다네."

세바스찬은 자신이 들고 온 서류를 흔들어 보이며 다시 말을 이었다.

"이곳에 오랫동안 보관돼 있는 기억들은 언제 어떻게 소멸될지 아무도 모르지."

"띠링!"

엘리베이터가 도착하는 소리와 함께 문이 열렸다. 3명은 엘리베이터에 몸을 실고 세바스찬은 자신이 들고 있던 서류를 한번 훑어보고는 엘리베이터의 버튼을 빠르게 누르기 시작했고 대략 누른 버튼만 12개는 넘어 보였다.

"엘리베이터가 평범하진 않네요…?"

엘리베이터의 버튼이 알파벳과 로마 숫자들이 가득하단 걸 확인한 쥴리가 물었다.

"우리 전당포가 평범하진 않지. 잠시 엘리베이터 뒤로 바짝 붙어 주게."

세바스찬의 부탁에 쥴리와 빅토르는 머뭇거리자 세바스찬은 둘에게 어깨동무를 하고는 벽으로 밀어냈다. 등이 벽에 닿는 순간 벽에서 안전벨트가 튀어나왔고 3명을 단단히 고정시키자 불현듯 전당포로 오기 위해 탔던 버스가 생각났다.

"혹시 이것도 낙하하나요…?"

"올 때 버스를 타고 왔지?"

쥴리가 조심스레 고개를 끄덕였다.

"그러면 내성이 생겼을 걸세!!"

세바스찬은 환한 웃음을 지어냈고 불길한 직감이 느껴졌다. 세바스찬의 주먹이 벽을 쳐 내자 엘리베이터는 수직으로 낙하하기 시작하고 곧이어 좌우로 심하게 요동치기 시작했다. 1초마다 중력이 사방팔방으로 바뀌는 것을 고스란히 느끼고 몸 안에 있는 장기가 뒤엉키는 기분이었다.

"난 이 엘리베이터가 가장 신난다네!!"

감당하기 힘든 속도와 오장육부가 뒤엉키는 와중에도 세바스찬은 환호성을 지르며 얼굴의 미소가 떠나지 않았다.

롤러코스터보다 더한 엘리베이터는 속도가 점차 줄어들고 목적지에 도착하자 자동적으로 안전벨트는 쥴리와 빅토르를 놓아주었다. 엘리베이터에서 튕겨 나오듯 뛰쳐 내린 빅토르는 지난 버스에서처럼 구토할까 봐 걱정했지만 정말 내성이라도 생겼는지 구토는 하지 않았다.

"다들 운동 좀 해야겠어!"

엘리베이터에서 걸어 나온 세바스찬이 쥴리와 빅토르의 어깨를 치며 지나갔고 엘리베이터는 문이 닫히자 순식간에 사라졌다. 눈앞에 까마득한 어둠이 내려앉고 어떤 것도 보이지 않았다. 한순간에 시력을 잃자 피어오른 두려움이 다리를 타고 올라오고 잠시 후 잔뜩 겁먹은 듯한 쥴리의 목소리가 들려왔다.

"비…빅, 빅토르! 거기 있지…?"

"어…? 어….."

당장 바로 옆에서 쥴리의 목소가 들려왔지만 그조차도 보이지 않았다. 시간이 지날수록 조금씩 숨이 막혀 오기까지 하고 당장이라도 쓰러질 것만 같다. 온몸에서 당장 이곳에서 빠져나가라고 소리치지만 까마득한 어둠 속에서 엘리베이터의 버튼을 찾는 건 불가능에 가까웠다.

"세바스찬 님 계십니까…?"

담담하게 세바스찬을 찾지만 이미 두려움과 무서움이 온몸을 잠식하고 말았다. 한 치 앞도 보이지 않는 상황에 숨까지 막혀오지만 빅토르는 애써 침착하려 노력했다.

"역시… 혼자 올 걸 그랬어….'

세바스찬의 목소리가 반갑게 들려왔지만 여전히 아무것도 보이지 않았다.

"아무것도 보이지 않습니다. 어떻게 좀 해 보세요!!"

"정신 차리게!! 눈을 떠야 보지 않겠나!!"

귓가에 호통 소리가 뇌에 전달되자 두 눈이 번쩍 떠졌다. 순간 머리가 하얗게 질려 오고 무슨 일이 벌어진 건지 이해하기까지 시간이 필요했다. 눈앞에는 랜턴을 들고 있는 세바스찬과 줄리가 보이고 두 명 모두 빅토르를 안타까운 눈빛으로 쳐다보고 있었다.

"이게 지금 무슨….'

"감정에 잠식되지 말게.'

세바스찬은 짧게 대답하고는 파란색의 마스크를 건넸고 줄리 역시 같은 마스크를 착용하고 있었다. 빠르게 마스크를 착용한 빅토르가 줄리에게 물었다.

"너는 괜찮아…?"

"그 질문은 내가 해야 하거든? 대체 왜 그런 거야?"

"내가 뭘….'

"엘리베이터에서 혼자 뛰쳐나가더니 웃다가, 울다가, 화를 내더니, 바닥에 주저앉았잖아!!"

대체 무슨 말을 하는지 전혀 이해가 가지 않고 뭔가에 머리를 강하게 맞은 듯한 기분이었다. 혼자서 다른 세계라도 다녀온 건가 싶을 때 안타까운 시선을 보내던 세바스찬이 랜턴을 건네며 설명했다.

"감정에 잠식된 걸세. 이곳은 D구역 중에서도 가장 깊은 D-99라네.

소멸을 앞둔 기억들을 보관하는 곳이지. 소멸을 앞둔 기억의 초들은 자연적으로 발화하기도 하고 기화하기도 하지. 그렇기 때문에 이곳에 수십 가지의 감정들이 가득 채워진 곳이나 다름없어."

"무슨 말인지 이해가 가지 않네요…. 좀 쉽게…."

"하…."

말을 다 끝내기도 전에 한숨을 내뱉은 세바스찬이 이제는 한심하다는 듯이 빅토르를 쳐다보고 있었다.

"자네는 어떤 감정이든 깊게 빠져 본 적이 없는가? 불안은 청각을, 창피는 시각을, 기쁨은 후각을, 슬픔은 미각을, 바람은 촉각을 잃게 만들고 분노는 뇌를 멈추지. 아픔은 심장을 얼어붙게 만드는데…. 자네는 방금 창피라는 감정에 잠식된 걸세. 대부분 가장 약한 감정을 공략하지."

"그렇다면 왜 쥴리는 멀쩡한 거죠…?"

빅토르가 인정할 수 없다는 듯이 물었고 쥴리는 자신도 모른다는 표정을 지어냈다.

"면역이라 하면 이해하기 편할 거야. 보통 면역도 두 가지지. 감정에 솔직하거나, 모든 감정의 한 번씩 잠식된 경험이 있거나. 나 같은 경우는 전자라네! 허허!"

뭐가 그리 자랑스러운 일인지 자신감 있게 웃어 보이는 세바스찬이 전혀 이해가 가지 않았다.

"안심하게나. 내가 준 마스크와 랜턴을 들고 있다면 잠식되는 일은 없을 거야! 그럼, 출발하지!"

세바스찬은 말을 끝내며 발걸음을 옮겨 더 깊은 곳으로 향했다.

"그런 건 좀 일찍 주면 안 되는 건가요?!"

어이없음에 튀어 나온 빅토르의 질문에는 아무도 대답하지 않았고 멀어져 가는 세바스찬을 따라가는 행동은 미친 짓이라 여겨졌다. 생각을 정리하고 현명한 답안을 찾은 빅토르가 곧장 쥴리에게 말했다.

"쥴리? 아무래도…. 하…."

또다시 말을 잇던 중 이미 세바스찬을 따라 가고 있는 쥴리를 보자 한숨이 터져 나왔다. 결국 자신의 고민과 생각은 의미 없는 짓에 불가했고 결국 빅토르도 세바스찬을 따라갔다.

랜턴 3개와 마스크에 의존해 안쪽으로 향하자 굉장히 어둡고 칙칙한 기분과 차가운 기운들이 살을 때리고 지나가는 기분이었다. 일정한 간격마다 높이가 족히 3m 정도 돼 보이는 장식장들이 길게 나열돼 있었고 안에는 수많은 초들이 보관돼 있었다. 길게 나열된 장식장 중 간혹 노란 빛이 잠시 보였다가 사라지는 걸 목격한 쥴리는 곧바로 세바스찬에게 물었다.

"방금 장식장 안에서 불빛이 보였어요!"

"그게 자연 발화한 경우라네. 소멸을 앞뒀다는 이야기니 썩 좋은 징조는 아니지. 지난번 회의에서 기억이 소멸될 때 무슨 일이 일어나는지 기억하나?"

"그럼요!! 큰 폭발과 함께 그 기억을 잠시 동안 볼 수 있다고 했습니다. 그런데… 장식장 안에서 기억이 소멸되면 위험한 거 아닌가요?"

"맞네. 하지만 이 수많은 장식장이 낡아 보이긴 해도 소멸되면서 생기는 폭발을 거뜬히 버텨 주지! 하지만 장식장 문이 열려 있는 상태로 소멸한다면 정말 큰 사고가 일어날 수 있으니 소멸 징조가 보인다면 가까이 가지 않는 것이 원칙이네."

줄리는 이해했다는 듯이 고개를 끄덕였다.

"하지만 여기도 노쇼 고객들 때문에 더 이상 보관할 공간이 마땅치 않네. 한 번에 많은 초들이 소멸을 한다면 장식장도 안전하지 못할 거야. 그런데 이런 상황도 모르고 속 좋은 이야기나 늘어놓다니…."

아무래도 지난번 회의에서 말했던 애로 사항을 이야기 하는 거 같았다. 목소리에서는 아쉬움이 느껴지고 우울해하는 느낌까지 받은 줄리는 빠르게 대화 화제를 돌려야겠다고 생각했다.

"한 가지 여쭈어봐도 될까요?"

이번에는 세바스찬이 고개를 끄덕이며 대답을 대신했다.

"아까 감정의 잠식에 대해 설명해 주셨는데 감정은 크게 8가지이지 않나요? 아까 설명에서는 사랑 감정은 빠졌던데…."

"때로는 모르는 편이 나을 때도 있지. 사랑에 잠식되면 모든 걸 앗아간다는 사실을 부정하고 싶을 테니깐."

"네?! 그럴 리가요! 사랑이란 감정이 얼마나 좋은데요!!"

줄리의 의아함에 세바스찬의 걸음이 자동적으로 멈추었고 곧이어 뒤를 돌아 줄리를 뚫어져라 쳐다봤다.

"사랑이란 감정은 듣기로는 달콤하지만 완전히 빠져들면 썩어 문드러지기 시작하지. 마치 사탕처럼 말이야."

"저는 인정할 수 없습니다! 그건 달콤한 사탕을 먹지 못하게 하기 위한 어른들의 계략 같은 거잖아요!"

"아니, 자네도 인정했어. 단지, 기억할 수 없을 뿐이네."

줄리의 마음을 가리키며 말한 세바스찬은 확신에 찬 얼굴을 하고 있었다. 순간 세바스찬에게 한 발자국 떨어진 줄리가 소리쳤다.

"저에 대해 뭔가를 아시는군요?! 제가 맡겨 둔 기억과 연관된 건가요?!"

갑자기 소리까지 치는 쥴리의 반응은 과했다. 심지어 진정하지 못하는 모습을 보이는 쥴리는 어딘가 좀 불편해 보이고 곧이어 자신의 가슴을 치며 답답함을 호소했다.

"그 질문에 대답은 자네가 찾아야겠지."

"그게 지금 대답이라고 하시는 겁니까?!"

순간 감정을 주체하지 못한 쥴리가 흥분하며 강한 어조로 말했다. 지켜보고 있던 빅토르가 쥴리를 잡으며 막았고 쥴리 역시도 방금 자신의 행동에 놀랐는지 혼란스러워 보였다.

"너 갑자기 왜 그래….'

"모르겠어. 이게… 지금, 나도 잘 모르겠다고!!!"

빅토르를 뿌리친 쥴리는 급기야 신경질적으로 바뀌었고 발까지 강하게 구르며 화를 표출하는 거 같았다. 난데없는 상황에 빅토르가 당황해하고 지켜보던 세바스찬이 쥴리를 강하게 잡고는 유심히 확인하고는 물었다.

"지금 어떤 감정들이 느껴지는지 알겠나?"

숨까지 가쁘게 쉬기 시작한 쥴리의 대답은 완전히 미친 사람처럼 많은 감정들이 섞여 있는 것만 같았다.

"좋아요…. 근데! 짜증이 나고!! 화가 나는데… 이상하게 달콤한 냄새가 나요…. 나를 찾는 거 같기도 하고….'

완전히 정신이 나간 쥴리와 쥴리를 쳐다보고 있는 세바스찬의 표정은 심각하게 변하였고 빅토르에게 쥴리를 다급하게 넘긴 세바스찬이 말했다.

"지금부터는 나 혼자 가야겠네. 자네들은 어서 돌아가게."

"네?!"

"역시 혼자 왔어야 했어. 애초에 그런 부탁은 받아들이지 말아야 했다고."

도리어 혼잣말까지 하는 세바스찬은 자신의 머리를 헤집다가 팔짱을 끼고 큰 소리까지 치는 게 아무래도 이 공간에서 정상은 자기 자신뿐이라고 빅토르는 생각했다.

"이봐요!! 지금 어쩌자는 겁니까!"

빅토르의 질문에 세바스찬은 빅토르를 붙잡으며 말했다.

"내말 잘 듣게. 당장 왔던 길로 돌아가게. 절대로 뒤를 돌아보지도 말고 뭔가 느껴지고, 보이고, 말을 걸어와도 전부 무시하고 엘리베이터로 뛰어!"

말이 끝나기 무섭게 세바스찬의 뒤로 엄청난 불빛이 일어나고 곧이어 큰 폭발음과 폭풍이 3명을 덮쳤다.

"지금 이게….."

"소멸이야. 그것도 단체 소멸이네. 그러니깐 너희는 죽기 살기로 뛰어! 기억은 내가 책임지고 가지고 갈 테니 걱정하지 말고 뛰어!!!"

다급한 세바스찬의 목소리에 심각성을 알아챈 빅토르는 고개를 끄덕였고 세바스찬의 시선이 쥴리와 빅토르를 번갈아 응시하고 나지막하게 말했다.

"만일, 무슨 일이 생기더라도 나는 염라대왕 킹이 시킨 대로 했을 뿐이야. 잊지 마! 가여운 것들….."

"네?!"

"뛰어!!!"

세바스찬이 쥴리와 빅토르를 있는 힘껏 밀어냈고 빅토르는 방금 전 의미심장한 말이 무엇을 의미하는지 알 수 없었지만 지금 당장 뛰어야 한다는 것은 확실했다.

쥴리의 손을 잡은 채 왔던 길을 빠르게 뛰기 시작했다. 옆으로는 장식장들이 빠르게 지나가고 랜턴은 심하게 요동치며 옷과 머리는 바람에 망가져 갔다. 하지만 지금은 그런 사소한 것들을 신경 쓸 겨를이 없었다. 숨이 턱까지 차오르고 저 멀리 엘리베이터가 눈에 들어왔다.

"빅토르, 먼저 가…."

엘리베이터까지 대략 200m 앞둔 시점에서 쥴리의 말이 들려오고 잡고 있던 손이 놓아졌다. 절대로 멈추지 않겠다고 다짐한 걸음은 서서히 멈추고 시선이 뒤로 향하자 쥴리는 고개를 떨군 채 가만히 서 있었다. 곧이어 파란 연기와 주황색의 연기가 쥴리의 주위를 맴돌더니 이내 잡아먹듯 감싸고 쥴리는 힘없이 바닥에 쓰러지고 말았다.

"쥴리!!!!!!!!!!!!"

* * *

현재 쥴리도 어떤 상황에 놓여 있는지 전혀 알 수 없었다. 단지 앞에 보이는 건 푸른 안개들이 자욱하게 깔려 있고 아무것도 보이지가 않는다는 것이다. 마지막 기억은 빅토르와 세바스찬이 심각한 표정으로 대화를 나누는 거 같았고 이윽고 빅토르는 내 손을 강하게 잡은 채 전속력으로 뛰기 시작했다.

어떤 이유인지, 어떤 일이 일어났는지 알아차릴 틈도 없이 빅토르에게 이끌려 뛰기 시작했고 세바스찬에게서 멀어졌을 무렵 알 수 없는 목소리가 들려왔다.

"쥴리 씨, 당신은 꼭 알아야 합니다."

중년 여성의 목소리, 친숙하고 익숙한 목소리가 들려왔다. 잠시 후 진열대 사이에서 불쑥 나타난 파란 연기는 나를 따라오는 거 같았고 방금전 들려온 목소리의 출처라는 걸 깨달았다. 푸른빛을 띠고 주위를 맴돌고 있는 저 형체는 그저 푸른 연기에 가까웠다.

"절 도울 수 있는 건 쥴리 씨뿐입니다!"

귀에 속삭이듯 말한 푸른 연기는 꽤나 애처롭게 다가왔다. 당장이라도 입을 열어 말하고 싶지만 굳게 닫힌 입은 열리지 않았고 조금 전까지 코를 자극하는 달콤한 냄새가 더 진하게 다가왔다. 아무래도 달콤한 향기에 근원지가 푸른 연기인 게 분명했다.

"그 손을 놓아주세요!"

다시 한번 푸른 연기가 말하고는 빅토르와 맞잡은 손을 어루만지기 시작했다. 빨리 손을 놓으라는 듯 재촉하고 조금씩 손가락에 힘이 빠져나갔다. 이대로 가다간 푸른 연기가 원하는 대로 될 것만 같았고 안간힘을 발휘해 조금씩 떨어진 입에서는 아주 작은 목소리가 새어 나왔다.

"대…대체… 원하는 게 뭡…니까….."

"쥴리 씨도 크리스가 행복하길 바라지 않나요…?"

쥴리의 귀에 크리스의 이름이 들리자 빅토르와 연결돼 있던 손은 힘없이 떨어지고 빠르게 움직이던 다리는 곧장 멈추고 말았다. 방금 전까지 떨어지지 않던 입술은 언제 그랬냐는 듯이 문제없이 벌어졌다.

"빅토르, 먼저 가."

말이 끝나기 무섭게 주위를 서성거리던 푸른 안개 뒤로 주황색의 연기가 새롭게 나타났다. 그 연기는 순간 쥴리에게 달려들었고 그대로 쓰러졌다. 쥴리조차도 왜 크리스의 이름을 듣고 고민도 없이 빅토르의 손을 놓았는지는 설명하기 어려웠다. 동정심일까? 아니면 단지 불쌍해서…? 이유는 여전히 모르겠다.

"뭐 하러 왔어…. 그냥 집에 들어가지."

나긋하고 부드러운 톤의 목소리가 들려왔다. 주위를 살피자 아무것도 보이지 않던 연기들이 조금씩 걷어지고 고개를 들어 올리자 하늘에는 별들이 예쁘게 자리하고 있었다. 아무래도 누군가의 기억 속으로 들어온 게 확실했다.

기분 좋게 취해 행복한 미소를 짓고 있는 여성과 그런 여성을 사랑스러운 눈빛으로 바라보고 있는 남자는 여자에게서 눈을 떼지 못하고 있었다.

"데려다주려고?!"

남자를 보곤 놀란 듯 물은 여성이었지만 남성은 고개를 끄덕이고 눈에는 사랑이 녹아 있었다.

"야! 너 집 가려면 여기서 30분은 더 걸리잖아! 난 여기서 걸어서 5분도 안 걸리는데…?"

"뭐 어때~. 그러면… 산책 조금만 하다 들어갈래?"

"너도 참 신기하다~."

서로를 보며 해맑게 웃고 있는 둘에게서 설렘이 느껴지고 둘은 천천히 발걸음을 옮겼다. 기분 좋은 가을바람이 불어오고 설레는 거리를 유지한 둘에게서 핑크색이 물드는 것만 같았다.

가로등을 지나치며 가로등 불빛이 여성을 비추었을 때 순간 쥴리의 고개가 돌아가고 더 자세히 여성의 얼굴에 집중했다.

'어디서 많이 봤는데….'

낯익은 얼굴에 분명 어디선가 본 얼굴이었다. 하지만 아무리 생각해 봐도 떠오르지 않았고 좀 더 가까이 다가가려는 순간 여성의 발걸음이 멈추고는 얼굴에 심술이 가득한 채 말했다.

"내 말 듣고 있어?!"

남자는 난감한지 고개를 끄덕이지만 아무래도 여성의 말을 제대로 듣지 못한 모양인지 머뭇거리기까지 했다.

"진짜 듣고 있던 거 맞아?!"

"어…, 그게. 미안해. 잠시 딴 생각하느라…."

"아, 짜증 나! 다시 한번 말할 테니깐 잘 들어!"

남자는 강하게 고개를 끄덕였고 다시 발걸음이 움직이기 시작했다. 지금 당장 여성의 얼굴을 확인하고 싶지만 지나치게 설레는 감정이 느껴지고 있다. 마치 내가 경험하고 있는 것처럼 생생하게 감정들이 꽃처럼 피어오르고 모든 풍경이 흑백이지만 심술 가득한 얼굴을 하고 있는 여성은 예쁜 컬러들로 물들어 있었다.

"어떻게 고백하지…."

순간 쥴리의 머릿속에 남성의 목소리가 들려온다. 고백이었다. 지금까지 여성의 말을 제대로 듣지 못한 이유가 어떻게 고백을 해야 할지 한참을 고민하고 있던 거였다. 초조함과 불안함이 설렘을 뒤덮었고 덩달아 심박수가 올라가는 것이 느껴졌다.

"그러니깐! 내일 아침 일찍 일어나서 전 부치게 생겼다니깐?"

"일어날 수 있겠어?"

"내 말이…. 꿈에서 부치고 있지 않을까?"

"그럼 꿈에서도 전도 부치고… 나랑도… 만나 줄래?"

다시 여성의 발걸음이 멈추고 천천히 고개를 돌린 여성은 남성에게 시선이 고정시킨 채 얼어붙었다. 남성의 얼굴은 빨갛게 달아오르고 분명 자기 자신도 무슨 말을 했는지 모르는 눈치였다. 수많은 고백 시나리오 중에 방금 같은 멘트는 없었을 것이다.

"지금 고백하는 거야?!"

남성 못지않게 놀란 여성이 큰 소리로 물었다.

"어…, 아…니…? 그래도 꿈이잖아! 꿈에서 그 정도는 해 줄 수 있지 않아?"

애써 웃으며 상황을 넘기자 여성은 대답 대신 고개를 끄덕였고 심술이 가득한 얼굴에서 아쉬운 얼굴로 변했다. 지켜보고 있는 줄리마저 답답함이 느껴지고 곧이어 화로 뒤바뀌었지만 남성은 심호흡을 하고는 말했다.

"근데 꿈에서 깨어나면 결국 다 잊어버리잖아? 그러니깐 일어나서도 나 만나 주라."

말이 끝나자 여성 외 모든 게 흑백으로 보이던 모든 것들에 알록달록한 컬러들이 입혀지기 시작했다. 멍하니 서로를 바라보고 있는 둘에게서 수많은 파스텔컬러들이 뿜어져 나왔다.

달콤하고 스윗한 고백 멘트는 아니었지만 지금 여성에게서 눈을 떼지 못한 채 웃음기 없이 말한 남성은 진심이었다.

쌀쌀하고 찬바람이 불던 가을에서 순간 봄이 만들어졌다. 빨갛게 달아오른 남성의 얼굴과 똑같이 달아오른 여성은 남성의 눈을 맞춘 채 서서히 입가에 미소가 들어났다.

"그래!!!"

"어…, 어?! 진짜? 어…. 나, 나… 많이 좋아해!!! 세희야!!!"

고백이 성공한 기쁨에 믿을 수 없는지 남성은 굉장히 흥분해 보였고 곧이어 여성을 끌어안았다.

"나도 많이 좋아해. 인선아."

기억을 지켜보고 있던 쥴리의 머릿속에 두 이름이 강하게 박히고 느껴지던 감정들은 한순간에 사라졌다. 두뇌 회전이 급속도로 빨라지고 방금 언급된 이름을 수차례 되새겼다.

단 한 발자국이었다. 한 발자국만 더 빨리 내딛었다면 확실하게 확인할 수 있었지만 느닷없이 강한 바람과 함께 푸른 연기들이 쥴리에게 달려들었다. 눈을 뜨기 힘들 정도로 강한 바람은 두 눈을 감을 수밖에 없었고 눈을 뜨기 위해 안간힘을 다했을 때 눈앞에 보이는 건 진한 갈색의 천장이었다.

"쥴리!!"

쥴리가 눈을 뜬 것을 확인한 빅토르가 소리치며 다가왔다. 얼굴이 완전히 죽상으로 변한 빅토르는 쥴리를 걱정하고 있었던 모양이었다.

"괜찮은 거야? 어디 아픈 곳은 없어?!"

"어…. 괜찮은 거 같아."

"대체 왜 그런 거야?! 왜 손을 놓은 거냐고!"

대뜸 자신도 모르게 소리를 지른 빅토르는 이내 후회하고는 누워 있는 쥴리를 부축하며 말했다.

"미안, 내가 너무 흥분했다."

"아니야. 괜찮아."

괜찮다고 말하는 쥴리였지만 표정은 전혀 그렇지 못했다. 무슨 고민이라도 있는지 멍해 보이고 늘 올라가 있던 입꼬리는 내려가다 못해 턱에 닿을 기세였다. 아픈 곳 없이 무사히 깨어난 쥴리였지만 아무래도 정신은 여전히 다른 곳에 있는 것만 같았다.

"어서 돌아가자. 서두르지 않으면 막차를 놓칠 거야. 너 4시간이나 자고 있었어…."

"미안. 걱정 끼쳐서…."

쥴리의 사과가 빅토르에게 전해졌지만 쥴리의 시선은 여전히 바닥에 고정돼 있었다. 더 이상 시간을 지체하는 게 좋지 않다는 생각이 확신이 들자 빅토르는 쥴리와 함께 정문으로 향했다. 문에 거의 다다랐을 때 강한 바람이 불어오고 언제 나타났는지 세바스찬이 그들의 앞을 가로막았다.

"당신이랑 할 이야기 없으니깐 비시키죠."

정색한 채 세바스찬에게 강하게 말한 빅토르는 과할 정도로 적의를 보이고 있었다. 쥴리가 잠들어 있는 동안 무슨 일이라도 있었던 건지 아무래도 둘 사이가 틀어진 모양이다.

"나도 자네랑 이야기하고 싶지는 않네. 하지만 받아야 할 게 있어서 말이야."

세바스찬의 대답과 함께 주위로 알 수 없는 붉은 안개가 일렁이기 시작했고 신기루를 보자 빅토르는 쥴리를 자신의 뒤로 숨기며 보호했다.

"두 분 모두 그만두시죠. 굳이 싸울 필요는 없지 않습니까?"

호저의 목소리가 들려오고 시선이 돌아가자 계단에서 천천히 내려오는 호저는 세바스찬에게 다가가 세바스찬을 진정시켰다. 불길한 기운을 내뿜던 붉은 안개는 차츰 잦아들어 이내 사라졌다.

"싸워서 좋을 건 없지요. 서로 조금만 양보하고 배려하면 살인도 면할 수 있습니다. 그리고 쥴리 씨?"

이번에는 쥴리에게 단숨에 뛰어온 호저는 쥴리의 오른손을 잡으며 고개를 숙였다.

"저희 전당포에서 일어난 일은 제가 대신해서 정중히 사과하겠습니다. 정말 죄송합니다. 조금 더 신경 썼어야 했는데…."

"아…, 아닙니다! 괜찮아요."

호저의 정중한 사과에 덩달아 쥴리의 고개가 내려갔다. 곧이어 호저는 세바스찬과 빅토르의 사이 정중앙에 위치해 다시 말을 꺼냈다.

"이런 방법은 어떤가요? 서로 원하는 것을 챙겨서 가는 것이죠. 그리고 서로 보지 않는 것이 좋겠죠?"

세바스찬과 빅토르를 번갈아 응시했고 곧이어 목을 가다듬은 세바스찬이 말했다.

"불미스러운 일이 있었지만 나는 고객이 원하는 기억을 전해 줬네. 수술에 사용하기 편하도록 손도 조금 봐둔 상태지. 그에 따른 추가 요금을 요구한 것도 아니고! 다른 기억을 본 그 대가를 치르기를 원할 뿐이야."

"개 같은 소리야!! 이게 전부…."

순간 빅토르의 입 앞으로 지팡이가 날아들더니 빅토르의 입을 굳게 닫게 만들었다. 지팡이를 따라 시선이 이동하자 날카로운 눈빛을 보내는 호저가 한숨을 내뱉으며 말했다.

"하…. 지금 세바스찬 님이 정중히 말씀하셨습니다. 그러니 빅토르 씨도 정중히, 바른 말로 부탁드려도 괜찮을까요?"

지팡이를 내린 호저는 다시 자신의 자리로 되돌아갔고 빅토르가 다시 말을 이어 나갔다.

"이건 전부 그쪽들이 실수로 일어난 일이지 않습니까?! 그걸 왜 저희에게 책임을 물으라는 듯이 금액을 지불하라는 겁니까!"

세바스찬과 빅토르는 서로를 째려보며 신경전이 일어났고 알 수 없는 압박감이 맴돌기 시작했다. 사라졌던 붉은 안개가 다시 세바스찬의 주위로 일어나고 긴장감이 고조될 때 머뭇거리던 쥴리가 손을 들며 물었다.

"저기…요…? 갑자기 끼어들어서 죄송한데 대체 무슨 일이 있었는지 알고 싶은데요…?"

쥴리의 질문에 고개를 끄덕인 호저는 목을 가다듬고는 세바스찬과 빅토르를 대신해 설명했다.

"저를 제외한 여기 있는 3분은 D-99구역으로 오세희 고객의 기억을 찾으러 가셨습니다. 안타깝게도 그곳에서 대량의 기억들이 소멸했고 쥴리 씨는 소멸을 앞둔 기억의 안으로 들어가셨습니다. 그곳에서 타인의 기억을 보셨죠?"

쥴리는 호저의 말을 인정하듯 고개를 끄덕였다.

"좋습니다! 그 이후에 가까스로 D-99구역에서 빠져나온 빅토르씨는 한참을 죄책감에 빠져 있으셨습니다. 그리고 몇 분 후에 세바스찬 님이 찾으시던 기억의 초와 함께 쥴리 씨를 데리고 나오셨죠. 쥴리 씨는 정신을 차리지 못하였고 그것을 본 빅토르 씨는 이성을 잃고…."

"이봐. 전부 다 풀어서 이야기할 거야?"

"혹여나 궁금해하실 수 있으니깐요."

불만을 표출하듯 이야기한 빅토르였지만 어째선지 호저의 입가에는 미소가 드러났다. 어느 정도 이해한 쥴리는 세바스찬을 향해 물었다.

"그렇다면 제가 본 기억은 누구의 기억인 거죠?"

"안타깝지만 이미 소멸해 버린 기억이라 저희가 알 방법이 없습니다. 저는 단지 그 기억을 본 대가를 치루기만 해 줬으면 하는 바람이죠."

어느 정도 상황을 인지한 쥴리는 팔짱을 끼며 생각에 잠기고 말았다. 쥴리는 자신이 본 기억이 오세희 환자의 기억이라 확신했다. 하지만 오세희 환자가 맡긴 기억은 단 하나였고 세바스찬이 찾아온 기억 역시도 오세희 환자의 기억이라면 말이 되지 않았다. 하지만 지금 중요한 것은 따로 있었다.

"세바스찬 님?"

세바스찬을 언급하며 빅토르의 뒤에서 나온 쥴리는 의외로 담담해 보였고 차분하게 말을 이었다.

"무슨 말인지 알겠습니다. 타인의 기억을 본 것에 대해서도 인정합니다. 또, 물어볼 것들이 많지만 저희는 지금 당장 돌아가는 버스를 타야 하는 상황이죠. 부디 자비를 베풀어 주신다면 그 금액은 반드시 지불하도록 하겠습니다."

"대금을 치르기 전까지는 절대 이 건물에서 나갈 수 없네."

"하지만 지금 저희가 가지고 있는 돈이 없습니다. 조금만 시간을 주시면 딜리트 메모리에 사정을 말한 후에 바로 대금을 납부하겠습니다!"

"아무리 딜리트 메모리라고 해도 그건 안 되네!"

확고한 세바스찬의 의견에 답답함까지 느낀 쥴리는 자신의 입술을 깨

물었고 자신의 심정을 몸소 표현했다. 세바스찬은 길게 늘어진 턱수염을 어루만지더니 쥴리를 위아래로 훑으며 다가왔다.

"한 가지 방법이 있네. 돈이 아니어도 된다네! 애정을 갖고 있는 물건에도 큰 감정들이 담겨 있는 것을 아나?"

세바스찬의 눈이 휘둥그레지고 보물이라도 본 듯한 표정으로 쥴리를 맴돌며 이곳저곳 살피기 시작했다. 잠시 후 쥴리의 목에 걸려 있는 목걸이를 본 세바스찬은 동공이 커지고 미소를 지으며 말했다.

"이거면 되겠네!! 그 목걸이라면 충분할거 같은데…. 어떤가?"

탐욕 가득한 목소리로 말한 세바스찬은 아무래도 쥴리의 목걸이가 심히 마음에 든 모양이었다.

쥴리가 메모리 세계로 왔을 때부터 지니고 있던 목걸이는 누가 준 것인지, 어떤 의미가 있는지 쥴리 본인조차 알지 못하지만 그저, 원래부터 있었던 것처럼 매일같이 착용하고 있던 물건이었다.

"정말 이 목걸이면 되는 거죠?"

세바스찬은 고개를 끄덕였고 쥴리의 손이 뒷목으로 향하자 빅토르가 쥴리의 손목을 낚아채며 말했다.

"꼭 이렇게까지 해야 할까? 그 목걸이 매일 하고 있던 거잖아. 소중한 거 아니야?"

"하…. 다른 방법 있어? 너, 당장 내일이 수술이야. 지금 버스 놓치면 내일 수술은 어떻게 하려고?"

단호하게 말한 쥴리였지만 쥴리 역시도 분명 내키지 않았다. 자신의 몸 일부라고 생각하고 지니고 있던 목걸이는 가장 아끼는 물건 중 하나였다. 하지만 지금 상황에서 달리 좋은 방법은 떠오르지 않았다.

줄리는 곧장 빅토르의 손을 뿌리치고는 신속하게 목걸이를 풀어냈다. 손에 놓인 목걸이는 하얀 백조 모양에 큐빅이 박혀 있었고 비싼 가격처럼 보이지는 않았지만 목걸이에 담겨 있는 감정은 가격을 매길 수 없다는 걸 줄리 본인도 알고 있었다.

망설이던 손은 세바스찬에게 다가가고 세바스찬의 손에 목걸이가 안착됐을 때 세바스찬은 순순히 길을 비켜 주었다.

"세바스찬 님. 곧 다시 오겠습니다. 목걸이랑 물어볼 게 많네요."

"그래. 그 대신 빅토르는 데려오지 말게."

세바스찬과 호저는 둘에게 손을 흔들며 인사했고 줄리와 빅토르는 재빨리 문을 열고 밖으로 뛰쳐나갔다.

* * *

딜리트 메모리로 돌아가는 버스를 가까스로 탄 줄리와 빅토르는 이번에도 서로 다른 자리에 앉아 빠르게 지나치는 바깥 풍경에 시선을 빼앗겼다. 돌아가는 길에 또다시 롤러코스터를 타는 것은 아닐까 걱정했지만 다행히도 돌아가는 길은 편안하게 돌아갈 수 있었다.

수많은 고민에 마주한 것처럼 줄리의 표정은 암울해 보였고 오늘 겪은 일들이 참으로 고된 모양이다. 조심스레 줄리의 옆자리로 이동한 빅토르는 줄리의 어깨를 두드리며 말했다.

"무슨 고민이라도 있어?"

나름 훈훈한 미소까지 보였지만 많이 어색했는지 줄리의 표정이 더 안 좋아졌다.

"애써 내 기분 풀어 주려고 하지 않아도 돼. 난 괜찮아."

"네 얼굴을 봐. 진짜 썩은 나뭇가지 같아."

쥴리는 창가에 비친 자신의 모습을 확인하고는 한숨을 크게 내쉬었다.

"하…. 너는 고민을 둘로 나누면 어떻게 된다 생각해?"

"고민이 가득한 두 명이 되겠지?"

빅토르의 대답에 고개를 휘저은 쥴리는 더 이상의 대화는 무의미하다는 걸 깨달았다. 고개를 돌리려는 순간 빅토르는 쥴리의 볼을 잡으며 시선을 맞추었다.

"그래도 이야기해 봐. 이야기해서 조금이라도 나아진다면 그렇게 해. 그 정도는 할 수 있는 거잖아. 동기니깐."

이번에는 어색한 미소가 아닌 마음에서 우러나오는 미소를 보였고 쥴리의 고개가 위아래로 움직였다. 그제서야 쥴리의 두 볼을 잡고 있던 손이 떨어지고 쥴리의 입술도 떨어졌다.

"너라면 어떻게 할래? 누군가의 비밀을 알고 있는데 이게 사실인지 확신이 안 드는 상황이라면 넌 어떻게 할 거야?"

쥴리의 질문에 빅토르가 팔짱을 끼며 고민하기 시작했고 어느 정도 시간이 지나자 빅토르가 말했다.

"그 비밀이 뭔지 이야기할 순 없는 거야? 자세히는 아니더라도 약간이라도 이야기해 봐."

"하…. 너만 알고 있어야 해?! 절대로 어디 가서 이야기하면 안 돼!"

빅토르의 고개가 연신 움직이고 내키지는 않았지만 조심스레 쥴리가 입을 열었다.

"아까 타인의 기억을 봤을 때 나는 분명 오세희 환자의 기억이라 생각했거든? 얼굴은 자세히 보지 못했지만 정확히 들었어. '오세희'라는 이름을."

"동명이인일 수 있잖아."

쥴리는 격하게 고개를 휘저었고 확신에 찬 얼굴로 말했다.

"아니야. 분명 오세희 환자야. 말 속에서 느껴지는 감정이 오세희 환자와 똑같았어!!"

전혀 이해할 수 없는 답변에 빅토르는 쥴리를 이상한 눈초리로 바라봤고 억지스러운 말에 전혀 납득할 수 없었다.

"그래. 그게 오세희 환자라고 치자. 하지만 오세희 환자의 기억은 하나였고 그 기억의 초는 우리한테 있잖아? 그럼 그건 누구 기억이야?"

"오세희 환자와 같이 있던 사람이 있었어. 근데 그 사람이 누군지 알 거 같아…."

"누군데…?"

빅토르의 질문에 선뜻 대답하지 못한 쥴리는 눈치를 보기 시작하고 그 사실을 눈치 챈 빅토르는 다시 입을 열었다.

"더 이야기하기 힘든 거지? 그렇다면 그 기억과 연관된 다른 사람은 없어?"

"내가 생각하는 사람은 지금 어디에 있는지도 몰라…. 다른 연관된 사람이…."

다시 고민에 빠진 쥴리는 머리를 쥐어 짜내기 시작했고 이내 뭔가가 떠오른 쥴리가 물었다.

"아! 아까 내가 쓰러지기 직전에 세바스찬 님께서 킹 님이 하란 대로 했다는 건 뭐야…?"

"어…?! 그…게…."

빅토르는 순간 당황하더니 뭔가를 숨기는 있는 눈치였다. 빅토르가 말을 더듬으며 시선까지 피해 보지만 따가운 시선이 느껴졌다. 말하지 않으면 말할 때까지 따라다닐 게 뻔했다.

"아니…, 그렇게 보지 말고…. 하…. 그래, 그렇게 말했어. 아무래도 오늘 일은 염라대왕 킹이 꾸민 일인가 봐."

"찾았네. 연관된 사람!"

작은 단서라도 찾아 잠깐 동안 얼굴이 피었지만 돌아오는 빅토르의 대답에 다시 풀이 죽고 고개를 떨구고 말았다.

"킹 님을 찾아가야 하는 거면… 어려운 건 똑같은데…?"

"그러게…."

"그래도 마음고생 하는 것보다 찾아가 보는 게 좋지 않을까? 후회는 하지 말아야지."

빅토르는 쥴리의 어깨를 토닥이며 응원했고 그제서야 다시 고개를 든 쥴리는 당장이라도 눈물을 흘려내릴 듯한 얼굴을 하고 있었다.

"고마워…. 그래도 고민 좀 해 봐야겠어."

"동료인데 뭘."

빅토르는 자신의 말을 끝으로 다시 자신의 자리로 이동했고 또다시 둘은 지나가는 밤 풍경에 시선이 고정됐다. 각자 다른 생각에 빠진 것마냥 아무런 행동도, 말도 하지 않았지만 마음속은 심하게 요동치는 수레바퀴와 같았다.

버스는 늦은 시간인지라 빠르게 달려 나갔고 마지막 정거장인 딜리트 메모리에 도착하자 유일한 승객인 쥴리와 빅토르가 하차했다.

여전히 아무 말 없이 딜리트 메모리로 향하는 둘의 걸음걸이는 확연히 차이가 나고 먼저 딜리트 메모리 문 앞에 도착한 빅토르는 뒤를 돌아봤다. 여전히 고민에 빠져 시선을 바닥에 고정한 채 걷고 있는 쥴리에게 말했다.

"나 먼저 들어갈까?"

침묵을 깨고 말한 빅토르는 처음으로 인자한 얼굴을 보여 주고 있었다. 고개를 든 쥴리는 무슨 말을 하려는지 두 입술이 떨어졌지만 이내 다시 닫히고 말았다.

"혼자 들어갈게. 안에 있는 사람들에게는 아무 일 없었다고 이야기할 거고 너는 급한 볼일이 있어서 먼저 갔다고 이야기할 거야. 그럼 되지?"

마치 쥴리의 하고 싶은 말을 이미 다 알고 있는 듯한 빅토르였다. 쥴리는 고개를 끄덕이고 아까보다는 더 나아진 얼굴을 하고 있었다.

뒤를 돌아 거침없이 문을 열고 안으로 들어간 빅토르의 시야에는 아직까지 퇴근하지 않고 기다리고 있던 직원들이 눈에 들어왔다.

"빅토르!!"

가장 먼저 빅토르를 확인한 막시무스가 4발로 빠르게 달려왔다.

"너무 늦은 거 아니야? 걱정했다고!"

뒤이어 제니퍼가 달려오며 말했고 그 뒤로 화이트와 제니, 이나가 따라왔다.

"뭐가 어려운 일이라고 걱정까지 합니까?"

"물건은 가져온 거지…?"

조심스레 빅토르를 살피며 물은 제니퍼는 얼굴에 노파심이 가득했다. 뒤에 서 있는 직원들 역시도 같은 얼굴을 하고 있었다는 걸 깨닫고 재빨리 자신의 서류 가방에서 기억의 초를 꺼내 보였다.

"휴…."

직원들은 약속이라도 했는지 안도의 한숨을 일제히 내뿜었다.

"그런데, 쥴리는?"

쥴리가 없다는 것을 깨달은 막시무스가 빅토르에게 물었다. 빅토르는 아무런 표정 변화 없이 말했다.

"쥴리는 급한 볼일이 있다고 중간에 헤어졌습니다. 죄송하지만, 크리스 선생님은 어디에 계시죠?"

"크리스는 조사 때문에 킹에게 끌려갔어. 나랑 제니는 이미 조사 끝났고."

"조사에서 또 이상한 소리 하신 건 아니죠?"

"지난번에는 잘 넘어갔지만 이번 사태의 범인이라면 각오하라고 하던데?"

"그런 말을 평온하게 이야기하는 선생님도 참 대단하시네요."

곧이어 빅토르에게 어깨동무를 한 제니퍼가 말했다.

"이제 바빠질 텐데 다른 선생을 찾아? 일이 산더미인데?!"

"일이라뇨…?"

"지금부터 우리 둘이 야근해야 한다는 게 일이다! 간호사가 빠져 가지고."

"네?!"

생각지도 못한 야근이라는 사실에 깜짝 놀란 빅토르는 당장 집에 가서 쉬고 싶었지만 제니퍼는 아랑곳하지 않았다. 꼼짝없이 잡힌 빅토르는 그대로 제니퍼로 인해 계단으로 끌려갔고 병원으로 향하는 듯 보였다.

"저는 쉬는 시간이 없는 겁니까?!"

"그딴 게 어딨어. 임마!"

***

보름달이 밤하늘을 환하게 비추고 아무도 없는 한적한 공원은 몇 개의 가로등만 켜져 있었다. 점막한 공원에 모습을 드러낸 쥴리는 공원의 한가운데에서 걸음을 멈추었다.

"염라대왕 킹 님!!"

느닷없이 공원에서 킹을 찾는 쥴리는 한시가 급한지 얼굴에는 초조함이 묻어나왔다.

"염라대왕 킹 님!!!!!"

"아무리 우리가 친하다고는 하지만 이건 굉장히 무례합니다. 쥴리 씨."

가로등 불빛이 닿지 않는 곳에서 킹의 목소리가 들려오고 잠시 후 까마득한 어둠 속에서 모습을 드러낸 킹은 쥴리의 행동에 조금은 언짢아 보였다. 킹이 점차 다가오자 환하게 빛을 내뿜고 있던 가로등은 깜빡거리기 시작했다.

"그래도 킹 님을 불러내는 데는 성공했죠."

"저는 굉장히 바쁩니다. 저를 찾는 이유가 변변치 않다면 아무리 쥴리 씨여도 그냥 넘어갈 수 없어요."

"그 정도는 각오하고 왔습니다."

쥴리의 눈동자는 확신과 자신감이 차 있었고 그런 쥴리를 보자 킹은 호기심이 생겼는지 호의적으로 변하였다.

"좋습니다. 한번 들어보죠."

"혹시 바이러스 사태의 유력 용의자가 있을까요?"

"그런 걸 제가 쉽게 이야기할 거라 생각하지는 않겠죠. 쥴리 양?"

조금은 실망한 눈빛을 보내는 킹이었지만 쥴리는 오히려 더 자신 있게 말했다.

"아무래도 제가 중요한 단서를 찾은 거 같거든요."

표정과 말투에 자신이 가득 차 있는 쥴리를 보자 킹은 고민하기 시작했고 어느 정도 시간이 흐른 뒤에야 고개를 끄덕이고는 말했다.

"대회의가 있던 날 알리바이를 입증하지 못한 인원은 크리스, 제니퍼, 제니, 루디 총 4명입니다. 그중 가장 의심스러운 사람은 크리스와 루디입니다."

쥴리는 킹의 대답에 별말 없이 고개를 끄덕였고 생각을 정리하는 것만 같았다. 잠시 후 생각 정리를 끝낸 쥴리가 말했다.

"어째서죠?"

"두 명 모두 집에서 타다 만 일심초가 나왔습니다. 본인들 말로는 길거리에 있던 일심초를 가져왔을 뿐이라고 하더군요. 크리스는 조사에 협조적이지도 않았습니다."

"아니요. 크리스 님은 범인이 아닙니다."

"어떻게 장담하죠?"

"방금 세바스찬 님의 전당포에 다녀오는 길입니다. 그곳에서 타인의 기억을 보게 됐는데…."

쥴리가 말을 이어 나가던 중 킹의 눈동자가 떨리고 큰 관심을 보이기 시작했다. 쥴리와의 거리를 더 좁히며 다가온 킹이 심각하게 물었다.

"무엇을 보셨죠?!"

"아니요. 제 말, 아직 안 끝났습니다."

순간 쥴리의 두 팔을 강하게 잡은 킹의 손에 힘줄이 돋아났다. 흥분한 킹의 주위로 뜨겁고 답답한 열기가 일어나고 숨이 막혀 왔다. 킹에게 잡힌 두 팔은 고통이 몰려오고 얼굴이 일그러트리자 킹이 화들짝 놀라며 쥴리에게서 떨어졌다. 예상치 못한 반응에 쥴리도 당황했지만 다시 마음을 가다듬고 말했다.

"제가 본 기억은 단순히 한 남녀가 행복하게 산책하며 고백하는 기억이었습니다. 그냥 아름다운 사랑 이야기의 시작일 뿐이었어요!"

"미안합니다. 제가 잠시 흥분한 나머지…."

흥분을 가라앉힌 킹의 주위에 열기는 사라졌지만 킹은 여전히 혼란스러워 보였다. 다시 돌아가려는지 뒤를 돌아 걸음을 옮기기 시작했고 멀어져 가는 킹에게 소리쳤다.

"킹 님이 원하시는 일은 일어나지 않은 거죠? 하지만 다른 중요한 일이 생겼을 뿐입니다."

"아닙니다. 저는… 좀 쉬어야겠어요."

"저도 별거 아닐 거라 생각했지만 절대로 단순하게 의미 없는 일은 일어나지 않는다 생각합니다. 그리고 찾았습니다. 범인을, 이번 사태에 범인은…."

마지막으로 쥴리에게서 언급된 이름을 듣자 킹의 걸음이 멈추었고 다시 쥴리에게 시선이 옮겨졌다.

"그 발언이 얼마나 무게감이 있는지는 아시는 겁니까?!"

"당연하죠."

04

필연적인 사랑

"RRRR."

이른 아침 핸드폰 알람소리가 울리며 잠을 방해하고 핸드폰에서 시작된 진동은 책상 전체를 울릴 정도로 강하게 울렸다.

눈이 번쩍 떠진 빅토르는 주위를 둘러봤다. 서류 여러 장이 널브러져 있는 책상과 완전히 난장판이 된 병원 로비, 망가져 있는 헤어스타일까지 정말 최악이지만 밤새 전당포에서 가져온 기억을 수백 번 돌려 본 것과 당장 몇 시간 후에 있을 수술을 생각한다면 이 정도면 양호한 편이라 생각했다.

"그 시끄러운 소리 좀 끄는 게 어때…?"

언제 나타났는지 불쾌한 표정을 짓고 있는 제니퍼는 요란하게 울리는 핸드폰을 가리켰다. 제니퍼 역시 밤을 꼬박 샜는지 몰골이 말이 아니었고 큰 안경과 떡진 머리는 남심을 훔치는 의사라는 별명과는 거리가 멀었다. 오히려 흔한 동네 누나라는 별명이 더 잘 어울렸다. 비몽사몽한 빅토르는 뒤늦게 핸드폰을 잠재우고 흐트러진 머리카락을 정돈하며 말했다.

"수술…, 괜찮을 거 같아요?"

빅토르의 질문에 제니퍼는 크게 한숨을 내뱉고는 고개가 떨구어지고 더불어 머리를 좌우로 흔들어댔다.

"정말 미안한데 환자 설명 좀 다시 해 줄래?"

고개를 들지 못한 채 물어본 제니퍼는 골치가 아픈 모양이었다. 밤새 한 시간마다 빅토르를 찾아와 환자에 대한 설명을 요구했다. 귀찮을 법도 했지만 빅토르는 정성껏 대답해 주었고 이번에도 예외는 아니었다.

"환자 오세희, 죽은 부모님의 기억을 지우려고 합니다. 죽은 아버지는 생전 단 한 번도 자신에게 따뜻한 모습을 보인 적 없으며, 늘 무뚝뚝함을 넘어 자신을 투명인간 취급했다고 합니다. 대화는 늘 단절돼 있었고 일방적인 대화는 언성이 높았으며 엄격했다고 하네요. 어째서 자신을 미워하는지 이유조차 듣지 못한 채 부모님을 떠나보내야 했습니다. 아, 어머니는 그저 옆에서 보고만 있었다고 하네요."

"그러니깐!!!!"

고개를 휙! 하고 든 제니퍼가 샤우팅에 가깝게 소리쳤다.

"대체 왜 이런 기억만 우리가 맡는 거야?! 가장 어렵고 골치 아픈 기억이 부모님에 대한 기억이잖아?! 자칫하면 모든 명성이 떨어질 수도 있는 민감하고 예민한 기억이라고!!"

제니퍼는 억울함을 한껏 표출하며 소리치지만 빅토르는 익숙한지 무표정을 유지했다.

"아, 죽은 부모님은 교통사고로 돌아가셨다고 합니다. 근데 그 새벽에 왜, 서울을 가셨는지 본인도 모른다고 하네요."

"예. 그거 참 듣던 중 반갑지 않은 소리네요."

애꿎은 빅토르에게 짜증을 낸 제니퍼였지만 빅토르는 이 역시 개의치 않아 했다.

"그래서 너는 이 기억 어떻게 생각해?"

"저는 반대입니다."

난장판인 책상을 정리하며 대답한 빅토르는 꽤나 단호했다.

"이상한 부분이 너무 많습니다. 돌아가신 부모님의 기억을 지운다는 것부터 이해가 안 가고 부모님의 기억이 안 좋은 기억들만 있는 게… 마치 억지로 안 좋은 기억만 남겨 놓은 느낌입니다."

평상시라면 '네가 뭘 알아!!'라며 소리치는 제니퍼였지만 이번만큼은 달랐다. 팔짱을 낀 채 고개를 끄덕이는 제니퍼는 공감하는 눈치였고 더 나아가 빅토르의 의견에 찬성하는 느낌이었다.

"그리고 가장 이상한 게 전당포에서 가져온 기억, 이런 기억은 좋은 감정도 받지 못할 텐데 왜 이런 기억을 맡겼는지 도무지 이해가 안 가요."

"맞는 말이야."

처음으로 빅토르의 의견에 긍정적인 반응을 보인 제니퍼는 생각이 많아 보였고 팔짱을 풀며 입을 열었다.

"충분히 이해해. 나 역시도 그렇게 생각했으니깐. 그런데 지금 우리 상황이랑 이 환자랑 비슷하지 않아?"

느닷없는 질문에 빅토르는 전혀 이해할 수 없다는 표정을 지었다.

"이 기억에 가장 중요한 건 죽은 부모님이란 거야. 생전 나를 괴롭히던 부모님이 돌아가셨는데 아무렇지 않게 지낼 수 있을 거 같아?"

"어…, 아…, 모르겠네요…."

"봐!! 환자 수술 차트를 보고 밤새 복잡한 감정, 복잡한 고민, 복잡한 심정들이 휘몰아쳐서 괴로운데 정작 본인은 얼마나 더하겠냐. 나를 사랑하지 않으며, 나를 아프게만 한 부모님이 돌아가셨는데 아무렇지 않다면 이게 당연한 걸까. 아니면 잘못된 걸까?"

쉴 틈 없이 날아오는 질문은 전부 대답하기 어려운 질문이었고 전부 맞는 말이라 꺼려지기까지 했다.

"그럼 선생님은 이 수술 어떻게 생각하십니까?"

"모든 가능성을 열어 두고, 작은 거 하나까지! 놓치지 않고! 판단해야 겠지?"

"굉장히 난해한 대답이네요…."

빅토르의 말을 들은 제니퍼 역시 그의 말을 동감하는지 고개를 끄덕였다. 서로가 아무 말 없이 깊은 생각에 빠진 사이 한 번도 울린 적 없던 내선 전화기에서 전화벨이 울렸다. 재빨리 전화기를 확인하자 로비라고 써져 있는 전구에서 빨간 불빛이 깜빡이고 있었다.

"여보…세."

"너지?! 네가 줄리 납치했지?! 맞지?!!!"

다짜고짜 큰 소리 치며 화를 내는 상대방은 예의와 기본예절은 당근과 함께 먹어 버린 눈치였고 이럴 사람은 단 한 명밖에 없었다.

"화이트 씨? 대체 무슨 말을 하시는 겁니까??"

"네가 범인…."

흥분한 채 말을 잇던 중 수화기 너머로 투닥거리는 소리가 들려오고 곧이어 막시무스의 목소리가 들려왔다.

"수술 준비하느라 바쁠 텐데 미안해…."

"아닙니다. 그보다 방금 화이트 씨의 말이 무슨 말이죠?"

"줄리가 출근하지 않았어. 연락도 안 되고. 어제 무슨 일 있었니…? 아무 말 없이 사라질 애는 아닌데…."

줄리의 행방이 묘연해졌다는 소리에 빅토르는 급격하게 표정이 굳어졌다. 가뜩이나 환자 때문에 골머리가 아픈 상황에서 새로운 골칫거리가 만들어진 셈이었다.

분명 줄리는 어제 킹을 만나러 갔을 것이다. 만일 무슨 일이라도 생긴 거라면 이 사실을 알려야 하겠지만 단지, 바쁜 나머지 연락을 받지 않는 거라면 괜한 오지랖일 뿐이었다.

"빅토르…? 빅토르!!"

아무런 답변이 없자 막시무스가 다급하게 빅토르를 찾았지만 빅토르의 머릿속은 수십 가지의 생각들이 충돌하고 있었고 엎친 데 덮친 격으로 건물까지 흔들리기 시작했다.

데스크를 꽉 잡은 채 주위를 둘러보자 인테리어와 가구들은 한순간에 뒤바뀌고 있어 부정하고 싶었지만 아무래도 환자가 오고 있는 게 확실했다. 예상 시간보다 훨씬 일찍 온 환자와 행방이 묘연한 줄리까지 그야말로 빅토르의 머릿속에서는 전쟁터와 다를 게 없었다.

"아…, 죄송합니다. 지금 환자가 오고 있어서 길게 말 못 합니다. 그러니 부탁 하나만 해도 되겠습니까?"

심호흡을 한 번 하고 주위를 둘러봤다. 이미 환자를 맞이하기 위해 출입문 앞에 위치한 제니퍼를 보자 빅토르는 빠르게 말을 이었다. 수화기 너머로 막시무스가 어떻게 받아들일지는 알 수 없었지만 "그렇게 할게."라는 답변을 받아냈고 그제서야 빅토르는 수화기를 내려놓았다.

서둘러 제니퍼의 옆으로 다가온 빅토르는 머리가 아파 왔지만 표정을 고치고 활기찬 얼굴을 만들어 냈다.

"만일 저희가 놓치고 있는 게 있다면 어떡하죠?"

"음….."

빅토르의 질문에 제니퍼는 잠시 고민하는 듯 보였지만 이내 미소를 지으며 말했다.

"뭐 어쩌겠어. 최선을 다해야지. 놓치고, 잘못됐다는 사실은 맞닥뜨리지 않고서야 알 수 없는 거잖아. 아직까지는 놓친 것도, 잘못된 것도 없어. 그러니 매 순간을 최선을 다할 거야."

"지당하신 말씀입니다."

둘의 대화가 끝나자 귀신같이 출입문의 문이 열렸고 환자가 걸어 들어왔다.

"지금까지 애쓰셨습니다. 여기는 딜리트 메모리입니다."

* * *

긴 밤 동안 신기한 꿈을 꾸었다. 기억을 지우는 수술을 받는 꿈이었는데 이상하리만큼 생생하게 기억한다. 피곤함이 느껴지지 않았고 정신까지 빠르게 돌아온다. 상체를 들어 올려 기지개를 피며 상쾌한 아침을 맞이한다.

이불을 걷어내고 침대에서 벗어나자 몸이 한결 가벼워진 기분이다. 가벼운 발걸음은 곧장 주방으로 향하고 정수기에서 냉수를 따라 시원하게 마신다. 이후 시선이 아래로 향하더니 바닥에 놓여진 그릇이 눈에 들어온다.

한눈에 봐도 강아지 밥그릇과 물그릇이란 걸 알 수 있었지만 난 반려견을 키운 적이 없다. 순간 마음 한켠이 먹먹해지고 시선이 돌아가 거실을 보자 이번에는 강아지의 사료와 장난감, 목줄, 배변패드와 간식들이 한곳에 쌓여져 있다. 뭔가 잘못된 느낌이 강하게 느껴지지만 바로 옆에 놓여진 박스에 하나씩 주워 담기 시작한다. 언제 이런 걸 집에 들였는지도, 왜 들였는지도 기억이 나지 않고 기억해 내려 머리를 끄집어 보지만 떠오르는 건 없다.

박스에 모두 옮겨 담은 후에 현관에 박스를 옮겨 두고 다시 거실을 보자 휑한 느낌이 가득하다. 뭔가 답답하고 찜찜한 기분이 가슴 한켠에 자리한다. 잠에서 깨어났을 때는 상쾌하고 기분 좋게 일어났지만 한순간에 기분이 다운된다.

답답한 마음을 뒤로하고 화장실로 향해 곧장 나갈 준비를 서두른다. 양치를 하며 거울을 비친 내 모습이 풀지 못하는 수학 문제 같다. 분명 잠에서 깨어났을 때만 해도 미소를 머금고 활기찬 얼굴이랴 짐작했는데 지금은 완전히 감정이 없는 사람마냥 표정이 없다. 어딘가 많이 부족한 느낌이 들고 아무래도 잘못된 상상이었을 뿐인가 보다.

대충 씻고 나와 머리를 말려야 했지만 드라이기가 있는 안방은 들어가고 싶지 않았다. 아직까지는 안방에 들어가는 건 어려운 일이었다. 머리 말리는 것을 포기하고 옷방으로 향한다. 옷방의 싱글 침대가 방금까지 내가 자리하고 있었다는 것을 알리듯 베개와 이불이 어수선하게 위치하고 있었다.

"너희나 나나 같을지도 모르겠다."

나도 모르게 말이 튀어나온다. 이제는 생명체도 없는 물건에 말을 거는 게 아무래도 정상은 아닌 거 같다. 어수선한 이불과 베개를 뒤로하고 옷장에서 그나마 깔끔한 옷을 꺼내 입는다. 오랫동안 입지 않아서인지 주름이 가 있지만 크게 개의치 않는다.

준비를 끝마치고 거실로 나와 곧장 현관으로 향해 평소에 신지도 않는 구두를 신발장에서 꺼내 확인한다. 먼지가 수북하게 쌓여 있다. 물티슈를 찾아 먼지를 닦아 내지만 이미 먼지를 머금은 구두는 좀처럼 빛나던 구두로 돌아오지 않는다. 구두를 바닥에 내려놓고 발을 구두에 구겨 넣고 밖으로 나가려는 순간 현관에 두었던 박스가 눈에 들어온다.

'버리자. 필요하지도 않는데.'

박스를 힘껏 들어 올리자 무거울 줄 알았던 박스는 생각 외로 가벼웠고 분리수거장까지 가는 길이 그렇게 어렵지만은 않을 거라 짐작했다.

집 밖으로 나와 대문을 지나치자 이웃집에 사는 아주머니와 눈이 마주친다. 환하게 나에게 손을 흔들며 인사하지만 달갑지는 않는다. 제발 지나쳐 가길 바라지만 이윽고 옆집 아주머니는 다가온다.

"강아지 키우시나 봐?"

아주머니의 시선이 들고 있던 박스의 멈추어져 있고 박스 사이로 빠져나온 목줄을 본 모양이다. 제일 피하고 싶은 상황이다. 굳이 조금만 지나면 보지 않을 텐데 왜 말을 걸어오고 인사를 하는지 이해가 가지 않는다.

"아니요."

"에?! 아니야? 몇 번 본 거 같은데…."

화들짝 놀라며 말한 아주머니는 마치 자신의 기억이 조작된 게 아닌가 하는 표정으로 기억을 되새기는 듯 보인다. 그렇게까지 놀랄 일은 아니라고 생각이 들 때쯤 다시 한번 아주머니의 입이 열린다.

"얼굴 보면 인사 좀 하고 그래요. 이웃끼리 친하게 지내면 좀 좋아? 매번 그냥 무시하고 가니깐 남들도 안 좋게 보잖아~."

주저리주저리 의미 없는 말을 하는 거 보니 자신이 귀찮은 이웃 주민이란 걸 직접 알려 주고 있는 셈이다.

"아, 예…."

뒤도 안 돌아보고 황급히 자리에서 벗어난다. 뒤에서는 따가운 시선이 느껴졌지만 가볍게 무시하고 분리수거장으로 뛰다시피 걸어간다.

분리수거장에 도착하자마자 곧장 박스를 열어 분리수거를 시작한다. 플라스틱과 캔을 먼저 분류하고 나머지는 일반쓰레기통에 그대로 쏟아 붓는다. 박스는 옆쪽에 대충 던져 놓으며 분리수거는 끝이 난다. 완벽한 분리수거라고 말할 수는 없지만 나에게는 최선이었다.

겨우 한 가지 일을 끝마친 거뿐인데 벌써 피곤함이 느껴진다. 칙칙해진 가슴과 짜증나는 두통, 무거운 발걸음은 곧장 차로 향하고 한숨이 자동적으로 터져 나온다. 이 정도면 몸에 문제가 생긴 게 아닌가 싶지만 군이 병원까지 찾아가 검사를 받을 여유는 없었다. 아니, 그냥 없다고 생각하기로 한다.

차에 시동을 걸자 우렁찬 엔진 소음과 함께 출발 준비를 끝마치고 차는 곧이어 빠르게 집을 빠져나와 힘차게 달려나간다. 아무런 생각 없이, 아무런 기분조차 들지 않고 차는 도로를 내달린다. 차가 막혀도 화가 나지 않았고 얌체 운전을 하는 차량을 봐도 무감각하게 느껴진다. 한 시간이 넘는 거리를 내달리자 고층 빌딩은 사라지고 주위로는 논과 밭, 산뿐이다. 완전 시골로 들어선 차는 비포장도로를 달려 흙먼지를 일으키기 시작하고 산 초입에 이루고 나서야 네 바퀴가 멈춘다. 차에서 내려 미리 사 놓은 소주 한 병과 과자 몇 개가 담긴 봉투를 들고 도보로 이동한다.

해가 중천에 떠 있고 한손에는 검은 비닐봉지를 든 채 산행을 시작한다. 사실 이 대낮에 구두를 신은 채 힘들게 산행을 하는 이유가 나 역시도 이해하긴 어렵다. 군이 내가 먼 거리를 오가면서 이런 고생을 할 필요는 없다는 생각이 더 강하다.

10분간 험한 산길이 이어졌을 때쯤 눈앞에 보인 두 개의 묘를 보자 깊은 한숨이 또다시 터져 나온다. 자주 오지도 않았고, 오고 싶지도 않은 부모님의 묘, 그래도 자식으로서 마지막 도리라고 생각하며 매년 기일에는 찾아오고 있지만 점점 그래야 할 이유를 모르겠다. 벌초 역시도 직접 하는 노력은 더더욱 하고 싶지 않았고 늘 돈을 지불해 가며 업체에 맡기는 편이다. 하지만 이런 노력조차도 언제 그만둘지 모른다. 딱히 해야 할 이유를 모르겠다.

두 묘의 가운데에 돗자리도 없이 바닥에 앉아 비닐봉투에서 종이컵 2개와 소주를 꺼낸다. 소주를 반쯤 따르고 묘 앞에 내려 두고 아무거나 집어 온 과자를 대충 개봉해 바닥에 내려 둔다.

'효'라는 것을 완전히 잊어버린 나에게 부모님이 어떻게 받아들일지 잘 모르겠다. 하지만 어떻게 받아들여지든 내가 바뀌는 일은 죽어도 없을 것이다. 나에게 따스한 미소도, 대화도, 포옹도 없었던 아버지와 그 모습을 방관만 하던 어머니에게 효라는 것이 생겨날 리가 만무하다.

모든 혼자서 열심히 살아왔다. 부모님의 도움은 일체 없었으며 부모애라고는 만들어질 기회조차 없었다. 나에게 비난이 쏟아진다 해도 그저 고개를 끄덕이며 무시하리라 다짐까지 했다.

나를 미워하고, 싫어하고, 혐오하는 이유라도 알았다면 좋았을 텐데 부모님은 단 한 번도 이유를 말하지 않았다. 더러, 이제는 볼 수도, 내 말을 전하지도 못하는 곳으로 떠나셨다. 그 야심한 밤에 어딜 가시길래. 음주운전자의 차량을 피하시다 그대로 떠나셨다.

부모님의 부고 사실을 전화를 받았을 때는 믿기지가 않았다. 평생을 독하게 지내 오던 부모님이 그렇게 허무하게 생을 마감하셨을 줄이야. 나로서는 이해가 가지 않았다. 부모님의 시신을 봤을 때는 눈물이 터져 나오지만 그 눈물은 부모님을 잃었다는 슬픔의 눈물이 아니었다. 내 삶에서 악당 역할을 자초하신 이유를 앞으로도 알 수 없다는 사실이 눈물로 변했을 뿐이다.

"뭐, 오긴 했는데. 늘 그랬듯이 뭐 하러 왔나 싶네요."

멍하니 묘를 보며 혼잣말을 읊어 댄다. 내 말이 부모님에게 전해졌을지, 아니면 늘 그랬듯이 무시하셨을지는 모르겠지만 쓴 웃음으로 궁금증마저 덮어 버리기로 한다. 아마 부모님도 이곳에 내가 왔다는 사실이 썩 좋아하진 않을 것이다. 자동적으로 두 다리에 힘이 들어가고 자리에서 일어나 말한다.

"그만 가 보렵니다. 술이랑 안주는 알아서 처리하세요."

엉덩이를 털어내고 뒤를 돌아 미련도 없이 걸음을 옮긴다. 그래도 자식에 대한 도리를 조금이라도 해서 그런지 산을 내려오는 발은 조금이나마 가벼웠고 생각보다 금방 차에 도달한다.

차에 도착하자마자 시동을 걸고 다시 도로를 내달린다. 얼마 지나지 않아 차는 한 한옥집에 멈추고 곧장 차에서 하차하자 알 수 없는 감정이 가슴 깊은 곳에서 올라온다.

부모님이 생전에 살고 계시던 집. 내가 출가하고 얼마 지나지 않아 부모님은 어울리지도 않게 귀농하셨고 난 이 사실을 2년을 넘은 후에야 알게 됐다. 사람의 발길이 끊겨 언제 무너져도 이상하지 않을 만큼 허름했고 대문은 언제 이리 녹슬었는지 당장이라도 떨어져 나갈 것만 같았다.

"세희야!"

갑자기 내 이름을 부르는 소리에 고개가 돌아가자 옆집에서 어릴 적 동창이 헐레벌떡 달려오고 있다. 매년마다 이곳을 올 때면 마치 기다리고 있었다는 것처럼 나를 맞이해 주지만 사실 친하진 않다. 학창 시절, 같은 반조차 된 적 없고 같이 밥을 먹은 적도 없다. 아는 거라곤 동창이 자신의 할머니와 함께 살고 있다는 것뿐이다. 그리고, 이사 간 부모님의 옆집에 내 동창이 살고 있다는 것도 우연이라 치기에는 너무 과한 우연이었다.

"안녕."

"올해도 어김없이 왔구나? 잘 지냈어?"

미소까지 보이며 친분을 과시하는 거 같은 친구는 나를 반기는 이유가 궁금했지만 구태여 물어보진 않는다.

"금방 갈 건데 뭐."

"그래도…. 넌 괜찮아?"

매번 나에게 괜찮냐고 묻지만 대체 뭐가 괜찮냐는 건지 모르겠다. 그리고 마치 나를 버려진 강아지마냥 쳐다보는 저 눈빛에는 안쓰러움이 가득했다.

"뭐가? 난 아무렇지 않은데?"

"그럴 리가…. 정말 아무것도 기억 못 해?"

이번에는 새로운 질문이다. 마치 중요한 것을 놓치고 있는 나에게 충고를 하는 것만 같은 저 질문에 두 눈동자가 커지고 친구에게 시선이 고정된다.

"그게 무슨 소리야?"

질문을 던졌지만 친구는 대답은커녕 그저 내 얼굴을 확인한다. 아무것도 모르겠다는 내 표정을 본 친구는 안타까운 한숨을 내던지고 다시 억지로 웃어 보인다.

"하…. 아니야. 차라리 모르고 사는 편이 너에게 더 좋을지도 모르겠다."

의미심장한 말을 끝으로 친구는 그대로 자신의 집으로 향한다. 붙잡아서 무슨 말인지 물어볼까 생각했지만 더 귀찮아질 게 뻔했고 굳이 친하지도 않은 친구의 말을 주의 깊게 들을 필요도 없다.

한바탕 어색한 친구와의 사투가 끝나고 드디어 대문을 지나 마당으로 들어선다. 허름한 지붕, 무성하게 자란 풀들, 마루에는 먼지가 수북하게 쌓여 있지만 내 집과 별반 다를 게 없다. 아무런 온기도 없는 집은 우리 집은 물론이거니와 부모님과 함께 살던 때와 다를 게 없다.

본가에 들어오자마자 순간 숨이 막혀 오고 답답함이 목을 걸어 잠근다. 고통스러운 기침을 내뱉으며 자동스레 고개가 떨어지자 어디선가 환한 불빛이 일어나고 떨어진 고개가 원위치했을 때 두 눈을 의심하기 시작한다.

전기와 수도가 끊긴지 한참이 지났지만 사랑방에서는 불빛이 새어 나오고 있고 따뜻한 온기까지 느껴진다. 오랫동안 방치된 폐가에 귀신이라도 자리를 잡은 건가 싶은 생각이 들고 두발은 어느새 사랑방으로 향하고 있다.

환한 빛을 내뿜는 사랑방으로 다가가 천천히 문고리를 잡아 당겼을 때 새하얀 빛들이 수없이 쏟아졌다.

***

"지금까지 애쓰셨습니다. 여기는 딜리트 메모리입니다."

"어서 오세요."

세희가 들어오고 환하게 인사를 건넸지만 세희는 넋이 나간 듯 아무런 대답도 하지 못했다. 천천히 주위를 둘러본 세희는 이해할 수 없다는 표정을 지으며 말했다.

"이게… 지금 무슨…."

"많이 당황스럽죠? 이곳은…."

제니퍼는 늘 겪는 일처럼 자연스럽게 세희에게 알아듣기 쉽게 설명을 이어 나갔다. 처음에는 반신반의하는 표정으로 제니퍼의 설명을 듣던 세희의 얼굴은 설명이 거의 다 끝났을 때는 이해를 끝마쳤는지 평온한 얼굴로 바뀌었다.

웬만한 환자들은 설명을 들어도 거부감을 나타내거나 믿을 수 없다는 표정을 짓지만 세희는 달랐다.

"이해되셨나요?"

설명을 끝마친 제니퍼가 묻자 세희는 고개를 끄덕이고 마치 이미 알고 있다는 듯한 느낌이 물씬 풍겼다. 이상함은 눈치 챈 빅토르가 제니퍼에게 바짝 붙어 작은 목소리로 말했다.

"너무 이상하지 않아요…? 지나치게 태연합니다."

"나도 알아. 그렇다고 넘겨짚지 마."

제니퍼 역시도 이상함을 인지하고 있었지만 그렇다고 해서 당장 할 수 있는 일은 없었다. 아무리 수상하고, 꺼림직하다 해도 병원에 들어온 사람은 환자다. 그 환자가 다른 꿍꿍이가 있다 한들 환자가 수술을 원한다면 기꺼이 최선을 다해 수술을 해야 하는 의무를 저버릴 수는 없었다.

제니퍼는 세희를 안으로 안내했고 셋은 자연스럽게 로비에 놓여진 소파에 착석했다. 어색한 침묵이 흐르고 시선이 빅토르에게 향하자 빅토르는 여전히 의심스러운 눈초리를 보내고 있는 걸 확인하고 곧장 빅토르의 옆구리를 마구 찔러 댔다.

"정신 안 차려?! 일 안 할 거야?"

"아…, 죄송합니다."

사과와 함께 들고 있던 수술동의서를 세희의 앞에 내려놓았다.

"수술동의서입니다. 표시돼 있는 곳에 서명하시면 됩니다. 약관을 꼭 확ㅇ…."

설명을 이어 나가던 중 빅토르의 말이 멈추었고 제니퍼 역시도 당황한 듯 세희를 뚫어져라 쳐다보기 시작했다. 자세한 설명을 듣기도 전에 이미 서명란에 거리낌 없이 서명을 써 내려가는 세희는 마지막 페이지의 서명이 끝났을 때는 보다 더 활기차 보였다.

"지…지금 이게 무슨…."

빅토르는 이해할 수 없는 상황에 말까지 더듬고 말았다. 지금까지 환자를 받아 오면서 이렇게 거부감 없이 행동하고 평온한 사람은 처음이었다. 또, 수술동의서를 보았을 때 모두가 조금은 고민이란 것을 하는게 당연했다. 하나하나 서명을 하는 것도 꽤나 긴 시간이 필요했지만 세희가 서명을 끝마치는 데 1분도 채 걸리지 않았다.

"그렇게 고민할 것도 없이 지워야 할 기억인 건가요?!"

"네?"

정색한 채 물은 빅토르 탓에 다소 놀란 세희가 오히려 당황한 모습이었다. 둘 사이에 정적이 흐르고 중제를 나선 제니퍼는 차분하게 빅토르의 말을 좀 더 순화해서 말했다.

"죄송합니다. 간호사의 말은 그렇게 고민도 없이 지워 버려야 할 만큼 아픈 기억이냐고 묻고 있는 겁니다."

제니퍼 역시도 이유가 궁금했기에 대답을 기다렸고 세희는 잠깐의 고민과 함께 나온 대답은 충격적이었다.

"꿈에 자주 나타나던 남자가 말해 줬습니다. 언젠가 이상한 곳에 가게 될 거고, 그곳에서 정말 말도 안 되는 일을 겪을 거라고요. 그곳에서 기억을 지울 수 있을 거라고. 그렇게 이야기했습니다."

세희의 대답은 두뇌 회로를 멈추게 만들었고 말문까지 닫아 버리게 하는 발언이었다. 동공이 커지고 자연스럽게 고개가 45도 기울여졌다. 잘못 들은 건 아닌지 다시금 곱씹은 순간 빅토르가 먼저 말했다.

"누가 말입니까!!"

"어…, 그…그건 저도 잘 기억이 안 나네요…."

"뭐라도 기억하셔야 합니다. 환자분은 잘 모르겠지만 저희에게는 큰 문제에요."

당장이라도 세희를 추궁해서 뭐라도 알아내야 했다. 만일 이게 사실이라면 메모리 세계는 또 다른 혼란에 빠지고 딜리트 메모리는 또다시 책임을 져야 할 일이었다.

옛부터 인간의 꿈에 나타나 메모리 세계와 기억을 지우는 사실을 알리는 행위는 대테러와 같은 행위로 간주했다. 지금 제니퍼와 빅토르 앞에서 태연하게 이야기하고 있는 환자는 메모리 세계에 대해서는 모르는 눈치지만 기억을 지울 수 있다는 사실은 충분히 인지하고 있다.

"뭐든 좋습니다. 헤어스타일, 말투, 키. 뭐가 됐든 조금이라도 생각나는 게 있다면 이야기해 주세요."

"음…. 죄송합니다. 큰 도움이 될지는 모르겠지만 제가 기억하는 거라곤 가운을 입고 있었다는 거예요."

세희의 '가운' 단어에 순간 킹이 들이 밀었던 실 가닥이 떠오르고 빅토르와 제니퍼가 서로를 쳐다보고는 다시 세희에게 시선이 옮겨갔다.

"아, 선생님이 입고 계신 그 가운과 같았습니다."

세희가 제니퍼의 의사 가운을 가리키며 말했다. 현재 자신의 발언들이 어떤 파급력을 가졌는지는 알 수 없었지만 굳어 버린 둘에게는 큰 문제인 건 분명했다.

말도 안 되는 이야기에 연달아 맞은 제니퍼는 이 상황을 어떻게 해결해야 할지 도무지 감이 잡히지 않았다. 가뜩이나 난해하고 머리 아픈 기억이라 골머리가 아파 오는 상황에 환자의 등장과 함께 빅 이벤트까지 선사하니 머리는 그야말로 혼비백산이었다.

생각을 하면 할수록 더 깊은 골짜기로 들어가는 기분이 들자 모든 생각을 멈추고 가장 이성적인 판단을 내리기로 했다. 지금 당장 할 수 있는 건 두 가지다.

첫 번째는 지금 당장 환자를 돌려보내고 로비로 내려가 이 사실을 모두에게 알리고 저승사자에게 제보하는 일이었다. 하지만 그랬다가는 아픈 기억을 지우러 온 환자는 그 어떤 것도 얻지 못하고 돌아가야 하며 저승사자에게 붙잡혀 기억을 추출당하는 끔찍한 일을 겪을 수밖에 없다.

두 번째는 '환자의 수술을 진행한다.'였다. 수술을 끝낸 후에 빅토르와 둘이서 이 일을 파헤쳐 보는 일이었다. 하지만 지금 당장 수술도 안전을 보장할 수가 없었고 수술을 하게 된다면 누구에게도 알릴 수 없을 것이다. 만에 하나 저승사자가 알게 된다면 그야말로 저승으로 가는 하이패스였다.

"혹시 수술이 불가능할까요…?"

세희가 조심히 둘의 안색을 살피며 물었다. 팔짱을 끼며 고민하기 시작한 제니퍼는 몇 초간 반응이 없었고 잠시 후 한숨을 내뱉으며 말했다.

"하…. 아니요! 수술은 가능합니다. 바로 준비하도록 하죠."

"선생님!!"

제니퍼의 결정이 마음에 들지 않았는지 빅토르가 환자를 잊은 채 강하게 소리쳤다.

"환자분, 죄송한데 저희 둘이서 이야기를 해야 할 거 같아서요. 괜찮을까요?"

정중하게 물은 제니퍼에게 세희는 고개를 끄덕였고 곧이어 제니퍼는 자리에서 일어나 안내 데스크 안쪽에 위치한 비품실로 향했다.

비품실에 들어서자 빅토르는 곧장 문을 잠갔고 어떤 이야기를 하든 납득할 수 없다는 표정을 하고 있었다.

"뭘 그렇게 심각한 얼굴을 하고 있냐?"

"지금 제정신이세요?! 이 수술을 그냥 진행하는 게 맞는 거냐고요!! 위험한 일은 좀! 피해 갑시다…."

처음에는 큰 소리 치며 화를 냈지만 뒤로 갈수록 힘이 풀리는지 목소리가 작아졌다. 제니퍼 역시도 그런 빅토르를 이해하지 못하는 건 아니지만 자신의 결정에는 전혀 문제가 없다는 표정을 유지했다.

"알아. 네가 어떤 걱정을 하고 있는지 충분히 아는데… 우리가 안 하면 누가 하는데?"

"그러니까… 왜 꼭 저희가 해야 하냐는 겁니다!"

빅토르의 말이 끝나자 제니퍼는 빅토르의 어깨에 손을 올리고는 자신감 있게 대답했다.

"우리가 의료인이니까. 내가 의사고, 너는 간호사니까. 그렇기 때문에 환자를 치료할 의무가 있으니까!"

제니퍼는 말을 끝내며 빅토르의 어깨를 두 번 두드리고는 밖으로 나가 버렸다. 왜 저렇게까지 하는지 전혀 이해가 가지 않는다. 지난번 친구의 기억을 지우려 했던 환자에게도 빅토르 입장에서는 너무 과한 행동이라 생각했다. 결국 재판까지 가게 되고 메모리 세계에 혼란까지 안겨 주었는데 배운 점이 없는지 또다시 무리한 모험을 선택하는 게 참으로 안타까웠다.

짜증이 몰려오고 결국 두 손으로 머리를 흐트러트렸다. 망가져 버린 머리를 뒤로하고 비품실에서 나왔을 때는 이미 로비에 아무도 없었다. 데스크에 놓여진 수술동의서는 한숨을 절로 나오게 만들고 고개까지 떨구게 했다.

수술동의서를 데스크 안쪽으로 밀어 버리고 수술보조실로 향한다. 강하게 문을 열어 버리고 늘 그랬던 것처럼 기계를 켰다. 요란한 소음을 내며 작동한 수술 기계는 당장이라도 안개를 내뿜을 것처럼 보다 더 웅장하게 다가왔고 수술실에는 이미 수술대에 세희가 누워 있었다. 보조실을 향해 손을 흔들고 있는 제니퍼는 뭐가 그리 즐거운지 환하게 웃어 보이는 점이 더 얄미웠다.

"준비는 되셨습니까?"

"물론!"

활기차게 대답하는 거 보니 걱정이란 걸 하지 않는 모양이다. 아니면 제니퍼에게는 걱정이란 감정이 없는 걸지도 모르겠다.

"진짜 위험한 수술인 거는 아시죠? 저희가 봤던 기억이 아닐 수 있고,

안에서 어떤 일이 벌어날지 몰라요….”

“알아.”

“예, 그러시겠죠.”

다시 한번 한숨이 입 밖으로 빠져나오고 기계의 모든 시동 버튼을 누르자 기계에서는 까만 안개가 뿜어져 나왔다.

“꼬마 빅토르 왕자님께서 그렇게 걱정하시는데 내 무사히 돌아오도록 하지요.”

* * *

“띡띠띡띡.”

늦은 밤 도어락 비밀번호를 누르는 소리가 들려오고 곧이어 문이 열렸다. 이후 안으로 들어온 세희는 알딸딸하게 취한 채 큰 캐리어 가방을 끌고 들어왔다. 황급히 현관으로 달려온 어머니는 무미건조한 말투로 말했다.

“술 마셨니?”

“네. 출장 마지막 날이라 어쩔 수 없었어요.”

걱정이라도 하는 건가 싶은 마음에 고개를 들어 어머니를 보지만 역시나 시선은 핸드폰에 고정돼 있고 방금 전 질문은 그냥 예의상 하는 거란 걸 깨달았다. 신발을 벗고 어머니를 지나쳐 거실로 향한다. 거실에는 TV를 보고 있는 아버지가 있었지만 눈길조차 주지 않았고 어떠한 표정도 짓지 않으셨다.

일상이었다. 어릴 적부터 지금까지 단 한 번도 나를 보며 웃어 보인 적 없으셨고 따뜻한 말도, 대화도 없었다. 중학생이 되고, 고등학생이 되고, 심지어 대학교 졸업식에도 미소는커녕 아무런 말도 해 주지 않으셨다. 이제는 정말 친딸이 맞을까란 생각이 들 정도였다.

"너무 늦은 거 아니냐."

거실을 지나쳐 방으로 향하는 내 발걸음이 아버지의 말 한마디에 멈추었다. 조심히 뒤를 돌아 아버지를 쳐다봤지만 여전히 시선은 TV에 고정돼 있었다.

"아직 10시도 안 됐는데요…."

"말대꾸하니? 일찍 일찍 다녀."

일방적인 대화에 평소 같았으면 화가 나지 않았겠지만 술기운 때문인지 입이 간질거린다. 지금까지 아버지에게 화를 내거나 대들어 본 적 없던 나인데 오늘따라 마음속 깊은 곳에서 뭔가가 끓어오르는 느낌이 들었다.

"하…."

도화선에 불이 붙은 듯 입 밖으로 한숨이 절로 나오고 그 뒤로 내 입은 자유분방하게 움직였다.

"저도 이제 어른이에요. 아직도 7살 어린애가 아니라 24살 어른이라구요!"

처음으로 낸 큰 소리는 거실을 고요하게 만들었고 티비에서 나오는 뉴스 소리만 오디오를 채우고 있다. 눈길도 주지 않던 아버지의 시선이 그제서야 나에게 향하고 지켜보던 어머니는 황급히 나에게 달려와 등을 때리며 소리치셨다.

"미쳤어?! 술 먹고 부모 분별도 못 해?"

등을 때리는 어머니의 손을 뿌리치며 다시 한번 소리쳤다.

"부모?! 어디가 부모인데? 학생 때부터 나한테 해 준 게 뭔데?! 남들 다 다니는 학원 보내 주길 했어?! 나 데리고 놀이공원을 데려가길 했어?! 하다못해 나한테 따뜻한 말이라도 해 본 적 있냐고!!"

또다시 모든 소리가 멈추고 이제는 티비에서 흘러나오는 뉴스 소리조차 들리지 않는다. 천천히 자리에서 일어난 아버지는 나에게 다가와 나지막하게 말했다.

"나가."

"네…?"

간단명료한 아버지의 말이 귀에 전해지자 꽤나 담백하게 다가왔다. 화를 내기는커녕 조곤하게 말한 두 글자가 더 무섭게 다가왔다.

"24살이고, 직장도 생겼겠다. 뭐 하러 여기에 있니? 오래전부터 생각했다. 나가."

아버지는 아무런 표정도, 감정도 내비추지 않은 채 말을 끝내고는 곧장 안방으로 향하더니 방문을 열고 다시 한번 말했다.

"성인 될 때까지 편하게 먹고 잤으면 됐지. 얼마나 빌붙어 있으려고…. 양심이라도 있어야지."

딸에게 비아냥을 남긴 아버지는 방 안으로 들어가 버렸다. 방금 말은 나를 지나치게 서글프게 만들었다. 많은 것을 바란 것도 아니었다. 그냥 단지 남들처럼 웃고, 장난치고, 가끔은 티격태격하는 그런 부모와 딸이 되고 싶었다. 그런데 그게 양심이 없는 욕심인가…?

화가 오르는 것인지 술기운이 오르는 것인지 분간이 가지 않지만 점점 더 얼굴이 빨갛게 달아오르는 건 확실했다. 심호흡을 하지만 열은 식혀지지 않고 분함과 짜증이 한순간에 끌어 오르지만 언제나 그렇듯 마땅히 터트릴 곳도 없었다.

어머니도 아버지를 따라 안방으로 들어가시고 거실에 혼자 남은 나는 방으로 향했다. 문고리를 돌리고 문을 열자 어깨에 걸려 있던 가방이 바닥으로 떨어지고 당혹함이 내 얼굴에 그대로 나타났다. 지금 눈앞에 보이는 풍경이 정녕 내 방이 맞는지 의문이 든다.

침대가 있어야 할 곳에는 박스들이 들어서 있고 책상과 컴퓨터가 있던 곳에는 골프가방과 골프채들이 자리했다. 옷들이 들어가 있던 옷장은 온데간데없어지고 철제 선반에는 잡동사니들이 채워져 있다. 분명 출장을 가기 전까지만 해도 유일한 내 보금자리였는데 이제는 완전히 창고로 변해 있었다.

"이…이게 뭐야…."

당황스러움을 숨길 수가 없었다. 납득이 전혀 가지 않는 상황에 뒤를 돌아보자 안방에서 나오신 어머니는 흰 봉투를 든 채 나를 보고 있었다.

"엄마… 내 옷이랑 물건은…? 내 방이 왜 이래…?"

"너 물건 전부 정리하고 팔 수 있는 것들은 팔았다."

어머니의 말을 이해하기도 전에 흰 봉투는 나에게 다가오고 어머니가 다시 입을 열었다.

"너 물건 판 돈이랑 우리가 마지막으로 해 줄 수 있는 돈이다. 이 돈이면 원룸 정도는 구할 수 있을 거야. 챙길 것도 없을 텐데 어서 나가라."

얼굴 하나 변하지 않고 이야기하는 어머니는 슬픔이나 미안함도 없어 보이고 할 말만 남기고 다시 방 안으로 사라지셨다. 되도록 빨리 여기서 나가길 원하는 것처럼 보이는 어머니가 무서웠다. 이제는 부모님 자체를 부정하고 싶다.

"진짜 너무한 거 아니야…? 이건 진짜 너무하잖아…."

참아 내던 눈물이 한 번에 차오르고 곧이어 두 눈에서 터져 나왔다. 하나밖에 없는 딸에게 이럴 수 있는지 신이 있다면 물어보고 싶은 심정이다. 누군가 갑자기 나타나 나에게 "우리가 실은 너의 친부모다."라고 이야기한다면 난 망설임도 없이 믿을 것이다.

"사랑하긴 해요…?"

아무도 없는 거실, 허공에 대고 물어본다. 아무도 없는 거실에서 대답은 당연히 들을 수 없겠지만 만일 부모님이 있다 해도 부모님은 나의 질문에 답해 줬을까? 그 역시도 미지수였다.

"이럴 거면 왜 낳은 건데!!!! 하나밖에 없는 딸, 남보다 못하게 대할 거면 대체 왜 낳은 거냐고!! 모성애라는 게 없어?! 정말로 딸이라고 생각하긴 하는 거야?"

"이야…. 완전 콩가루 집안이네요?"

기억을 지켜보고 있던 제니퍼가 세희를 보며 물었다. 부모님의 기억을 지우려고 오는 환자는 극히 드물지만 대부분이 낳기만 하면 부모가 된다고 생각하고, 부모 같지 않은 부모들의 기억이 다반사였다.

"뭐, 그러니 지우려고 하겠죠."

무덤덤하게 대답하는 세희는 기억을 마주했음에도 여전히 평온한 얼굴을 유지하고 있었다. 포커페이스를 하는 것인지 아니면 정말 아무것도 느껴지지 않는 것인지 알 수 없지만 차라리 전자이길 바라본다.

"부모님이 왜 그렇게 싫어하시는지는 아세요?"

"모릅니다. 대답해 주기도 전에 죽으셨거든요."

"어릴 적 기억은요…? 저희가 갖고 있는 기억은 전부 성인 때 기억이던데요?"

"저도 잘 모르겠네요. 무슨 이유인지 어릴 적 기억이 안 나요. 기억하고 있는 거라곤 고등학생 때 집에 늦게 들어왔다는 이유로 뺨 맞은 기억뿐이네요."

세희가 멋쩍게 웃으며 자신의 뒷머리를 긁적였다.

"혹시 기억을 보시다가 많이 힘드시다거나 더 이상 기억을 보지 못할 거 같다면 언제든지 이야기해 주세요. 바로 끝내도록 하겠습니다."

"앞으로 봐야 할 기억들이 많나요?"

세희의 대답은 기억을 마주하기 힘들다거나 슬픔이 가득해서 나온 말이 아니었다. 그저 귀찮은 일거리를 빨리 끝내고 싶은 눈치였다.

"많지는 않습니다. 앞으로 2개가 전부거든요."

"전부 안 좋은 기억들뿐이죠?"

앞으로 나올 기억들이 어떤 기억인지 아는 것처럼 세희는 태연했고 제니퍼는 씁쓸한 표정을 지으며 고개를 끄덕였다. 이미 예상했지만 세희의 입에서는 그 발언이 튀어나왔다.

"빨리 끝내 버립시다. 어차피 이번이 마지막일 텐데."

단순히 빨리 끝내야 하는 일거리가 아니었다. 마지막이라 생각하고 견디고 참아서 끝낼 일도 아니었다. 기억을 지우는 건 절대로 간단하게 생각할 일이 아니어야 했다. 지금 드는 생각들을 입 밖으로 내뱉고 싶지만 가까스로 참아낸 제니퍼는 숨을 깊게 들이마시고 손가락을 튕겨 냈다. 그 후 사라졌던 검은 안개들이 삽시간 만에 퍼지고 이내 시야에는 까마득한 어둠이 내려앉았다.

"선생님 어떤 거 같아요?"

빅토르와 연결된 이어폰에서 한껏 긴장된 목소리가 들려왔다. 밖에서는 상황을 정확히 알 수 없으니 걱정이 된 모양이다.

"이상해. 지나치게 태연하고, 앞으로 볼 기억도 알고 있는 사람처럼 행동해. 이 수술이 어떻게 끝날지 아는 거 같아. 문제는 정말로 이 기억 때문에 아프고 힘든 게 맞는지 의심이 된다는 거지."

"그게 무슨 말씀이세요?"

"정말로 이 환자가 기억들로 아파고 힘들어서 지우는 거라면 상관은 없겠지만 만일 다른 뭔가를 위해 기억을 지우는 거라면 문제가 되겠지?"

"네."

"그런데 그걸 모르겠어. 정말 아픈 건지 다른 꿍꿍이가 있는 건지…."

"어떻게 하시려고요…?"

"강하게 나가 봐야지. 지금은 그 방법뿐이야."

사실 기억을 마주하고 나서 세희를 봤을 때 조금은 후회했다. 차라리 수술을 하지 말걸 하고 말이다. 수많은 환자들을 받아 오면서 이렇게 복잡한 감정이 드는 환자는 처음이었다. 돌아가신 부모님을 보아도 아무런 감정 변화도 없는 이 환자를 응원해야 할지, 안타까워해야 할지 도무지 감이 잡히지 않는다. 하나 분명한 것은 이 수술의 끝에는 그 누구도 마음이 편하지 않을 거란 거다.

"환자분 들리십니까?"

아무것도 보이지 않는 허공에 제니퍼가 물었다.

"네. 무슨 일 있나요?"

"이 수술이 환자분을 위한 게 맞습니까?"

"네…? 의사 선생님께서 할 만한 질문은 아닌 거 같은데요…?"

난데없는 제니퍼의 질문에 당황한 세희였지만 제니퍼는 심호흡을 한 번 내뱉고는 다시 말했다.

"장난치는 거 아닙니다. 이 수술, 환자분을 괴롭히고 고통을 주는 기억이 맞습니까?"

"네."

단호하고도 무덤덤하게 대답한 세희의 말은 왠지 모르게 거짓말처럼 느껴졌다. 따지고 묻고 싶었지만 아프다는 환자에게 거짓말하지 말라며 부추길 수도 없는 노릇이었다.

"알겠습니다. 부디 환자분이 편해지셨으면 좋겠습니다."

"감사합니다."

대화가 끝이 나자 알맞게 검은 안개들이 천천히 걷어지기 시작했다. 잠시 후 통곡 소리와 함께 북적거리는 소음들이 들려왔다. 서서히 모습을 드러낸 기억은 피어오르는 향냄새와 국화, 여기저기서 눈물을 흘리는 사람들, 아무래도 장례식장 같았다.

상주 옷을 입고 있는 세희는 무덤덤한 얼굴로 조문객들에게 인사를 하고 있었다.

"아이고…. 가여운 것…. 네가 무슨 죄가 있다고!!"

신발도 벗지 않은 채 장례식장 안으로 달려 들어온 할머니가 세희에게 소리쳤고 곧이어 세희를 끌어안았다. 대성통곡하기 하시는 할머니는 늘 세희를 안쓰러운 시선으로 바라보시던 옆집 할머니였다.

"하늘도 무심하시지 너만 두고 다 걷어 가실꼬…."

"오셨어요?"

대성통곡하며 슬퍼하시는 할머니와는 달리 여전히 무덤덤한 세희를 보자 할머니의 표정이 굳어지고 말았다.

"할머니… 저는 사실 모르겠어요. 부모님이 돌아가셨는데 눈물이 나지만 슬픈 게 아니라 억울해요…. 그런 제가 이상한 거겠죠…?"

"아니다!! 절대 네가 이상한 게 아이다!"

"슬프기는커녕 억울해요…. 대체 왜 저한테 그러셨는지 제가 뭘 잘못했는지… 이유조차 듣지 못한 게 너무 억울해요."

진심이었다. 교통사고로 부모님이 돌아가셨다는 연락을 받았을 때 가장 먼저 든 생각은 슬픔보단 내 억울함을 더 이상 풀어 줄 사람이 없었다는 것이었다.

"가여운 아가야…. 너도 잘못이 없듯이 너희 부모의 잘못이 아니야…. 이 할미를 봐서라도 이제 그만 부모님을 용서하는 게 어떻겠니…."

"그게 지금…."

"세희야…."

할머니와 대화를 하던 중 익숙한 목소리가 귀에 들려오고 시선이 돌아가자 그곳에는 할머니의 손녀이자 고등학교 동창, 혜인이가 서 있었다. 천천히 다가온 혜인이는 도리어 내 손을 잡으며 참아내던 눈물을 터트렸다.

"너무 과하지 않아…?"

"괜…찮아…?"

말까지 더듬으며 눈물을 닦아 내는 혜인이는 내 안색을 확인했고 가여운 눈빛을 보내고 있었다.

"괜찮아. 알잖아. 나 부모님이랑 사이 안 좋은 거…."

세희의 말이 끝나자 눈물을 흘리던 혜인이는 도리어 세희에게서 떨어졌고 고개를 휘저으며 말했다.

"안 돼…. 그러면 안 돼. 네가 잊으면 안 된다고!"

"둘 다 무슨 소리를 하는 거야…."

할머니부터 혜인이까지 대체 무슨 소리를 하는지 당최 이해를 할 수가 없었다.

"왜 그래. 대체 뭘 기억하라는 건데…."

"부모님이 왜 그런지 너는 알고 있잖아!!"

악까지 질러 가며 이야기하는 혜인이의 말은 대체 뭘 기억하라는 건지 전혀 알 수 없었다.

기억 속에서 그대로 얼어 버린 세희와 기억을 마주한 세희 역시도 똑같은 얼굴을 하고 있었다.

"이게 뭐죠…?"

당황한 탓에 말까지 더듬으며 제니퍼에게 묻자 제니퍼는 공손히 두 손을 모은 채 대답했다.

"실은 환자분께서 숨기신 기억이 있습니다. 어째서 이런 중요한 기억을 숨기셨는지는 알 수 없으나 원하신다면 관람할 수 있습니다. 관람하시겠습니까?"

"그럴 리가요…."

아무것도 납득이 가지 않는 상황에 믿을 수 없다는 듯이 행동하는 세희는 많이 복잡해 하고 있었다. 제니퍼는 아랑곳하지 않고 손뼉을 처 냈고 기억은 멈추었다. 잠시 후 어둡고 차가운 바람을 불러일으키는 안개가 나타나고 제니퍼의 옆에 뭉쳐졌다.

"오세희 님은 사실, 부모님이 자신을 왜 미워하고 싫어하셨는지 다 알고 계십니다. 사실 부모님은 세희 씨를 미워하고 싫어하신 게 아니에요. 제가 이야기하는 것보다 직접 보는 게 좋을 거 같네요."

자신의 옆에 뭉쳐진 안개들을 가르킨 제니퍼는 세희의 선택을 기다렸고 세희는 여전히 인정할 수 없는지 부정했다.

"제가 숨긴 기억이라뇨…. 그럴 리가…."

"무서운 거죠?"

믿을 수 없다는 얼굴을 하고 있는 세희의 시선이 제니퍼에게 향하고 제니퍼는 다음 말을 이었다.

"무섭겠죠. 부모님이 자신에게 한 행동들이 정말로 나를 위한 일일까 봐서."

"그…그럴 리가요!"

"원망할 대상이 없잖아요. 혼자 남아 쓸쓸하게 살아왔는데 누구를 탓하고 원망할 대상도 없으면 완전히 망가질까 봐서, 누구라도 탓하지 않으면 아무것도 하지 못할까 봐서. 그래서 이런 기억을 숨기신 거 아닙니까?"

제니퍼의 질문에 아무런 반박도 하지 않는 세희는 괴로운지 자신의 머리를 감싸 안았다. 심한 두통이 동반하자 세희는 바닥에 주저앉아 버렸고 괴로운 신음이 터져 나왔다.

진심으로 괴로워하고 아파하는 모습을 보고 있자니 어쩌면 못할 짓을 하고 있는지도 모르겠다. 편해지고, 앞으로 잘 살기 위한 수술이 괴롭게 만들고 아프다면 정말 이 수술이 옳은 건지 잘 모르겠다.

괴로워하는 세희에게 다가가 위로하듯 머리를 쓰다듬자 세희가 나지막하게 속삭였다.

"그런다고 변하는 것도 없지 않을까요…?"

"적어도 평생 원망하고 진실에서 도망치면서 살진 않겠죠."

무표정을 유지하던 제니퍼가 미소를 보이며 세희를 안심시키지만 제니퍼의 마음속도 구멍이 뚫린 것처럼 공허했다. 환자가 숨긴 기억이 무엇인지 알아서? 그동안 아파했을 환자가 안쓰러워서? 제니퍼 역시도 확실한 이유는 모르겠지만 제발 세희가 행복해졌으면 좋겠다.

"도와줄게요. 지금만큼은 혼자가 아니니깐. 도망치지 맙시다."

제니퍼가 조심스레 자리에서 일어나 세희를 일으켰다. 여전히 두통이 있지만 아까처럼 심하지는 않는지 곧이어 자신의 힘으로 설 수 있었고 세희는 천천히, 조심스럽게 발걸음을 옮겼다.

새로운 안개 속으로 들어온 둘은 지금까지 있었던 곳보다 훨씬 더 답답했고 어째선지 안개를 마실수록 속이 쓰리고 타들어 가는 것만 같았다. 빨리 이 안개가 걷어지길 빌고 있다. 당장이라도 답답함에 질식할 거 같은 느낌이 턱 밑까지 올라오고 고통이 못 이겨 두 눈이 질끈 감기었다.

잠시 후 귓가에 강하고 둔탁한 구두 소리가 들려오고 답답함과 고통스러움이 점차 가라앉기 시작했다. 조심스레 떠진 눈에는 시골에 한 한옥집이 담겼다.

상황을 인지하기도 전에 대문을 박차고 열고 들어온 세희는 많이 취해 있었고 자신의 몸조차 가누기 힘들어 보였다. 고개도 제대로 들지 못한 채 천천히 마당을 지나 마루에 다다르자 인기척을 느낀 어머니가 주방에서 뛰쳐나오시고 뒤이어 아버지도 밖으로 나오셨다.

"말도 없이 무슨 일이야? 술 마셨니?

어머니의 물음에 답변 없이 고개를 끄덕이고 이어 천천히 고개를 든 세희는 나지막하게 물었다.

"엄마도 인선이 오빠 알아…?"

순간 정적이 깔리고 암흑이 내려앉았다. 그대로 얼어 버린 어머니와 지금까지 보인 적 없는 표정을 하고 있는 아버지는 꽤나 놀란 얼굴이었다.

"그…그게 누구니…? 나…난 처음 듣는 이름인데?"

정적이 깨지며 마지못해 발뺌하는 어머니였지만 이미 더듬은 말투와 표정은 숨길 수 없었다.

"거짓말하지 마. 혜인이한테 다 들었어. 대체 나한테 뭘 숨기고 있는 거야!!!!!"

포효에 가깝게 소리친 세희는 그대로 주저앉아 버렸고 눈에서 푸른 눈물이 흘러내리기 시작했다. 숨기고 있던 사실이 들통난 이유인지 어머니는 두 손으로 자신의 얼굴을 가리고 적지 않게 놀란 눈치였다.

놀란 가슴을 부여잡고 황급히 달려온 아버지는 세희의 상태를 살피고 아버지의 얼굴에는 걱정이 가득했다. 집을 나갈 때 얼굴도 내밀지 않던 아버지가 처음으로 걱정이란 걸 하고 있다. 세희는 지금 난생 처음으로 진실된 아버지의 얼굴을 보고 있었다.

"세희야…, 세희야…. 정신 차려야 한다. 절대로… 너까지 잃을 수 없단 말이야…."

말이 끝나기 무섭게 아버지의 눈가에서 떨어진 눈물이 뺨을 타고 흘러 세희의 손등에 떨어졌다. 아버지의 눈물은 차가웠지만 손등에 느껴지는 마음은 한없이 따뜻하고 이어 다시 입을 연 아버지의 말은 이해하기 어려웠다.

"미안하다···. 한없이 어린 너에게 짊어지게 하고 싶지 않았을 뿐이다. 난 친구도 잃었고, 아들처럼 생각한 조카도 잃었다. 하지만 너까지 잃을 수 없었어···."

"그게 무슨 말이야···. 제발 좀 이해할 수 있게 이야기 좀 해 봐···."

다리에 힘이 풀려 버린 아버지는 그대로 바닥에 주저앉아 버리고 다시 말을 이어 나갔다.

"나한테도 절친이 있었다. 네가 말한 인선이란 아이의 아빠이기도 하지···. 너와 함께 자라고 우리끼리 장난식으로 둘이 결혼시키자는 말도 할 정도로 친하게 지냈단다. 인선이도 내 아들이라 생각하고 친구도 너를 친딸이라 생각하며 아주 예뻐했지. 그리고 너희가 고등학생이 됐을 때 둘이 사귄다고 이야기하더구나."

순간 늘 화장대에 있던 알 수 없는 남성의 사진이 떠오른다. 언제부턴가 방 안에 있던 남자의 사진, 그 사진의 비밀을 지금 이 순간에 깨달았다. 어느새 세희의 옆자리에 앉은 어머니가 세희를 안쓰럽게 쳐다보고는 등을 쓰다듬으며 위로했다.

"우리는 서로 경사가 났다며 좋아하고 너희는 아주 예쁘게 만났단다. 시간이 흐르고 성인이 됐을 때 자연스레 결혼 이야기가 오고 갔지만 얼마 지나지 않아 사고가 일어났다. 단순한 사고였어. 정말로 어쩔 수 없는 사고였다. 단지, 인선이의 가족이 너를 데리러 가던 길, 그 사고 하나로 모든 게 변했다···."

'사고'라는 말이 귀에 전해지자 힘겹게 참아 낸 눈물이 다시금 흘러내리기 시작했다. 처음 듣는 이야기인데. 분명 방금 알게 된 사실인데, 숨어 있던 아픔이 들통난 것처럼 슬픔과 허탈감이 가슴 깊은 곳에서 휘몰아치기 시작했다.

"그 사고로 난 친구와 친구 와이프를 한순간에 떠나보냈다. 인선이는 여전히 병실에 누워서 깨어나지 못하고 있고…."

"거짓말…. 그게 무슨 소설에 나올 법한 이야기야…."

애써 부정해 본다. 지금 느껴지는 이 감정 역시도 부정하며 차라리 거짓말이길 빌었다. 정말 사실이 아니길 간곡히 바라고 있다. 하지만 아버지의 얼굴은 거짓말이 아니란 걸 깨닫게 만들었고 이야기하는 내내 괴로워하셨다. 마음속 깊이 숨겨 놓은 판도라 상자를 열어 고통스러운 기억을 끄집어 낸 것이나 다름없었다.

"전부 사실이다. 나도 차라리 거짓말이길 빌었어…."

"하지만 난 인선이란 사람이 누군지도 모르고 기억도 안 나…."

세희를 위로하던 어머니는 어루만지던 손을 멈추고 힘겹게 입술을 떼었다.

"너는 그 사고가 전부 너 탓이라 생각했단다. 그날 네가 인선이 부모님을 위해 선물을 사지 않았다면, 인선이 가족이 너를 데리러 갈 일을 만들지 않았더라면 그런 일은 없었을 거라고…. 하루하루 망가져 가는 너는 급기야 자살기도까지 이르렀단다…."

"나는 아무 기억이 안 난단 말이야…."

순간 머리가 깨질 것 같은 두통이 세희에게 찾아오고 자신의 머리를 쥐어 잡으며 괴로워하기 시작했다. 그 모습을 지켜보던 아버지는 깜짝 놀라며 세희를 강하게 끌어안았다.

"절대로 너를 잃을 수 없다. 어떻게든 너를 지켜야 했고 어떤 값을 치러서라도 네가 온전하게 돌아오길 빌고 또 빌었다. 그 대가가 너에게 나쁜 아빠로 남아야 한다 해도 난 너를 지키기로 다짐했단다."

"그게 무슨…."

"자살기도를 하고 깨어난 너는 모든 기억을 잃었단다. 그 사고도, 인선이 가족도, 학창 시절부터 모든 기억이 지워졌지. 나는 정말 기뻐했지만 이후로 너는 나를 피하기 시작하더구나. 완전히 날 범죄자 취급했고 내가 다가가면 지금처럼 다시 고통스러워하며 아파했단다…."

"아빠…."

모든 게 사실이라고 믿기에는 너무 힘든 이야기였다. 아버지와 어머니의 얼굴을 번갈아 응시하자 두 분 모두 눈물로 범벅된 얼굴을 보이고 있었다.

"미안하다. 하나밖에 없는 딸을 지킬 수 있는 방법이라면 모든 부모가 나처럼 했을 거다. 딸이 행복하게 살 수 있다면 자신의 영혼을 팔아서라도 그렇게 만드는 게 부모일 거다. 너에게 한 명뿐인 아빠가 혼자 자라게 해서 미안하다…. 우리도… 부모가 처음이라… 미안하구나."

말을 끝내고 다시 한번 세희를 끌어안고 눈물을 쏟아내는 아버지의 눈물은 따듯했다. 어머니까지 합세해 세희를 끌어안았고 따듯한 온기를 처음으로 느꼈다. 부모님의 눈물이 세희의 어깨를 적시고 지금까지 상상으로만 생각했던 부모님의 정은 봄날의 햇살보다 더 따듯하다는 것을 처음으로 알게 됐다.

지금까지 자신에게 했던 부모님의 행동들이 나를 위해서였고 부모님의 마음도 모르고 원망하고 미워했던 지난날에 나를 후회한다. 조금도 헤아리려고 하지 않은 나를 혐오한다.

"나도… 딸이 처음이라… 미안해요…."

아들과 마찬가지인 사위를 잃었지만 자신의 딸을 지키기 위해 모든 아픔과 슬픔을 견뎌 내야 했던 부모님의 심정을 이해할 수 없다. 딸을 위해 딸에게 주는 사랑까지도 포기해야 했던 부모님의 마음을 감히 내가 이해하고 용서할 수도 없는 일이었다. 부모라는 가면을 쓴 악마가 아니었다. 마음을 찢어 가며 악마라는 가면을 쓴 부모였다.

"RRRRR."

순간 아버지의 핸드폰에서 전화벨이 울리고 부둥켜안고 있던 셋은 다시 원상태로 돌아왔다. 핸드폰을 확인한 아버지는 심각한 얼굴을 하더니 이내 전화를 받았고 연신 "네. 네."만을 내뱉었다. 그리고 전화가 끊기자 급하게 자리에서 일어났다.

"무슨 일 있어요…?"

"잠시 나가 봐야겠구나…. 정말 미안하다…."

순간 딸보다 더 중요한 일이 생긴 건가 하는 생각이 들었지만 이내 털어 내고는 세희가 말했다.

"다녀오세요. 뭔지는 몰라도 급한 거잖아요."

얼굴이 퉁퉁 부어 버린 세희가 미소를 보이고 덩달아 아버지 역시 미소를 보이셨다. 이후 아버지는 어머니에게 눈치를 주더니 어머니도 급하게 외투를 챙기시고 집 밖으로 뛰쳐나가셨다.

"지금 두 분은 인선이라는 사람한테 가는 겁니다."

부모님의 사라지고 기억이 끝났고 제니퍼가 말했다.

"부모님은 인선이라는 사람이 위급하다는 전화를 받고 황급히 병원으로 향하셨습니다. 그리고 음주운전 차량 때문에 세상을 뜨셨죠…."

"그렇군요…."

"아무렇지 않아요…?"

세희를 보며 제니퍼가 물었다. 아무런 표정 변화 없이 일관된 무표정을 유지하던 세희는 숨겨 둔 기억을 볼 때부터 그저 부모님에게 시선이 고정돼 있을 뿐이었다.

"…."

제니퍼의 질문에 대답하지 못하고 고개를 떨군 세희는 뭔가를 참아 내고 있는 눈치였다. 곧이어 제니퍼가 손뼉을 치자 기억들은 한순간에 금이 가고 깨지기 시작해 한순간에 한 줌에 먼지로 변하였다.

"처음에는 납득이 되지 않았습니다. 완전히 잊고 있던 기억을 봤고 다시 한번 부모님의 오해가 풀렸는데 이렇게 무표정을 유지할 수 있을까 하고요."

세희에게 다가온 제니퍼가 고개 숙인 세희의 머리를 조심스레 들어 올리자 당장이라도 눈물을 터트릴 거 같은 얼굴을 하고 있는 세희는 힘겹게 참아 내고 있었다.

"지금까지 계속 참아 오신 거죠? 힘들고, 슬프고, 아파도 참아 낸 거죠…?"

고개를 끄덕인 세희는 끝내 눈물을 터트렸고 닦아내도 흘러내리는 눈물은 멈출 생각을 하지 않았다. 다시 고개가 떨어지고 지켜보고 있던 제니퍼는 단지 세희의 어깨를 다독일 뿐이었다.

"처음부터 이상했습니다. 어째서 이런 중요한 기억을 전당포에 맡겼는지 도무지 이해가 가지 않더군요. 근데 이제 알 거 같네요."

세희를 다독이던 손이 멈추자 고개를 들어 올린 세희는 여전히 눈물이 흘리지만 미소를 보이며 말했다.

"솔직히 저는 기억을 맡긴 기억도 없습니다. 하지만 왜 맡겼는지는 알겠어요. 오해가 풀렸다 한들 결국 저는 혼자예요. 멍청하게 부모님 마음도 모르고 원망하고, 미워하는 딸보다 사랑받지 못하고 부모님에게 버려진 딸이 차라리 마음이 덜 아프겠죠."

웃으며 말한 세희의 말이었지만 아마 속은 그렇지 못했을 거라 생각한다. 안타까운 마음이 자동적으로 들고 아무래도 세희는 자신의 감정을 숨기는 게 더 익숙할지 모른다.

결국 자신의 곁에 더 이상 존재하지 않는 부모님을, 아무것도 모른 채 부모님을 원망하고 미워했던 자신을, 자식을 혼자 두고 떠나야 했던 부모님을, 더 이상 용서를 할 수도, 받을 수도 없다면 차라리 모든 걸 잊어버리는 게 나을지 모른다. 혼자 남은 자식을 위해, 미련 없이 부디 그곳에서 편히 지낼 수 있도록, 부모님을 위해….

제니퍼는 황급히 고개를 돌려 버리더니 차마 세희를 바라볼 수가 없었다. 안쓰러운 마음이 세희가 알아차릴까 봐서, 당장이라도 흘러내릴 거 같은 얼굴을 보일 수가 없어서. 지금은 제니퍼도 진정이 필요했다.

"아까 아무렇지 않냐고 물었죠?"

애써 시선을 피한 제니퍼에게 물었고 세희의 목소리는 떨리고 있었다.

"어떻게… 아무렇지 않겠어요. 어떻게 잊고 있던 부모님인데…. 힘들게 잊었던 부모님인데…. 드디어 만난 부모님인데…."

세희의 얼굴을 보고 있지는 않지만 세희의 목소리가 귀로 전해져 왔을 때 또다시 눈물이 끊임없이 나오고 있다는 걸 알 수 있었다. 수술을 하는 내내 부모님에게 시선이 고정된 이유가 원망스럽거나, 화가 나거나, 미워서가 아니라 단지 그토록 그리워하던 부모님을 뵐 수 있었기 때문이었다. 어쩌면 제니퍼와 빅토르가 생각했던 수술보다 훨씬 더 슬프고 어려운 수술이었을지 모른다.

"하…."

크게 한숨을 내뱉은 제니퍼는 세희와 시선을 맞추고는 곧이어 세희를 끌어안았다.

"미안해요. 환자분을 의심해서."

생각지도 못한 제니퍼의 행동에 세희는 당황한 듯 잠깐 얼어붙었지만 이내 긴장된 몸이 풀어지는 느낌이 들었다. 부모님이 안아 주었던 그때와 똑같은 온기가 느껴지고 다시는 느끼지 못할 거라 생각했던 감정을 또 다시 경험했다.

"기억 지우실 거죠?"

세희를 끌어안은 채 물은 제니퍼는 이미 세희가 어떤 선택을 할지 알고 있었다. 따뜻한 눈물이 제니퍼의 가운을 적시고 대답 대신 세희의 고개가 끄덕여졌다.

"존중합니다. 쉽게 선택한 것도 아닐 테니…. 고생 많으셨습니다."

* * *

수술이 끝나 입원실로 향하는 빅토르와 세희는 아무런 이야기도 하지 않았고 둘 사이에는 침묵만 존재했다. 환자에게 수술은 어땠는지, 원하는 답은 찾았는지 물어보고 싶었지만 굳이 물어보지 않기로 했다. 처음 봤을 때부터 계속 무표정을 유지하던 환자가 수술이 끝난 후에 눈가는 젖어 있었고 꽤나 감정에 치인 모습이었다.

"도착했습니다."

빅토르의 발걸음이 멈추었고 나무로 된 문에 자신의 이름이 써져 있는 명패를 걸었다. 자신의 일을 끝마친 빅토르가 가로막고 있던 문에서 나오고 공손이 두 손을 모아 세희를 기다렸다.

"이 문을 열고 들어가면 다 끝나는 건가요?"

"음…."

어쩌면 간단한 질문이겠지만 빅토르는 선뜻 대답하기 어려웠다. 수술이 잘 끝났다는 것인지 아니면 부모님 때문에 힘들었던 삶이 끝이 났다고 묻는 것인지 알 수가 없었다. 어떤 대답을 해야 할지 고민하고 있던 사이 입원실의 문이 열렸다.

"잠시만요!!"

돌아가려는 세희를 붙잡은 빅토르는 빠르게 자신의 생각을 읊었다.

"다 끝났다는 말이 무슨 의미인지는 모르겠습니다. 저는 이곳에서 많은 환자들을 안내하고 마지막 돌아가는 길에 어떤 말을 하면 좋을지 고민했죠. 다른 간호사들은 '잘 지내세요. 행복하세요. 좋은 일만 가득하세요.' 같은 말을 하는데 저는 잘 모르겠습니다."

"어…. 그래서 하고 싶은 말이 뭔가요…?"

"끝이 아닙니다. 새롭게 시작하는 거죠. 어쩌면 본인이 선택한 것에 대한 책임을 지러 가는 것일지 모릅니다. 그러니 마음 독하게 먹으세요."

응원을 하는 건지, 약 올리는 건지 알 수 없는 빅토르의 대답은 세희를 웃게 만들었다. 빅토르는 자기 자신도 무슨 말을 하는지 모르겠지만 세희를 따라 웃어 보였다.

"좋은 말이네요. 다른 간호사들이 말한 것보다 더 좋은 거 같습니다."

"그렇게 생각해 주시다니 몸 둘 바를 모르겠네요."

"그럼 감사했습니다."

감사 인사를 끝으로 세희는 안으로 들어갔다. 천천히 닫히는 문 사이로 보이는 세희의 등은 꽤나 쓸쓸하게 느껴졌다.

문이 완전히 닫히고 복도에 혼자 남은 빅토르는 다시 병원으로 돌아가기 위해 발걸음을 옮겼지만 얼마 가지 않아 멈추었고 급하게 주머니에서 핸드폰을 꺼내 쥴리에게 전화했다.

"RRRRRRRRRR."

수술이 끝난 후에 잠깐 핸드폰을 확인했을 때 쥴리에게서 메시지가 도착해 있었다. 수술이 끝나면 전화를 달라는 내용의 문자는 걱정하고 있던 사람들의 마음을 완전히 무시하는 것이었다.

어제 이후로 연락이 되지 않고 출근도 하지 않은 쥴리의 메시지를 기다린 것은 아니지만 어째선지 빅토르는 자신의 입술을 깨물고 초조해 보이는 얼굴을 하고 있었다. 긴 통화음이 계속되고 그냥 끊어야 할지 고민이 드는 순간 쥴리의 목소리가 들려왔다.

"여보세요…?"

"쥴리! 무슨 일이라도 있는 거야?! 연락도 안 받고 출근도 안 했다면서. 어제 이후로 무슨 일이라도 생긴 거지?! 그치?"

쥴리가 대답하기도 전에 자신의 말만 늘어놓은 빅토르는 꽤 쥴리를 걱정한 게 분명했다.

"걱정했어…?"

"어…? 아…아니, 꼭 그런 건 아니고…. 계속 연락 없었으면 모든 직원이 너를 찾으러 갔을 거야. 내가 막시무스에게 부탁했거든."

누가 봐도 걱정한 사람의 목소리와 말투였지만 빅토르는 애써 자신이 걱정했다는 것을 부인하고 싶은 모양이었다.

"연락 남겨 놔서 천만다행이네. 수술은 잘 끝났어? 특이사항은 없었고?"

"응? 그런 걸 왜 물어봐⋯?"

빅토르의 질문에 무슨 이유인지 줄리는 대답하지 못했다. 목소리에도 힘이 없고 침울해 보이기까지 하는 줄리는 어딘가 이상했다. 늘 활발하고 생기 있던 줄리였지만 지금은 정반대라고 말할 수 있어 무슨 일이 있는 게 확실했다.

벽에 등을 기댄 빅토르는 숨을 한 번 고르고 말했다.

"무슨 일 있는 거지? 그러니 규칙까지 무시하고 환자에 대해 물은 거고?"

"응⋯."

이번에도 힘없이 대답한 줄리는 자신의 질문이 잘못됐다는 것도 충분히 인지하고 있는 모양이다.

"나에게 원하는 게 뭔지 이야기해 줄래?"

"정말 미안한데⋯ 환자랑 기억에 대한 정보가 필요해⋯. 중요한 문제야. 이런 부탁해서 정말 미안하지만 꼭 알아야 해."

대충 줄리의 부탁을 예상하긴 했지만 그 예상이 틀리길 바라기도 했다. 정말 미안하다는 말도 반드시 붙여서 이야기할 것도 알고 있었고 이미 줄리의 부탁에 대한 답변도 정해져 있었다.

다시 발걸음을 옮기기 시작한 빅토르가 대답했다.

"수술은 잘 끝났어. 정말 나쁜 기억밖에 없더라고 부모님에게 사랑을 받지 못했으니 당연하겠지⋯."

이야기를 시작한 후 줄리는 경청이라도 하는지 아무런 대답이 없었고 빅토르는 자신이 알고 있는 모든 걸 이야기했다. 사소한 것부터 중요한 것까지. 심지어 제니퍼가 어떻게 말하고 행동했는지까지 이야기했다.

"아! 환자에게 죽은 남자친구가 있었나 봐. 죽은 이유가 환자랑도 연관돼 있어서 죄책감에 시달린 거 같아. 그리고…."

"혹시… 그 남자친구 이름이 인선이야?"

계속 경청하고 있던 쥴리가 빅토르의 말을 끊으며 질문했다. 예상치 못한 이름이 언급되자 깜짝 놀랄 수밖에 없었고 빅토르의 발걸음이 병원 문 앞에서 멈추었다.

"네가 그걸 어떻게 알아…?"

"정말 이름이 인선이 맞아…??"

다시 한번 같은 질문을 한 쥴리는 흥분해 보였고 어쩌면 이 질문을 위해 환자에 대해 물었던 거 같았다.

"어, 맞아…. 네가 그걸 어떻게 아냐니깐??"

"미안해. 나중에 설명할게!! 고마워!!"

빅토르의 질문은 답변도 받지 못한 채 그대로 전화가 끊기고 어안이 벙벙해졌다. 핸드폰을 다시 한번 확인했지만 전화는 이미 끊어진 상태였고 결국 핸드폰은 다시 주머니 속으로 향했다. 전화가 끊어지자 기다렸다는 듯이 병원의 문이 열리고 제니퍼가 나타났다.

"누구랑 그렇게 전화를 해? 여자친구라도 생겼어?"

"여자친구는 무슨. 쥴리입니다."

"아~ 그래서 규칙도 어기고 수술 내용을 유출한 거고?"

"네…?! 아…, 그게 그러니깐…."

발뺌해 보려고 했지만 자신을 노려보고 있는 제니퍼를 보자 이미 틀린 듯 보였다. 아무래도 문 너머에서 통화 내용을 다 들은 모양이었고 무슨 변명이라도 생각해 내야 했지만 머리를 돌려봐도 좋은 변명거리는 생각나지 않았다.

"됐다~. 뭐 그럴 수밖에 없는 이유가 있었겠지."

예상과는 다르게 아무렇지 않은 제니퍼는 빅토르를 지나쳐 갔고 기지개를 피며 복도를 걸어갔다. 또다시 어안이 벙벙해진 빅토르가 멀어져 가는 제니퍼에게 말했다.

"어디… 가세요…?"

"수술 끝났으니 로비로 내려가 봐야지."

"아! 그렇네요….."

자연스럽게 제니퍼의 옆에 나란히 걷기 시작한 둘은 착잡한 마음을 가진 채 로비로 향했다.

로비에 도착한 제니퍼와 빅토르는 곧장 안내 데스크로 향했고 그곳에는 직원들이 모두 모여 있었다. 이전과는 달리 안개 수집가의 대표 박형식 대장과 메모리폴리스의 로즈 검사도 함께했다. 모든 시선이 제니퍼와 빅토르에게 고정되고 안내 데스크에 도착하니 제니퍼는 공손히 두 손을 모아 고개 숙여 인사했다.

"모두 모여 주서서 감사합니다. 그리고, 박형식 대장님과 로즈 검사님도 갑작스러운 부탁에, 죄송하고 또, 감사합니다."

"바쁘긴 하지만 제니퍼 선생의 부탁인데 어찌하겠나."

"딱히 바쁘지도 않았어요~. 이번 바이러스 사태는 전부 저승사자들이 맡고 있어서 손가락이나 빨고 있는 신세거든요."

숙여졌던 고개가 다시 돌아오고 제니퍼의 얼굴은 순식간에 어둡게 변했다. 무슨 중요한 이야기라도 있는지 심각해 보이는 제니퍼가 박형식 대장에게 물었다.

"혹시 지난번 수술의 감정은 입고가 됐을까요?"

제니퍼에게 몰려 있던 시선이 박형식 대장에게 돌아갔다. 팔짱을 낀 채 하늘에 떠 있는 박형식 대장은 고개를 끄덕이지만 곧이어 한숨을 내뱉었다.

"입고는 됐지만 정말 이런 감정들이 입고된 건 난생 처음이네. 처음에는 상쾌함이 조금 입고되더니 이내 우울, 불쾌, 권태, 원한 같은 부정적인 감정들이 입고되면서 상쾌함 감정마저 전부 버리고 말았지…."

"흠…."

박형식 대장의 말에 한숨을 내뱉은 제니퍼는 어느 정도 예상 했는지 고개를 끄덕였다. 그리고 잠시 후 제니퍼가 꺼낸 말은 모여 있던 직원들과 박형식 대장, 로즈 검사를 깜짝 놀라게 만들었다.

"이 환자, 딜리트 메모리를 알고 있어요. 기억을 지우는 수술까지 알고 있습니다. 본인 말로는 의사 가운을 입은 남자가 알려 줬다고 하네요…."

"어…. 그런 게 가능하긴 한 거예요…?"

딜리트 메모리의 직원이 아닌 로즈 검사가 물었다. 본인은 딜리트 메모리의 직원이 아닌지라 알고 있는 지식이 별로 없었고 그런 로즈를 위해 직원들은 모두 고개를 휘저으며 불가능하다는 걸 알리고 있었다.

직원들조차 처음 듣는 상황에 믿기 힘들었고 빅토르에게 시선이 향한 직원들도 있었지만 빅토르는 사실이라는 걸 알리듯 고개를 끄덕였다.

"말도 안 되는 일이 연속으로 일어나고 있네요…."

걱정스러운 마음에 이나가 대답했다. 계속해서 좋지 못한 일들이 발생하는 상황에 점점 더 암울해져 가는 딜리트 메모리였다.

"아무래도 그 의사 가운을 입은 남자가 이번 바이러스의 범인일 가능성이 커 보이는데…?"

조심스레 막시무스가 말했고 다른 직원들도 그렇게 생각하는지 암묵적 동의를 보였다.

"그래도 범인은 남자라는 건 알았네. 그 자식 저희가 잡읍시다! 저승사자들이 먼저 잡게 되면 저희의 죄목만 늘어날 거예요. 그러니깐 저희가 잡아 봅시다!"

파이팅 있게 직원들에게 외치고 곧이어 로즈 검사에게 다가가 두 손을 잡으며 부탁했다.

"로즈 검사님 도움이 꼭 필요합니다! 제발 부탁이니 이 근방 CCTV 좀 볼 수 있을까요? 분명 오세희 환자가 메모리 세계에 있을 때 같이 있던 사람이 찍혔더라면, 그 사람이 저희 직원이라면! 그 사람이 범인일 겁니다!"

눈이 초롱초롱해지며 로즈 검사에게 부탁한 제니퍼였지만 어째선지 로즈 검사는 시선을 피하고 난감해했다. 직원들도 제니퍼와 같은 심정인지 로즈 검사를 애처롭게 쳐다보지만 로즈 검사는 풀이 죽고 말았다.

"그…, 저도 도와드리고 싶지만… 이 근방, 메모리 사거리 CCTV 자료…, 크리스 님이 가져가셨어요."

"네?!?!"

직원 모두가 놀라며 소리치고 곧장 로즈 검사에게 바짝 다가오자 두려움이 몰려오고 곧장 모든 걸 토해 냈다.

"며칠 전에 CCTV 영상이 필요하다고 가져가셨어요…. 더 많은 영상은 꿈 감독관 조로 님께 부탁해야 한다고 했으니 아마 조로님을 찾아가셨을 겁니다."

마지못해 모든 걸 털어놓자 제니퍼의 손은 힘이 풀리고 고개까지 떨어졌다. 잠시 후 막시무스가 둘의 사이에 끼어들며 말했다.

"크리스 님도 이미 어느 정도 예상하시고 먼저 찾아본 게 아닐까…?"

"야, 빅토르! 너 기억전당포 갔을 때 세바스찬이 뭐라고 했다 했지?"

"어…, 그…, 크리스 님과 루디 님도 찾아오셨었다고 했습니다…."

"혹시 모르겠네. 범인이 증거 인멸을 위해 찾아본 걸지도. 이나 쌤? 저번에 크리스랑 단 둘이서 이야기하던데 무슨 이야기했어?"

모든 시선이 이나에게 돌아가고 화들짝 놀란 이나는 어딘가 불편해 보이고 안절부절못하는 눈치였다.

"어…. 아…, 그…그게…."

"왜 그래? 뭐 숨기는 거라도 있어?!"

"하하. 하…하하…."

* * *

급하게 전화를 끊은 쥴리는 자신의 핸드폰을 테이블에 내려놓았고 주위를 둘러봤다. 조로와 조세핀, 윌리트와 세바스찬, 랭포드와 쉬프, 루루&무무 자매, 쥴리의 왼쪽에는 킹이, 오른쪽에는 크리스가 자리하고 있었다. 대회의를 연상케 하는 자리지만 좋은 이유로 모인 것은 아닌지 모두들 표정이 어두워 보였다.

무겁고 어두운 상황 속에서 쥴리가 소리쳤다.

"모두들 들었다시피 이미 범인은 딜리트 메모리의 루디 선생님이 유력합니다. 제발 부탁드립니다. 루디를 잡을 수 있도록 도와주세요."

고개를 숙여 가며 부탁한 쥴리였지만 방금 전 분위기보다 더 어둡게 변해 아무래도 도움을 선뜻 부탁할 분위기는 아닌 거 같았다.

"정말 미안하네. 쥴리, 이미 전시장 준비하는 것만으로도 벅차다는 걸 알아주게."

루루가 쥴리를 향해 안타까운 말을 전했다. 어느 정도 예상은 했지만 이렇게까지 비협조적일 줄은 예상하지 못했다. 누구를 탓할 수 없는 상황이 더 마음이 아파 왔다.

"나도 루루와 같은 생각이네."

무무가 손을 들며 본인의 의견을 전하고 이어 다들 한마디씩 보태기 시작했다.

"나도 같은 생각이야. 안타까운 심정이지만 내가 나서서 도울 일은 아니라고 생각하네."

"이런 말을 해도 될지 모르겠지만 내가 책임지기에는 너무 큰 사건이네."

"나도 같은 의견이야. 콜린 퍼스에게는 미안하지만 해결한다 해도 책임을 피할 수는 없으니…."

아무 말도 하지 않은 임원들도 있었지만 아마 같은 마음이었을 것이다. 돕고 싶은 마음이 없는 것은 아니지만 돕는다 해서 칭찬을 받기보다는 욕을 먹을 것이고 득보다는 실이 더 큰 문제였다.

머리가 하얗게 질려 오고 어찌해야 할지 도저히 감이 잡히지 않았다. 킹과 함께 이곳저곳을 돌아다니며 위험한 일을 자처해 가며 범인을 잡기 위해 온 노력을 다했지만 한순간에 물거품이 되고 말았다. 모두를 설득하기 위해 작은 단서라도 찾기 위해 노력했는데 그 노력마저 알아주는 사람이 없었다.

"염병들 하고 있네."

순간 크리스의 말이 회의장 전체에 울려 퍼졌다. 다소 공격적인 말은 아무래도 임원들을 향해 이야기하는 거 같았고 시선이 자동적으로 크리스에게 몰렸다. 미간을 구겨진 킹이 소리쳤다.

"이봐, 크리스? 아무리 콜린 퍼스의 대리인으로 참석했다 해도 방금 말은 굉장히 선을 넘었네."

"잃을 것도 없는 분들이 아주 염병을 떨고 계십니다. 어차피 뭐든 책임은 결국 딜리트 메모리로 돌릴 거 아닙니까?"

킹의 충고에도 전혀 개의치 않는 크리스는 막말을 끝까지 이어 갔다. 들을 가치도 없다는 듯이 박차고 자리에서 일어난 크리스는 그대로 회의실의 문으로 향했고 한 치의 고민도 없이 회의실 문을 열고는 마지막 말을 남긴 채 사라졌다.

"당신네들은 전시장에나 힘쓰쇼. 범인은 모든 책임을 질 딜리트 메모리에서 잡을 테니깐."

05

도움과 책임,
그 사이 어딘가

"범인은 9층의 루디 선생님입니다!"

서늘한 바람이 부는 늦은 시간 공원에 울려 퍼진 쥴리의 말은 킹의 걸음을 멈추게 만들었다. 아무리 장난이라 해도 자신이 다니고 있는 병원에 의사를 범인으로 지목한 행위는 단순히 장난으로 넘길 일은 아니었다.

"그 발언이 얼마나 무게감이 있는지는 아시는 겁니까?!"

"당연하죠."

쥴리의 눈빛에 확신과 자신감이 차 있었다. 한 치의 고민도 없이 대답한 것도 어느 정도로 진심인지 알 수 있었다. 하지만 아무리 자신감이 차 있고 확신이 있다 해도 섣불리 범인을 지목하고 수사를 하는 건 가볍게 생각할 문제가 아니었다.

메모리 세계에서는 단순히 의사를 직업으로만 보지 않았다. 의사의 사명감과 명예는 다른 직업들과 비교할 수 없을 정도로 높았고 명예퇴직을 한 의사를 위해 메모리 세계에서 파티를 벌일 정도였으니 말이다. 의사 한 명을 뽑기 위해 고위직 임원들이 다 같이 모여 회의를 거치고 심사를 해야 했다. 그런데 지금, 지난번과는 달리 본인이 다니고 있는 병원의 의사를 범인으로 지목했다.

"자칫하면 쥴리 양이 위험해질 수도 있습니다. 얼마나 자신을 가지고 있는지는 모르겠지만 만일 쥴리 씨의 생각이 틀렸을 때는 쥴리 씨도 죄를 면하긴 어려울 텐데요."

침착하고 차분하게 충고했지만 쥴리는 눈 깜빡하지 않았고 고개를 끄덕였다. 아무래도 쥴리도 자신의 말이 얼마나 큰 책임을 불러오는지 충분히 알고 있는 모양이었다. 쥴리를 알고 지낸 지 오래된 것은 아니지만 이미 굳게 확신하고, 믿고 있다면 이미 말이 통하지 않는다는 건 충분히 알고 있었다.

"좋아요. 줄리. 들어 봅시다."

고개를 끄덕이며 줄리에게 발언권을 넘겼고 심호흡을 하고 나서야 입을 열었다.

"아까 말했다시피 전당포에서 타인의 기억을 봤습니다. 그 기억은 단순히 산책하며 연인으로 발전하는 둘의 풋풋한 기억이었죠. 하지만 기억의 끝에는 두 이름이 언급되었고 그 이름은 세희와 인선이었습니다."

강력하게 자신의 의견을 이야기하지만 도대체 어떤 연관이 있는지 알 수 없었다.

"자…잠깐만요. 겨우 한다는 이야기가 그겁니까?! 대체 어느 부분이 범인이 루다라고 생각할 수 있는 거죠? 세희? 단순히 수술을 진행하고 있는 그 환자 이름이랑 같아서? 이런 말도 안 되는….."

도저히 납득이 가지 않는 킹은 어이가 없는지 콧방귀까지 뀌어가며 불만을 표출했다. 지금까지 줄리를 걱정하며 충고까지 한 자신이 바보 같았고 이야기를 듣고 있는 시간 자체가 아깝게 느껴졌다.

"제길!! 그건 그 어떤 연관성도 없습니다!! 이런 말도 안 되는 이야기에 내 시간을 빼앗기다니!"

"아직 말 안 끝났어요."

"됐습니다. 줄리 양? 범인을 정해 놓고 수사를 한다면 범인이 아닌 사람도 범인이 되고 말아요."

더 이상 줄리에게 시선도 주지 않은 채 말한 킹이었고 그 모습에 기분이 나빠진 줄리는 킹에게 달려가 소리쳤다.

"제발!! 끝까지 들어요! 우연을 의심하는 게 수사에 핵심이에요!"

단단히 화가 난 쥴리의 포효에 눈이 휘둥그레진 킹이 놀란 얼굴을 하고 조심스레 고개를 끄덕였다.

"저는 오랫동안 루디 선생님의 팬이었습니다. 루디 선생님은 평소에도 글 쓰는 것을 좋아하셨죠. 의사가 되기 전까지 펜을 놓지 않을 정도로 글 쓰는 것을 사랑했습니다. 그리고 루디 선생님의 자서전,『우리는 돌고 돌아 만난다』를 10번은 넘게 정독했는데 이 책에 비밀이 있습니다. 뭔지 아십니까?"

"아쉽지만 난 남의 비밀에 큰 관심을 갖는 편은 아닙니다."

"2017년 9월에 출간된 루디 선생님의 자서전은 그 어디에도 초판본이 존재하지 않았습니다. 아무리 찾아봐도 초판본을 가지고 있는 사람이 존재하지 않죠. 그리고 그 초판본을 우연치 않게 보게 된 저는 알게 됐습니다."

숨도 쉬지 않고 말한 쥴리는 숨이 목 끝까지 차오르고 심호흡을 하고 나서야 다시 말을 이었다.

"자서전은 사실 이승의 기억을 가지고 있던 루디 님과 이승의 기억을 지운 루디 님으로 나뉩니다. 그리고 책의 중반부, 정확히 말하면 초판본 중반부까지 두 이름이 자주 언급이 됐습니다."

"호오…. 그게 인선과 세희란 이름인가요?"

쥴리는 고개를 끄덕이고 부연 설명을 더 붙였다.

"초판본에는 세희란 사람의 대한 정보가 자세히 써져 있습니다. 인상착의와 목소리, 성격, 눈빛 그리고 그 인선이란 이름은 자신을 칭할 때 사용하더군요."

줄리의 말을 듣자 그제서야 흥미가 생겼는지 킹의 고개가 움직이고 드디어 줄리의 이야기의 관심을 보이는 거 같았다.

"종합을 해 보자면 루디의 자서전은 의사가 되기 전과 후로 나뉩니다. 하지만 출판 후에 누군가 고의적으로 초판본을 전부 회수했고 이승의 기억이 담긴 부분을 지운 후에 다시 출판이 됐다는 거죠?"

"GREAT!"

"그러면 대체 줄리 양은 그 초판본을 어떻게 구한 거죠…?"

갑작스러운 킹의 질문에 지금까지 자신감이 넘치던 줄리는 한순간에 킹의 눈치를 살피기 시작했다. 잠시 후 힘이 빠지는 한숨과 함께 대답했다.

"후…. 실은… 콜린 퍼스 님에게 받았습니다. 콜린 퍼스 님 사무실에서 원하는 책을 읽게 해 준다 하셨고 그 책이 그 초판본이었죠."

"흠…."

곰곰이 줄리의 말을 곱씹어 보던 킹은 턱을 어루만지기 시작했고 느닷없이 걸음을 옮기며 공원을 서성이기 시작했다.

"좋습니다. 루디와 그 세희란 환자와의 관계는 이해했습니다. 하지만 루디가 어째서? 어떻게? 그런 짓을 할 이유가 전혀 없지 않습니까?"

천천히 서성이는 킹을 따라 보폭을 맞춘 줄리는 킹의 반응을 예상했는지 차분하게 대답했다.

"이번 사태에 사용된 일심초, 저번에 킹 님이 말씀하셨던 지옥에서 사용하는 물건이었습니다. 루디는 죽은 자의 기억을 담당하고 있으니 저승 출입이 자유롭겠죠. 이번 딜리트 메모리와 저승의 계약이 성사되면서 더더욱 자주 갔을 거고요."

"잠시만요. 줄리, 한 가지 짚고 넘어가도록 하죠. 절대로 저희 저승은 그의 범행을 돕지 않았습니다. 이번 계약은 서로 윈윈하는 계약이었어요."

"아니요. 모든 가능성을 열어 봐야 합니다. 아무리 킹 님이 저승의 왕이라 할지라도 모르는 부분이 있을 수 있습니다."

"그 발언도 꽤나 위험한 발언인 거 아시죠?"

"방금 말했듯 모든 가능성을 열어 봐야 할 뿐입니다."

쥴리의 단호한 답변에 킹은 내키지 않았지만 고개를 끄덕였고 계속 이야기해 보라는 듯이 쥴리에게 제스처를 취했다.

"아마 루디 님은 철저하게 이번 범행을 준비했을 겁니다. 시기가 우연이라고 하기에는 너무 과해요. 메모리 세계 임원 모두가 한곳에 모여 있었고 회의를 하는 동안 메모리 세계가 완전히 무방비한 상태였습니다. 그 결과로 많은 피해자들이 나왔죠."

"그 부분은 저 역시도 공감합니다."

"또, 루디 선생님은 회의가 있는 당일 아침, 저승에 일이 있다면서 간다고 하셨습니다."

"잠깐만요. 그럴 리가 없습니다. 제가 출입 명부를 확인했지만, 근래 출입한 사람은 개미 한 마리도 없었습니다."

확신이 찬 목소리로 대답한 킹이었다. 표정을 보아하니 거짓말을 하는 것 같지는 않았고 무엇보다 자신이 제일 놀란 모습을 하고 있었다.

"점점 범인에 가까워지고 있네요. 그리고 그날 사건이 발생하고 콜린 퍼스 님은 곧바로 회기의 시간에 들어가셨어요. 그리고 때마침 자신의 여자친구인 환자가 찾아왔죠. 메모리 세계에 출입을 할 수 있는 상황도 아닌데 말이죠."

"하지만 아직도 이해가 가지 않는 부분이 있습니다."

자신의 말과 함께 발걸음이 멈추고 쥴리에게 시선을 돌리며 물었다.

"대체 왜? 루디 선생이 뭐가 아쉬워서 이런 범행을 저지른 겁니까?!"

아무것도 모르겠다는 표정으로 쥴리에게 물었지만 쥴리는 머뭇거리다 아쉬움을 내비추며 말했다.

"저 역시도 아직은 확실한 이유는 모르겠습니다. 단지, 유력한 추측만 존재할 뿐…."

"그거라도 들어 봅시다."

"아마, 루디 선생님은 자신이 집필한 자서전을 수없이 읽어 봤을 겁니다. 기억을 잃기 전 자신의 이야기를 알게 된 루디는 여자친구를 찾았을 거고 찾은 여자친구는 기억들로 힘들어하고 괴로워하고 있었을 겁니다. 지금 수술을 하고 있다는 것이 그 증거겠지요."

"음…. 쥴리 양 말은 기억으로 힘들어하는 여자친구를 돕기 위해 이런 일을 벌이고 단지, 수술을 받기 위해 자신의 안전까지도 위협할 일을 계획했다는 겁니까?"

조심히 고개를 끄덕인 쥴리였지만 킹의 표정을 보자 절대로 이해할 수 없다는 표정을 짓고 있었다. 도저히 믿지 않는 킹을 위해 쥴리의 입은 다시 열리고 말았다.

"사랑한다면 충분히 그럴 수 있습니다. 세바스찬님이 그러더군요. 사랑에 잠식되면 썩어 문들어진다고…. 자신이 잘못된 행동을 해도 모를 만큼으로요. 근데 아무리 생각해도 혼자서 이런 일을 벌이기에는 확실히 스케일이 큽니다…. 조력자가 있을 거예요."

"뒷부분은 같은 생각이지만 앞부분은 여전히 이해가 가지 않네요. 허허."

완전히 이해가 가지 않는지 킹은 헛웃음 쳤지만 쥴리는 당장이라도 킹을 설득시킬 준비가 돼 있는 얼굴을 하고 있었다.

"그러면 줄리 씨가 원하는 게 뭡니까?"

"잡아야죠!"

질문과 함께 날아온 대답과 곧이어 킹에게 바짝 다가온 줄리는 손을 붙잡고 부탁했다.

"도움이 필요합니다. 범인을 잡고 악몽에 빠져 괴로워하는 시민들을 구해야죠. 당장 이 사실을 알려야 합니다. 그러니….."

줄리답지 않게 갑자기 뜸을 들이고 눈치까지 보고 있는 게 아무래도 무리한 부탁을 하려는 모양이었다.

"메모리 세계 임원들을 소집해 주세요!"

줄리의 부탁을 들은 킹은 고개를 휘저었다. 예상은 했지만 정말 무리한 부탁이었고 아무리 킹이라 해도 메모리 세계의 임원들을 단지 추측성으로 가득한 범인을 잡기 위해 한곳에 모으는 일은 쉬운 일이 아니었다. 더군다나 현재 상황은 시간까지도 도와주지 않으니 골치가 아파왔다.

"지금 바이러스 사태 때문에 임원들 모두가 바쁘게 움직이고 정신없는 하루를 보내고 있을 겁니다. 그런데….."

말을 잇던 중 줄리의 시선을 마주친 킹은 말문이 막히고 말았다. 여리고 눈물이 맺혀 있는 줄리의 눈동자를 보자 거절하기도 어려웠고 아무래도 이조차도 줄리는 예측하고 이곳에 왔을 거라 짐작했다.

"이건 줄리 씨 혼자서 책임질 수 있는 일이 아닙니다. 제가 임원들을 소집하고 줄리씨의 말에 힘을 실어 준다면 아마 책임을 질 사람은 저겠지요."

"그렇겠죠….."

"그러니 저랑 한 곳만 같이 가시죠. 어쩌면 큰 수확이 있을지도 몰라요."

"어디를요…?"

"가 보면 압니다."

쥴리의 손을 놓고는 곧장 쥴리의 허리를 감싸 안았다. 곧이어 쥴리를 안은 채 강하게 뛰어올랐고 하늘을 향해 날아오른 쥴리와 킹은 검은 안개 속으로 들어갔다. 갑작스러운 상황에 정신을 차려보니 이미 쥴리와 킹은 마차 안에 자리해 있었다.

"이…이게 어떻게…?"

"시간이 없으니 속도를 올리도록 하죠."

질문에 대한 답변은 없었고 킹은 마차를 두드렸고 잠시 후 말의 울음소리와 함께 마차는 빠르게 허공을 내달리기 시작했다.

* * *

하늘을 가로지르는 마차는 20분은 넘게 달리고 나서야 바닥에 내려왔다. 오는 내내 아무리 물어봐도 목적지를 알려 주지 않은 킹은 그저 도착하면 안다는 말뿐이었다.

조심히 마차에서 내리며 주위를 둘러보았다. 환하게 빛나던 가로등을 대신해 반딧불이가 날아다니고 차갑고 어두운 아스팔트에서 흙먼지를 일으키는 딱딱한 돌바닥으로 바뀌어 있었다. 높은 빌딩 대신 나무들이 자리한 것을 보아하니 또다시 숲으로 들어온 모양이었다.

"오늘은 아무래도 숲에서만 있는 하루인가 봅니다."

뒤따라 나온 킹에게 불만을 표출하듯 이야기했지만 킹은 대수롭지 않은 듯 간단히 무시해 버렸다.

"어서 오시게!!"

순간 숲 전체에 인사말이 울려 퍼졌다. 보이는 것은 온통 나무와 풀, 반딧불밖에 없고 없던 공포감이 만들어지기 시작했다. 쥴리는 자연스레 킹에게 바짝 붙었다.

"시간이 없네. 친구!! 어서 나오게!!"

심호흡과 함께 하늘로 뻗어간 킹의 목소리는 숲 전체에 울려 퍼지고 잠시 후 메아리로 전해졌다. 킹의 목소리의 대답하듯 숲속에서 뭔가가 빠르게 쥴리와 킹이 있는 곳으로 달려오고 있었다.

"저희 안전한 거죠…?"

점점 가까워지는 알 수 없는 존재에 자동적으로 침을 목 뒤로 넘긴 쥴리가 물었다. 겁먹은 쥴리와는 달리 킹은 평온을 유지하고 있었고 잠시 후 숲속에서 뛰쳐나온 것은 곧장 킹에게 달려들었다. 킹에게 붙어 있던 쥴리는 가까스로 피했지만 킹은 바닥에 나뒹굴었고 킹을 뭉개 버린 채 마구잡이로 핥고 있는 곰 한 마리가 눈에 들어왔다.

"곰…?!"

난폭하고 사납기로 소문난 곰이 킹과 사랑이라도 나눌 거 같이 애정을 뿜어내고 있는 광경을 보자 당혹스러움을 숨길 수가 없었다.

"이봐 폴리…. 반가운 건 알겠지만 아무리 그래도 손님한테 그러는 건 못써…."

곧이어 낯익은 목소리가 돌려오고 엄청난 체구의 남성이 손전등을 비추며 걸어 나왔다. 곰과 똑같은 체구에 자칫 보면 다른 곰이 나온 줄만 알았다.

"먼 길 오느라 고생이 많았습니다."

쥴리를 향해 인사를 건넸지만 플래시 불빛 때문에 눈이 자동적으로 감기었고 제대로 눈을 뜨지 못했다. 잠시 후 남자가 손전등을 바닥에 내려놓고 나서야 정체를 확인할 수 있었다.

곰과 비슷한 체구와 흰색의 머리카락, 왕 안경을 쓰고 있는 쉬프였다. 쉬프를 확인하자 곧장 몸이 반응하듯 고개를 숙이어 지고 자동스레 입이 열렸다.

"쉬프 님!! 안녕하세요! 저번 회의에서 뵈었던 쥴리라고 합니다."

"기억하고 있습니다. 아주 맛있는 쿠키를 나누어 준 착한 간호사분이시죠."

쥴리에게 손을 내밀며 악수를 청한 쉬프는 인자한 표정을 덤으로 보내 왔고 곧장 쉬프의 손을 잡고 악수에 응했다.

"인사 끝났으면 이 망할 곰탱이 좀 치워 줄래?"

완전히 잊고 있던 킹이 짜증이 가득한 모양이었고 여전히 킹에게 붙어 있는 곰을 허겁지겁 떨어트러 놓았다. 모래먼지를 털어 내며 일어난 킹은 당장이라도 곰에게 화를 낼 줄 알았지만 못다 한 인사를 나누는지 곰을 어루만지고 있었다.

"아는 곰이에요⋯?"

친해 보이는 둘의 사이에 끼어 든 쥴리가 묻자 킹은 고개를 끄덕였다. 아련한 눈빛을 하고 있는 킹과 킹에게 어리광 부리는 곰, 둘 사이에 유대감이 강하게 형성돼 보였다.

"폴리까지 데리고 나온 걸 보니 용케도 우리가 온다는 걸 알고 있었나 봐?"

"이 숲속에서 내 눈이 아닌 것이 없지. 자네 마차가 숲속에 들어온 순간부터 알고 있었어."

쉬프에 대답에 피식하며 웃은 킹은 폴리에게 인사를 끝마치고는 쉬프와 악수를 하며 인사를 나누었다.

"그래서 찾아온 이유가 뭐야? 콜린 퍼스가 아끼는 간호사까지 데리고 오다니. 단순히 폴리를 보기 위해 온 것은 아닌 거 같고…."

"콜린 퍼스가 아끼지 않는 직원이 있겠나. 자네 도움이 필요하네."

"얼마든지. 그럼 내 사무실로 가겠나?"

"좋지!"

둘의 대화에 끼어들 틈도 없이 대화가 마무리되고 쉬프가 곧장 발걸음을 옮겼다. 그 뒤를 따라 킹과 쥴리, 폴리도 함께했으며 유일하게 4족 보행을 하는 폴리는 킹에게서 떨어지지 않은 채 완전히 밀착해 있었다.

"폴리는 킹 님을 좋아하는 걸 넘어 사랑하는 느낌인데요…?"

"당연하지!"

앞장서서 걷고 있던 쉬프가 대신 대답했다.

"매정하고 차갑다고 소문난 킹이지만 킹도 아끼는 것이 있죠. 그것이 바로 저 폴리입니다. 아주 소중한 사람이 킹에게 선물한 반려동물이죠."

"괜한 소리를 하는군."

쉬프의 설명에 틱틱거렸지만 폴리를 쓰다듬고 있는 손은 멈출 생각이 없어 보였다. 폴리를 아낀다는 말은 아무래도 사실인 모양이다.

"그럼 킹 님이 키우시면 되지 않아요?"

순수한 마음으로 킹에게 물었지만 킹은 고개를 휘저으며 말했다.

"꽃은 꽃과 함께 있을 때 가장 예쁘고, 나무는 숲속에 있을 때가 가장 멋있습니다. 폴리가 있어야 할 곳은 동물들이 많은 이곳이지 통곡 소리가 난무하는 지옥은 절대로 아니죠."

킹의 목소리에서 아쉬움이 느껴진다. 아마 킹 본인도 폴리와 함께 있고 싶은 마음은 굴뚝같겠지만 그럴 수 없는 것이 아쉬울 따름이었다. 단순히 반려동물을 키우는 것은 강한 책임이 따르고, 키울 수 있는 환경이 되지 않는다면 단지, 욕심에 불가할 뿐이었다.

"그래서 종종 킹은 이곳에 들러 폴리를 만납니다. 콜린 퍼스와 함께 티타임을 즐기기도 하는데 오늘은 콜린 퍼스 대신 숙녀분이 오셨네요."

"아…, 콜린 퍼스 님은 현재 회기의 시간에 들어가서 병원에서 나오기가 힘드십니다…."

"회기의 시간…. 끔찍한 저주지요."

쉬프가 의미심장한 말을 하자 따라 걷던 킹이 눈치 주듯 헛기침을 내뱉었다.

"끔찍한 저주요…?"

"어…, 아닙니다! 아!! 벌써 도착했네요!"

당황해하며 급하게 대화화제를 돌린 쉬프는 큰 호수를 가리켰다.

쉬프를 포함해 줄리와 킹, 폴리가 도착한 곳은 숲속에 있는 큰 호수였다. 잔잔하게 일렁이는 호수는 보름달을 머금어 아름다움을 자아내고 있었고 깨끗한 에메랄드색은 황홀한 기분마저 들게 만들었다.

"모두들 한 발자국 떨어져 줄래요??"

호수에 도착하자 잔뜩 신난 쉬프가 킹과 줄리를 밀어내고 잠시 후 호수에 손을 넣은 쉬프는 알 수 없는 말들을 중얼거리기 시작했다. 곧이어 초록빛을 띄는 작은 물고기 떼가 나타나고 쉬프의 손을 따라 움직이는 게 마치 춤을 추는 것만 같았다. 쉬프의 손이 멈추자 달빛을 머금은 호수에는 또 다른 달이 떠오르기 시작했다.

"어서 와요. 쥴리 양. 이곳이 제가 운영하는 치매센터랍니다."

쉬프의 말과 함께 호수 밑에서 떠오른 달 밑으로 궁전의 모습이 보이고 천천히 수면 밖으로 올라왔다. 입이 떡 벌어지는 광경에 쥴리의 심장이 덩달아 요동치고 두 눈은 궁전에 고정된 채 떨어지지 않았다.

하얀색으로 도배된 궁전과 궁전으로 향하는 다리가 만들어지고 숲속에 있던 동물들이 모여들기 시작했다.

"어서 들어가시죠."

궁전을 가리키며 말한 쉬프는 호기심 가득한 쥴리의 표정을 확인하고는 흡족한 미소를 지었다. 곧이어 궁전으로 향하는 다리에 몸을 실자 중간중간 설치된 가로등은 일제히 불이 켜지고 숲속에 살고 있던 동물들이 모여들기 시작했다. 하늘을 날고 있는 새들과 다리를 건너고 있는 곰, 여우, 사슴, 고양이, 강아지, 종류를 가리지 않고 동물들이 쥴리를 지나쳐 갔다.

"정말 환상적이에요!!"

흥분을 감추지 못하고 외친 쥴리는 동물들이 사는 세계에 온 것처럼 신나 보였다. 그런 쥴리를 보고 있자니 덩달아 킹과 쉬프의 얼굴에 미소가 일어났다.

"이름은 치매센터일지 몰라도 이곳은 동물들에게 있어 쉼터 같은 역할도 하고 있습니다."

"정말 믿을 수 없어요! 어째서 이 많은 동물들이 이곳에 모이는 거죠?"

쥴리의 질문은 미소를 띠우던 쉬프의 얼굴에 그림자가 드리우고 한순간에 침울해지고 말았다.

"흠···. 저 역시도 자세한 이유는 모릅니다. 추측하기를, 치매센터의 기억들은 주인을 잃고 갈 길을 잃은 기억들입니다. 그런 기억들은 대부분이 아련함과 포근함이 느껴지지요. 그 기억들을 보기 위해서이지 않을까 싶습니다. 주인을 잃어버린 동물들, 갈 길을 잃어버린 동물들, 자신을 잊어버린 주인을 애도하며 기다리는 동물들, 수많은 이유들이 있겠지만 한 가지 확실한 건, 동물들은 자신의 감정에 솔직하고 언제든지 용서할 준비가 돼 있다는 겁니다."

다소 진중한 이야기에 쉽사리 입을 열 수가 없었다. 단순히 수많은 동물들이 궁전으로 향하는 모습이 아름다웠지만 자신들 만에 사정이 있다는 것을 알게 된 순간 다르게 보이기 시작했다.

"멀리서 보면 희극이고 가까이서 보면 비극이지 않겠나. 이 세상에 사정이 없는 존재는 그 어떤 것도 없을 거야."

침울해진 분위기에 킹이 위로하듯 이야기했지만 킹 역시도 씁쓸한 표정을 지어냈다.

"하하! 이거 참 미안하게 됐구만. 괜히 우울한 이야기를 꺼낸 거 같네. 이만 들어가지."

쉬프가 억지로 활기찬 목소리로 말했다. 방금까지 굳어 있던 표정에 미소라는 가면을 덮었지만 쓰라린 마음은 숨길 수는 없었고 그 사실은 홀연히 쥴리에게 전해졌다.

쉬프는 곧장 앞으로 달려가 궁전의 문을 열고 킹과 쥴리를 환영하듯 고개를 숙였다. 궁전 안에는 이미 수많은 동물들이 자리하고 있었고 허공에는 올빼미들이 바구니를 나르고 있었다. 잠깐이라도 한눈을 팔면 수많은 동물들 사이에서 치이고 자칫하면 길을 잃어버릴 거 같은 느낌에 쥴리는 쉬프의 뒤에 딱 붙어 궁전 안쪽으로 향했다.

"치매센터는 보름달에 호수 위로 올라오고 열흘 후에는 다시 호수 아래로 잠깁니다. 정말 좋은 시기에 찾아오신 거예요! 보름달이 아니었다면 호수에 다이빙을 해야 했을지 모르죠."

"킹 님께 감사하다고 이야기해야겠네요."

"감사는 나중에 받도록 합시다. 쥴리 양? 우리는 이곳에 놀러온 게 아닙니다. 이봐, 쉬프? 어서 우리 셋이서 대화할 수 있는 곳으로 안내해 주게."

신이 난 쥴리와는 달리 정색까지 하며 말한 킹은 다급해 보였다. 고개를 끄덕이지만 아쉬운 얼굴을 하고 있는 쉬프는 아무래도 쥴리에게 궁전을 소개시켜 주고 싶은 눈치였다. 쉬프의 오른손이 곧장 엘리베이터의 버튼을 누르고 쥴리는 조심스레 말했다.

"죄송해요…. 다음에 올 때는 궁전 전체를 소개시켜 주세요!"

아쉬움에 풀이 죽어 있던 쉬프는 쥴리의 말에 입가에 미소가 번지고 연신 고개를 끄덕였다.

엘리베이터가 도착하고 일제히 엘리베이터에 올라탔다. 쉬프가 올라타자 더 이상 엘리베이터에 자리가 없어지고 줄을 서 있던 동물들은 무서운 눈빛을 보내 왔다. 멋쩍은 웃음과 함께 넉살을 부린 쉬프는 곧장 닫힘 버튼을 연타했다. 문이 닫히고 엘리베이터에 3명만 있게 되자 쉬프가 물었다.

"그래서 나를 찾아온 이유가 뭐지?"

"찾고 있는 기억이 있어."

"무슨 기억? 굳이 여기까지 와서 기억을 찾는 거라면 꽤나 중요한 기억인가 봐?"

"맞아. 꼭 확인해 봐야 하거든."

쉬프는 이해했다는 듯이 고개를 끄덕였고 잠시 후 엘리베이터가 지하 6층에 도착했다. 지하 6층은 궁전이라고 보기에는 어색할 정도로 길게 늘어진 복도와 통유리로 된 방들이 일자로 나열돼 있었고 안이 훤히 보이고 있었다. 유리방 안에는 푸르고 투명한 구 형태의 불빛들이 살아 있기라도 하는지 허공을 떠다니고 있었다. 생명체라도 되는 것인지 지나쳐 가는 3명을 따라 움직이고 작은 원룸 정도의 공간에서 빛을 내는 구는 영혼을 연상케 했다.

"이게 뭐죠…?"

"주인을 잃은 기억들입니다."

쉬프가 통유리를 두드리며 대답했다. 안에 있던 기억들도 그에 반응하듯 가까이 모여들었고 쉬프와 교감이라도 하는지 쉬프의 손을 따라다니고 있었다.

"소멸을 앞둔 기억들입니다. 그렇기 때문에 이 통유리는 어떠한 폭발에도 깨지지 않는 방탄유리로 제작했죠. 주인을 잃은 기억이 소멸할 때는 평범한 기억이 소멸하는 것보다 훨씬 더 강력하거든요."

다시 한번 통유리를 두들긴 쉬프는 자신감 있게 대답했고 잠시 후 쥴리를 쳐다보며 물었다.

"주인을 잃은 기억들은 소멸이 아니더라도 볼 수 있다는 사실을 아십니까?"

쥴리는 쳐다보는 쉬프에 눈동자가 초롱초롱해지고 뭐라도 보여 줄 것만 같은 추임새였다.

"아니요…?"

"기억과 접촉하고 눈을 감으면 한순간이지만 엿볼 수 있습니다. 제가 직접 겪은 일인 것처럼 느껴지죠. 기억의 초는 비교도 안 됩니다! 한번 해 보시겠어요?"

갑작스러운 제안을 한 쉬프는 기대하는 눈치였지만 이내 쉬프를 밀어낸 킹이 정색하며 말했다.

"그건 내가 용납할 수 없어. 접촉하는 순간에 소멸이라도 하면 어쩌려고 그러나?!"

"내가 위험한 일을 제안하겠나?! 안전하니깐 그렇지!"

"그래도 안 돼. 지금 우리가 히히덕거리며 놀고 있을 시간이 없다는 걸 알아줬으면 하는데?!"

서로를 노려보며 언성이 높아지는 둘의 사이에 스파크가 튀기 시작했다.

"누가 보면 쥴리 양의 보호자인 줄 알겠어~? 왜 이리 예민하게 굴어?!"

"예민?! 지금 말도 안 되는 제안을 하는 건 너잖아!!"

점점 서로의 목소리가 커지고 킹에게서 검정색 안개가 일렁이고 쉬프에게는 푸른색의 안개가 피어오르기 시작했다. 빨리 말리지 않으면 기억이 소멸이 아니라 궁전이 소멸될지도 모른다는 예감이 들자 쥴리가 둘의 사이를 갈라놓으며 소리쳤다.

"둘 다 좀!! 그만하세요!!"

밀쳐진 쉬프와 킹은 가운데에 있는 쥴리에게 시선이 고정됐고 쥴리는 둘을 번갈아 응시하고는 말했다.

"애처럼 뭐 하는 거예요!! 쉬프 님? 제안은 정말 감사하지만 저는 괜찮습니다. 킹 님 말대로 저희는 시간이 많이 없습니다…."

쉬프를 보며 아쉬운 표정을 지으며 대답했고 곧이어 쥴리의 시선이 킹에게 돌아갔다.

"저를 생각해서 나서 주신 것은 정말 감사합니다. 하지만 이 정도는 제가 충분히 거절할 수 있습니다."

쥴리의 만류에도 여전히 서로를 노려보고 있었고 그 모습을 보고 있자니 한숨이 절로 나왔다.

"하…. 이제 그만 노려들 보시고 가시죠?"

유치한 싸움에 화라도 났는지 한숨을 내뱉으며 말한 쥴리 덕에 서로에게서 피어오르던 안개는 서서히 사라지고 바닥에 꼼짝 없이 붙어 있던 킹과 쉬프의 발이 움직이기 시작했다.

사무실에 도착하자 쉬프는 곧바로 자신의 자리로 향했고 의자에 앉으며 말했다.

"그래서 나에게 부탁하고 싶은 일이 뭐야? 나도 전시장 건설에 바쁜 몸이라고."

"찾고 있는 기억이 있어. 내 예상이 맞다면 분명 이곳에 있을 거야. 미리 말하겠지만 정말 중요한 기억이야. 메모리 세계를 위한 일이란 걸 기억해 줬으면 좋겠군."

"흠…. 찾는 기억이 무슨 내용인지는 알고 있나?"

"아니. 하지만 기억을 맡긴 자의 이름은 알고 있네!"

"뭐?! 하…."

킹의 부탁을 듣자마자 한숨을 내뱉은 쉬프는 책상에 놓인 담배를 입에 물고는 곧장 불을 붙이고는 대답했다.

"여기가 전당포인 줄 아는 거야? 엄연히 말하자면 여긴 치매센터야! 주인을 잃은 기억들이 있는 곳이라고! 고작 이름 하나로 어떻게 기억을 찾는다는 거야! 주인을 잃은 채 떠돌아다니는 기억들을 수집하고 보관하는 곳이라고!! 그런 곳에서 어떻게 특정된 기억을 찾는 다는 개소리를 할 수 있지…? 차라리 내가 담배를 끊지."

허공에 담배 연기를 내뱉은 쉬프는 다소 격한 반응을 보였고 킹에게 눈길조차 주지 않았다. 뭐가 그의 신경을 건들인지는 모르겠지만 그렇다고 해서 물러날 킹도 아니었다.

"분명 이곳에 있는 주인을 잃은 기억들이라면 반드시 등록자도 함께 등록해야 한다고 알고 있는데. 맞나?"

"맞지. 하지만 그 등록자들은 단지 메모리 세계에 떠도는 기억들을 안쓰러운 마음에 보관할 곳을 찾아왔을 뿐이야! 그 기억의 주인은 절대 아니란 말이지."

"난 그걸 원해. 그거면 충분하다는 말이야. 단지, 그 컴퓨터에 이름만 검색해서 알려 주면 돼!"

킹의 말이 끝으로 쉬프는 아무런 대답도 하지 않았다. 아무런 표정도 짓지 않은 채 자신의 컴퓨터를 쳐다보고 있는 쉬프는 줄리의 속을 조마조마하게 만들었다.

"하….."

크게 한숨을 내뱉은 쉬프는 썩 내키지는 않지만 두 손을 키보드에 올려두고는 킹에게 어서 이름을 말하라는 듯 눈치를 주었다.

"오세희."

나지막하게 대답하자 쉬프는 거침없이 키보드를 두들겼고 엔터를 누르고는 곧장 대답했다.

"없어."

"정말로?"

"속고만 살았어? 못 믿겠으면 와서 보든가! 정말 아무것도 없어!"

"그럼, 루디."

다시 키보드에 손이 올라가고 엔터를 치기 직전 쉬프는 고개를 들어 킹을 쳐다보며 물었다.

"루디…? 딜리트 메모리의 그 루디?! 설마 이번 바이러스 사태의 범인이 루디인가?! 이런 지저스!"

"정확한 거는 아니야. 그러니깐 제발 그 엔터 좀 눌러 줄래?"

이제는 답답함에 짜증까지 낸 킹이 쉬프를 재촉하며 말했다. 쉬프는 급하게 키보드에 엔터 버튼을 눌렀고 잠시 후 쉬프의 입에선 나온 말은 기대하고 있던 둘의 기대를 완전히 저버리고 말았다.

"없어. 아무것도."

믿을 수 없다는 표정을 지은 킹은 곧장 모니터를 돌려 봤지만 모니터에 떠 있는 건 "검색 결과가 존재하지 않습니다."라는 문장뿐이었다.

"이럴 리가 없어. 분명 이곳에 있어야 하는데….."

확신을 갖고 있던 치매센터에서 아무런 단서도 없다는 사실은 큰 상실감으로 돌아왔다. 킹의 책상에 내려와 몸을 지탱하고 고개를 떨군 킹이 물었다.

"줄리 양…?"

"네?"

"제가 듣기로 오세희 환자의 기억들은 전부 부정적인 기억만 있다고 들었습니다. 긍정적이거나 행복한 기억은 없다고 봐도 무방할 정도로요. 제가 딜리트 메모리를 운영할 때부터 지금까지 좋은 기억이 없는 환자는 없었습니다. 그렇다면 오세희 환자는 어떻게 설명할 수 있을까요?"

"그…그게…."

제대로 말이 나오지 않았다. 패닉에 빠진 듯한 킹과 설명하기 어려운 질문에 쥴리의 뇌는 새하얗게 질리고 말았다.

"의도적으로 좋은 기억들을 버렸다고 밖에 볼 수 없습니다. 메모리 세계에서 기억을 버리거나 숨길 수 있는 곳은 기억전당포와 치매센터 단, 두 개뿐이죠. 그게 제 생각이었습니다. 반드시 치매센터에 오세희 환자의 기억이 있을 거고, 그것이 루디 선생과 연결고리가 될 거라고 확신했습니다. 혹여나 제가 틀린 부분이 있을까요?"

여전히 고개도 들지 못한 채 킹이 다시 한번 질문했다. 쥴리는 안절부절못한 채 다시 한번 킹의 말을 곱씹어 보고 애써 자신의 생각과 다른 점을 찾아보려 했지만 다른 점은 존재하지 않았다.

"아니요. 무작정 따라오긴 했지만 치매센터인 것을 알았을 때 저도 킹님과 같은 생각이었습니다."

"쾅!!"

순간 자신의 분함을 표출하듯 책상을 내리쳤다. 이제야 수사의 진전이 있다 생각했는데 다시 처음으로 돌아온 기분이었다.

책상 앞에 있던 쉬프도 어쩔 줄 몰라 하는 표정이었고 조금 전까지 내키지 않아 했던 쉬프의 얼굴에는 어느새 미안함이 쌓여 있었다.

"도움이 될 수 없어서 미안하네. 킹…."

킹에게 위로의 말을 건넸지만 아무런 대답도 하지 않았다. 지난날 동안 범인을 잡기 위해 온 노력을 다한 킹이었다. 드디어 실마리를 잡아 범인의 코앞까지 다가왔다고 생각했는데 이대로는 제대로 된 증거 없이 임원들을 설득할 수 없었다.

"아!! 쉬프 님?!"

안절부절못하던 쥴리가 뭐라도 떠올랐는지 강하게 소리치고는 킹과 쉬프에게 달려와 말을 이었다.

"심인선!! 심인선이란 이름으로 한 번만 더 검색해 주시겠어요?!"

심인선이란 이름이 나오자 킹의 고개가 돌아오고 두 눈동자가 커졌다. 쥴리와 똑같이 쉬프와 시선을 맞춘 킹은 고개를 끄덕였고 쉬프는 둘의 부탁에 흔쾌히 키보드에 손을 올렸다. 빠르게 키보드를 타이핑한 쉬프는 곧이어 활기차게 말했다.

"있다!! 이 자가 누군지는 알 수 없지만 4개의 기억이 있어. 2018년 2월에 등록됐네."

"2018년 2월…."

나지막하게 말한 쥴리는 곰곰이 생각의 퍼즐을 맞추기 시작했다. 루디 선생님의 자서전이 출간한 날짜가 2017년 9월, 루디 선생님이 딜리트 메모리의 입사한 날이 2017년 12월, 입사하기 전부터 책을 집필하고 있었다고 가정한다면 날짜와 시간들이 오묘하게 딱 들어맞았다.

"오묘하게 퍼즐이 맞춰지지 않아요?"

킹도 같은 생각을 하고 있었는지 고개를 끄덕였고 쉬프에게 말했다.

"지금 그 기억들 어디 있지?"

"안타깝지만 소멸을 앞두고 있어서 기억을 볼 생각이라면 안 하는 게 좋을 거 같군…."

말을 더 이으려고 했지만 킹과 쥴리의 표정을 본 쉬프는 아무리 말해도 통하지 않을 거란 걸 깨달았다.

"하…. 사무실 밖, 복도 A-3룸에 있어. 근데 정말로 위험…."

쉬프의 말이 다 끝나기도 전에 이미 쥴리와 킹은 사무실 밖으로 뛰쳐나갔다. 완전히 자신의 말은 들은 채도 하지 않는 둘에게 자동적으로 한숨을 내뱉은 쉬프는 자리에서 일어나 둘을 뒤따라갔다.

'A-3'

쉬프가 말한 룸의 앞에 도착한 킹과 쥴리는 통유리 너머에 있는 기억을 뚫어져라 처다보고 있었다. 대체 무슨 기억인지 짐작할 수 없지만 지금 상황에서 위험 정도는 충분히 감수해야 했다.

"기억을 보는 건 절대 안 돼! 너무 위험하다고!"

숨을 헐떡이며 달려온 쉬프가 킹과 쥴리에게 소리쳤다. 당장이라도 숨이 넘어갈 듯이 거친 숨을 쉬고 있는 쉬프는 통유리에 기대며 룸 안에 있는 기억을 가리키며 말했다.

"잘 봐, 저 기억들은 다른 기억과는 달리 주황빛을 내고 있지? 저건 소멸을 코앞에 두고 있다는 소리야. 저런 기억을 보겠다는 건 자살 행위나 마찬가지라고!"

쉬프에 걱정과는 달리 킹은 고개를 저으며 말했다.

"우린 저 기억을 반드시 봐야만 해. 네가 안 된다면 부수는 수밖에 없어."

주먹을 움켜진 킹은 당장이라도 통유리를 부서 버릴 기세였다. 킹이 자신의 말이 거짓이 아니라는 것을 보여 주기 위함인지 통유리에 주먹을 갖다 대고 기합을 넣자 지켜보고 있던 쥴리는 허겁지겁 킹의 주먹을 부여잡으며 막아섰다.

"이건 그렇게 좋은 방법 같지는 않아요…."

말과 함께 조심스레 킹의 주먹과 통유리의 사이를 넓혔고 곧이어 앉아 있는 쉬프에게 다가가 귀에 속삭였다.

"부탁드립니다. 계속 안 된다고 하시면 저 역시도 통유리가 부서지는 걸 보고만 있어야 해요…."

부탁보다는 협박에 가까운 쥴리의 말이 쉬프에게 전해지자 쉬프의 눈이 휘둥그레지고 한숨이 절로 터져 나왔다.

"대체 나한테 왜 그러나…. 내 목숨을 걸고 싶지는 않아!"

"손만 들어갈 수 있는 구멍이면 돼. 그 정도는 해 줄 수 있지 않나?"

쉬프를 보며 부탁하는 킹이었지만 쉬프에게 보란 듯이 쥐고 있는 주먹을 더 강하게 움켜쥐었다.

"좋아. 하지만 누가 다치더라도 내 책임은 없는 거야."

엉덩이를 털고 일어난 쉬프는 곧장 통유리에 손바닥을 갖다 댔고 곧이어 통유리에 홀로그램들이 나타났다. 통유리에 비추어진 홀로그램을 조작하기 시작하자 잠시 후 통유리에 작은 구멍이 생겨났지만 킹의 손이 들어가기에는 턱 없이 부족해 보였다.

"지금 이 구멍에 내 손을 넣으라는 건가? 자네 손가락 정도는 들어가겠네."

"이게 최대야! 이 이상 커지면 안에 있던 기억들이 밖으로 나오려 한다고!"

쉬프의 말이 사실인 듯 어느새 작은 구멍 앞에 4개의 구체들이 모여들어 있었다. 둘이 티격태격하는 사이 아담한 사이즈의 손이 불쑥 들어왔고 손목을 따라 시선이 올라가자 옷을 걷어 올린 쥴리가 환하게 웃고 있었다.

"아무래도 저에게 딱 맞는 일이네요!"

"너무 위…."

"위험하다고 안 된다고 할 테지만 이 방법밖에 없는 거 알죠?"

킹의 말을 끊어내며 말려도 소용없다는 듯이 이야기한 쥴리는 곧장 구멍 앞으로 다가갔고 누가 말릴세라 구멍에 오른손을 밀어 넣었다.

쥴리의 손이 들어가자 주황색의 원형의 기억들이 쥴리의 팔에 다가와 문대기 시작했다. 처음 느껴 보는 감촉은 꽤나 간지럽기도 했고 부드러웠다. 따뜻하면서도, 아련했고, 사랑스러운 그런 온기였다.

"기억의 구에 손을 올리고 천천히 두 눈을 감으며 기억을 엿볼 수 있을 거야. 짧은 순간이겠지만 무수한 감정들이 느껴질 테니 조심해."

쉬프의 말이 끝나기 무섭게 쥴리는 두 눈을 감았다. 오른손 끝에서부터 느껴지는 온기가 손을 타고 올라오는 느낌이 들고 팔꿈치에서 어깨로, 어깨에서 두 눈으로 도착하자 눈앞에 기억이 나타났다.

복슬복슬한 털과 짧은 다리, 쫑긋한 귀와 등을 뒤덮은 갈색의 털, 배와 가슴 쪽은 흰색으로 덮인 시바견으로 보이는 강아지는 나에게 거침없이 달려와 안겼고 따뜻한 온기가 그대로 전해졌다. 환하게 웃고 있는 강아지는 가령 천사의 미소를 보이고 애교라도 부리는 것인지 거침없이 품 안에서 부비적거렸다.

따뜻한 온기와 포근함 감정이 그대로 느껴지고 생생함을 넘어 실제로 강아지를 끌어안고 있는 기분이었다.

"쥴리!!"

순간 귀로 전해 오는 킹의 목소리에 자동적으로 쥴리의 눈이 떠졌다. 방금까지 안겨 있던 강아지는 온데간데없어지고 걱정 가득한 얼굴로 자신을 바라보고 있는 킹뿐이었다.

"무슨 기억인지 알겠나? 어디 아프거나 이상이 있는 곳은 없고?!"

킹의 질문에 쥴리는 아무런 대답도 하지 않았다. 방금 본 기억에 대한 여파 때문인지 굳게 닫힌 입은 열릴 생각이 없었고 곧장 다시 구멍 안으로 손을 밀어 넣었다.

"아무리 그래도 10초 이상 기억을 보지 않는 게 좋을 거야. 방금 느낀 감정을 평생 그리워하고 싶지 않다면 말이지…."

킹에 이어 쉬프마저도 쥴리를 걱정하고 있었다. 방금 겪었던 감정들과 기억을 보지 못했다면 아마 쉬프의 걱정은 신경 쓰지 않았겠지만 지금은 달랐다. 정말 짧은 순간의 시간이지만 기억의 초와 감정의 초보다 훨씬 더 실감났고 생생했다. 자칫하면 중독이 될지도 모르겠다는 생각이 파도처럼 밀려 들어왔다.

쥴리의 손끝에 다음 기억이 다가오고 다시 한번 눈을 감았다.

"아들~ 야채도 먹어야지!"

"싫어. 난 고기가 좋아!!"

"윤석이! 아줌마 말 잘 들어야지?!"

화목한 가정의 대화 소리가 들리고 잠시 후 눈앞에 보인 것은 식탁에 놓인 수많은 반찬들과 맛있어 보이는 불고기였다. 한손에는 젓가락과 다른 한손에는 밥그릇을 들고 있었다.

"딸!! 왜 이리 못 먹어? 어디 아파?"

순간 나를 향해 하는 듯한 말에 고개를 들어 올리자 훈훈한 어머니와 과묵하지만 미소를 짓고 있는 아버지, 말괄량이처럼 웃고 있는 남자 아이의 시선이 나에게 집중됐다.

 왠지 모르게 눈물이 날것만 같다. 맛있는 냄새가 후각을 자극하고 걱정 어린 표정으로 묻고 있는 어머니에게서 슬픔이 느껴진다. 과묵하지만 속은 따뜻한 아버지에게서 다정함이 느껴지고 말괄량이 남자아이에게는 설렘이 느껴진다. 한 번도 본 적 없는 사람들이지만 늘 함께 했던 기분까지 들고 벅차오르는 감정들은 마음속 깊은 곳에서 소용돌이치기 시작했다.

 조심스레 눈이 떠지고 이미 쥴리의 눈가에는 눈물이 촉촉하게 남아 있었다. 감정을 과다하게 느낀 쥴리는 숨까지 헐떡이기 시작했다.

 어떤 기억을, 어떤 감정을 느끼는지 전혀 알 수 없는 킹과 쉬프는 입술이 바짝 말라는 가는 기분이었다. 지금이라도 그만두라고 이야기하고 싶지만 쥴리는 이미 모든 걸 감수해서라도 알아낼 기세였다. 이후 거친 숨을 한 번 몰아쉬고는 또 다시 구멍 안으로 손을 밀어 넣었다.

 "야!! 또! 옷 얇게 입고 나왔네?! 내가 따뜻하게 입으라고 몇 번을 말해!"

 가늘고 새하얀 목소리가 귀에 전해지고 눈을 뜨는 순간 나를 향해 노려보지만 광대는 올라가 있는 여성이 보인다. 당장이라도 웃음이 터질 것만 같은 얼굴을 하고 있는 여자는 상당히 미인이었다.

 긴 머리카락에 과하지 않게 예쁘게 들어가 있는 웨이브, 예쁜 눈동자와 아담한 키, 데이트를 위해 예쁘게 보이고 싶어서 밤새 준비한 옷은 정말 그녀를 위해 만들어졌을 정도로 아름다웠다.

 "하지만 예쁘잖아."

자동적으로 입이 열리고 말이 튀어나왔다. 곧이어 자신의 룩을 과시하는 제스처가 자동적으로 나갔다. 웃음을 참아내던 여성은 순간 웃음을 터트리고 곧이어 날아오는 여성의 장난스러운 주먹을 그대로 온몸으로 받아냈다.

"나도 너한테 예뻐 보이려고 그렇지!"

"그래도 그렇지. 얼어 죽고 싶은 거야?!"

웃고 싶은 건지 화를 내고 싶은 건지 알 수 없는 표정을 짓고 있는 여성에게 한 발자국 다가가 웃으며 말했다.

"어쩔 수 없다. 이러고 있자."

말이 끝나기 무섭게 여성을 꽉 끌어안았다. 그녀의 외투에서 차가운 기운이 느껴졌지만 이내 따듯함이 몸을 감싸 안는다. 웃음과 화가 공존하던 그녀의 얼굴에는 꽃이 만개했다. 몽글몽글한 느낌이 가슴 깊은 곳에서 피어오르고 벅차오르는 행복은 감당하기 힘들 정도로 행복 과다 상태에 빠지게 만들었다.

그녀를 더 강하게 끌어안고 행복함과 설렘에 두 눈이 감기고 다시 눈을 떴을 때는 쉬프와 킹에게 돌아왔다. 순간 눈가에서 따듯한 온기가 느껴지고 손으로 눈가를 닦아내자 촉촉한 느낌과 함께 눈물을 흘렸다는 사실을 깨달았다.

"쥴리… 괜찮은 거 맞아?"

"바…방금은 오세희 환자의 기억이 아니에요! 루디의 기억입니다!"

뭔가 알아낸 듯한 얼굴로 기쁜 목소리로 이야기하지만 쥴리는 더 이상 감정을 받아내기에는 한계에 가까웠다. 하지만 쥴리의 시선이 다시 기억의 구체로 향하고 다시 구멍에 손을 넣으려는지 손을 뻗었다.

"그만!! 더 이상은 안 돼. 감정도 최대치가 있는 거야. 감당할 수 있는 감정의 양이란 게 있는 거라고!"

구멍에 손이 들어가기 직전 킹은 쥴리의 손을 잡아챘고 쥴리를 가로막았다.

"하나 남았잖아요…. 이제 다 왔는데…."

"절대로 허락할 수 없어."

간절하게 부탁한 쥴리였지만 킹은 절대로 비켜 줄 생각이 없다는 듯이 단호하게 말했다.

"어떤 기억을 봤는지 아직 듣지도…."

말을 잇던 중 등 뒤가 환해지는 걸 느끼고 고개를 돌리자 룸 안에서는 눈을 뜨기 힘들 정도의 빛과 열기가 뿜어져 나왔다.

'소멸?!'

강한 빛을 내뿜고 코끝에 달달한 냄새까지 전해 왔다. 이건 분명 소멸하기 직전의 전조 증상이었다. 시선을 옆으로 돌리자 쉬프는 급하게 홀로그램을 조작하더니 소리쳤다.

"엎드려!!!!"

쉬프의 말이 전해지기도 전에 킹은 쥴리를 안으며 곧장 바닥에 엎드렸다. 곧이어 엄청난 폭발음이 들려오고 바닥엔 큰 진동이 이어졌다. 엄청난 폭발음과 함께 귀에서는 "삐----." 소리만 울리고 있었다.

"괜찮나?!"

소리가 조금씩 멎어지고 쉬프의 목소리가 가냘프게 들려왔다. 여전히 소멸의 여파로 정신이 돌아오지 않았고 쉬프는 킹의 옷을 잡아채 흔들며 소리치지만 전혀 알아들을 수 없었다.

조금씩 정신이 돌아오고 쉬프의 "씨발!! 정신 차려."라는 욕이 제대로 귀에 들려오자 상황을 직시할 수 있었다. 곧바로 쥴리의 시선이 소멸이 일어난 룸 안쪽에 고정되고 몸이 완전히 굳어 버렸다. 하얀 안개로 가득한 A-3룸 안에서 희미하게 사람 형체가 보이기 시작했다.

쥴리에 이어 킹, 쉬프까지 룸 안에 시선이 고정되고 희미했던 형체는 점점 더 뚜렷해지고 곧이어 모습을 드러낸 두 사람은 서로의 손을 잡은 채 천천히 걸어가고 있었다.

순간 감정이 벅차올라 오는 것이 느껴졌다. 따듯함? 애틋함? 아련함? 어떤 감정이라고 단정 짓기 어려울 정도로 복합적이고 간지러운 감정은 순간 숨을 먹게 만들었다. 한 번도 느껴 보지 못했던 감정들이 코로 통해 몸 안으로 들어와 온몸을 헤집고 입 밖으로 빠져나갔다.

두 눈에 담겨 있는 저 둘은 뭔지 몰라도 지금 상황에서는 굉장히 위험한 기분까지 들었다. 껑충껑충 뛰어가는 저 여성이 왠지 모르게 안쓰럽다. 여성의 손을 잡고 걸어가는 저 청년은 듬직해 보이면서도 쓸쓸함이 묻어 있었다. 몸을 헤집던 감정이 킹의 눈물샘까지 자극하자 킹은 곧바로 시선을 피하며 심호흡했다.

"흑…흐흑흐극흐….."

귀에 흐느끼며 우는 목소리가 들려왔다. 천천히 목소리의 주인을 찾아 이동하는 시선은 쥴리에게서 멈추었고 쥴리는 손에 얼굴을 파묻은 채 울고 있었다. 지금까지 느끼고 참아 냈던 감정들이 한순간에 터진 모양이다.

조심스레 쥴리의 시야를 몸으로 가리고 두 손은 쥴리의 귀를 막았다. 더 이상 감정에 휘둘리지 않기를 바라며 쥴리의 등을 토닥인다.

"모든 감정을 토해 내는 건 잘못이 아닙니다."

* * *

차갑고 무거운 공기가 회의장 전체에 깔려 있고 회의장에 착석해 있는 메모리 세계의 고위직 임원들이 일관된 표정으로 앉아 있었다. 전례 없는 긴급 소집에도 콜린 퍼스를 제외한 임원 모두가 참석했고 회기에 들어간 콜린 퍼스의 자리에는 그동안 보기 힘들었던 크리스가 앉아 있었다.

"대체 어디서 뭘 하다가 여기에 있어요?"

얼굴에 짜증이 잔뜩 붙어 있는 크리스의 옆자리에 앉게 된 쥴리는 크리스의 귓속에 속삭였다.

"콜린 퍼스의 대리인으로 온 거고 내가 어디서 뭘 하든 무슨 상관이야?"

시선조차 주지 않고 대답한 크리스는 여전히 싸가지가 없었고 마치 "나에게 말 걸지 마."라는 듯한 의미를 담고 있는 것만 같았다. 크리스와 짧은 대화가 끝이 나자 회의를 시작을 알리 듯 킹이 일어나 말했다.

"모두 모인 거 같으니 이번 긴급 소집 이유를 말씀 드리겠습니다."

킹의 첫 마디가 끝이 나자 긴장되기 시작하고 입이 바짝바짝 말라 가기 시작했다. 치매센터에서 봤던 기억들은 소멸되고 말았고 다른 임원들을 설득하는 건 쉽지 않으리라 짐작했다.

"모두들 알고 있다시피 지금 메모리 세계는 한마디로 아비규환 그 자체입니다. 원인 모를 바이러스가 메모리 세계를 뒤덮었고 많은 시민들이 고통에 시달리고 있습니다. 저희 저승에서는 그 바이러스의 출처를 알아내기 위해 노력했고 몇 가지 단서를 찾았습니다."

주머니에서 준비해 뒀던 일심초와 지난번 딜리트 메모리에서 찾아낸 가운의 실을 테이블에 내려놓자 모든 시선이 단서에 집중됐다.

"일심초, 일심향과 악몽초를 뒤섞고 알 수 없는 감정을 섞어 만든 일명 일심초는 딜리트 메모리에서 처음으로 발견됐고 이 초에서 의사 가운의 실 가닥을 찾을 수 있었습니다."

원래라면 일심초와 실 가닥은 비밀로 넘어가기로 하였지만 더 이상 숨길 수 있는 일도 아니었다. 킹의 말이 끝나기 무섭게 시선들은 쥴리와 크리스에게 돌아왔다. 따가운 시선을 느낀 쥴리는 죄책감이 피어올랐고 자연스레 시선까지 피해 버렸다.

"고개 들어. 잘못한 거 없어."

순간 귓속에 크리스의 목소리가 전해지고 곧장 고개를 든 쥴리는 크리스를 쳐다봤지만 시선은 여전히 앞을 보고 있었다.

"그 이후 별다른 단서들이 나타나지 않았고 어젯밤 유력한 범인을 추정할 수 있는 단서들이 발견됐습니다. 그 범인을 알리고 잡기 위해 이렇게 긴급 소집을 요청했습니다. 바쁜 와중에도 이렇게 모여 주서서 정말 감사합니다."

"감사 인사는 됐고! 범인은 누구지?"

꿈 관리자 조로가 답답함에 못 이겨 짜증 내듯 킹에게 물었다. 아마 다른 임원들 역시도 조로와 같은 마음이었을 것이다. 킹의 답변을 기다리는 임원들은 모두 킹만 바라보고 있었고 곧이어 킹이 입을 열었다.

"아직 범인이라고 확정 짓기는 어렵지만 유력 용의자로 딜리트 메모리의 의사, 루디를 지목하겠습니다."

루디라는 말이 나오자 3초간 정적이 유지되고 잠시 후 임원들의 입에서 헛웃음 소리가 나오고 코웃음까지 치며 어이없음을 마음껏 표출했다.

"이것 참, 또 딜리트 메모리인가?!"

"콜린 퍼스가 없어서 그런가. 크리스?"

랭포드와 조세핀이 크리스를 향해 말했고 이제는 완전히 딜리트 메모리와 크리스를 비아냥거리기 시작했다. 하지만 그런 비아냥에도 크리스는 관심도 없는지 잠시 눈빛만 줄 뿐 아무런 대답도 하지 않았다.

"모두들 당혹스러운 마음 이해합니다. 하지만 비아냥은 삼가 주세요. 이번 일에도 큰 죄책감을 갖고 있으며 이번에 범인을 추론한 것도 딜리트 메모리의 쥴리 양입니다."

킹의 말이 끝나자 또다시 시선이 쥴리에게 집중되고 말았다.

"그럼 결국, 내부 고발이라도 했다는 겁니까?"

월리트가 강하게 킹에게 묻자 킹은 고개를 끄덕였다. 킹은 시선을 옮겨 쥴리를 처다보고 쥴리의 차례라는 듯 손으로 제스를 취했다. 자리에서 일어난 쥴리는 심호흡과 함께 말을 내뱉었다.

"딜리트 메모리의 2층에서 일하고 있는 간호사입니다. 저는 이번 사태와 오세희 환자의⋯."

쥴리는 자신의 소개를 짧게 하고는 지금까지 있었던 일을 고백하듯 모두에게 차근차근 이야기했다. 전당포에서 있었던 일, 루디의 자서전, 치매센터에서 본 기억들, 어떤 것도 빼놓지 않고 이야기했고 이야기가 끝나자 꿈 감독관 조로가 손을 들며 물었다.

"그럼 그 오세희라는 환자는 지금 어디 있죠?"

"오세희 환자는 지금 딜리트 메모리에서 수술을 받고 있습니다. 제니퍼 선생님과 빅토르 간호사가 집도하고 있고요. 수술이 끝나면 연락하도록 조치해 뒀으니 수술이 끝나면 추가적으로 단서가 나올 겁니다."

"흠…. 이해할 수 없는 게 많습니다. 분명 저는 모든 꿈을 막아 뒀는데 어떻게 메모리 세계로 올 수 있었던 거죠? 거기다 범인과 공범일지도 모르는 사람을 수술을 하다니. 이것 역시 이해가 가지 않습니다. 저라면…."

"저희 딜리트 메모리는 오로지 해야 할 일을 할 뿐입니다. 아파하고 고통스러워하는 환자라면 치료를 위해 모든 방법을 동원해서라도 치료할 겁니다. 그게 범죄자여도 그저, 환자일 뿐입니다. 저는 그렇게 서약했습니다."

조로의 말을 끊으며 이야기한 줄리는 자신의 발언이 다소 무례하게 보일 수 있지만 딜리트 메모리와 직원들을 욕하는 건 보고만 있을 수 없었다. 우리 딜리트 메모리의 직원들은 단지, 해야 할 일을 할 뿐이다.

조로의 말을 끊으며 답변한 탓에 기분이 상했는지 조로는 헛기침을 냈지만 다른 말은 하지 않았다.

다시 회의장이 조용해지고 침묵이 이어졌다. 난해하고 이상한 부분들이 많은 가운데 가장 확실한 것은 루디와 오세희 환자는 연관돼 있다는 것이었다. 각자마다 자신의 생각을 정리하는 사이 무표정을 유지하던 크리스가 손을 들며 말했다.

"멍청한 저희 간호사가 꽤나 맞는 말을 하네요. 저도 한 가지 이야기 해도 될까요?"

"얼마든지요."

킹의 허락이 떨어지자 크리스는 자리에서 일어나 모두에게 말했다.

"저 역시도 이번 사태를 파헤쳐 봤습니다. 제일 먼저 오세희 환자의 수술을 진행한 이나 선생님에게 기억에서 이상한 점이 없는지 물었죠. 이나 선생님도 같은 이야기를 했습니다. 연인으로 보이는 사진, 인선이라는 이름, 계속해서 루디와 오세희 환자의 연결점이 발견되고 있는 가운데 가장 중요한 의문이 있습니다."

말을 잇던 크리스는 잠시 말을 멈추고는 자신의 말을 경청하고 있는 임원들 모두에게 한 번씩 응시했고 다시 말을 이었다.

"왜. 대체 왜?! 범인이 루디라면 어째서 루디가 이런 짓을 벌였냐는 것이죠. 쥴리 씨는 이 의문에 대한 답을 찾았나요?"

난데없는 질문에 다소 당황한 쥴리는 지난번 킹에게 했던 대답과 똑같이 대답했다.

"어…, 정확하지는 않지만 아무래도 여자친구의 대한 마음이지 않을까 싶습니다. 기억들로 괴로워하는 여자친구를 봐 왔을 것이고 안타깝고, 안쓰러운 마음에 이번 범행을 준비하지 않았을까 싶습니다."

"맞습니다. 지난날 동안 저는 여기에 있는 모든 임원분들을 찾아가 몇 가지씩 부탁하고 이야기를 나누었습니다. 루디가 사 간 기억의 초와 감정의 초, 오세희 환자와 같이 있는 모습이 찍힌 CCTV, 저승의 출입 기록부, 기타 등등 많죠."

말이 끝나기도 전에 테이블에 수십 장의 서류와 사진들을 집어 던졌고 아마 오세희 환자와 루디에 대한 단서일 거라 예측했다. 다소 크리스의 행동이 옳다고 보기는 힘들었지만 지적하는 사람은 없었다.

"이렇게 많은 단서들이 있었는데 대체 임원님들은 무엇을 하셨습니까? 보고도 못 본 척! 들어도 못 들은 척! 한 거 아닙니까?!"

"크리스 님!"

다소 공격적인 발언에 깜짝 놀란 쥴리가 크리스의 옷을 잡아당기며 막아 봤지만 이미 열린 크리스의 입은 전혀 멈출 생각이 없어 보였다.

"윌리트의 초가게에서 기억의 초를 구매할 때, 루루&무무 기억의 가게에서 기억의 초를 구매할 때, 조세핀 님의 꽃가게에서 꽃을 살 때, 랭포드 님이 순찰을 도실 때, 쉬프의 호수에서! 루디와 오세희 환자는 함께 있었습니다. 지옥의 출입 기록부와 루디의 출장 기록부는 일치하지 않는 부분이 많았죠. 발뺌하실 분 계십니까?"

크리스의 질문에 쥴리는 잡고 있던 옷자락을 놓았고 모두를 훑어보았다. 일제히 크리스의 시선을 피하는 임원들의 얼굴이 어두운 흑백이 만들어졌다.

"조금이라도 의심할 순 없었습니까? 메모리 세계에서 모르는 사람이 없을 정도로 유명한 사람이 그저 꿈을 꾸는 인간을 만나고 있는 것에 이상함을 느낄 수는 없던 건가요?!"

"사랑은 죄가 아닙니다."

마지못해 윌리트가 대답했다. 짧고 간단했던 대답에는 슬픈 감정이 가득했고 가슴이 시큰거리는 느낌까지 들었다.

"하지만 죄를 만들어 냈죠. 혹시 루디에게 무슨 도움이라도 받으신 건 아닙니까? 한 명이 저지르기에는 너무 스케일이 큰데…. 조력자가 있는 게 아닌가 싶네요."

"이봐, 크리스!! 말조심하게. 지금 무슨 말을 하는 겐가!"

조로가 버럭 화를 내며 말했다. 크리스의 발언이 선을 넘었다 생각했는지 자리를 박차고 일어난 조로는 당장이라도 크리스의 멱살을 잡을 기세였지만 그런 조로를 향해 웃고 있는 크리스는 한순간에 정색하더니 물었다.

"무슨 말이긴요. 왜 그랬냐는 겁니다."

순간 이해하기 어려운 말이 크리스의 입에서 튀어나오고 임원 모두가 자신의 귀를 의심했다.

"그…그게 무슨! 지금 대체 말 같지도 않는 소리를 하는 겐가! 아무리 콜린 퍼스의 대리인이라 해도 선을 넘어도 한참 넘었어!! 내가 범인을 도왔다는 말인가!"

"몰라서 묻습니까?"

"정말 이해가 안 가는군. 난 자네가 부탁한 CCTV도 보여 줬어!! 자네가 원하는 것을 모두 보여 주고 도와줬지! 내가 공범이라면 왜 그러겠나!"

자신의 억울함을 표출하듯 소리친 조로였지만 크리스는 대답 대신 안 주머니에서 볼펜을 꺼내 볼펜에 있는 작은 버튼을 눌렀다. 잠시 후 기계음이 흘러나오고 곧이어 조로와 크리스의 목소리가 흘러나왔다.

"CCTV를 보고 싶단 말이지? 어서 보게!!"

"감사합니다."

"음! 여기 있군. 이 자가 오세희 환자구만그래."

"어…어디죠?"

"여기 있지 않나! 여기!! 이 사람이 오세희이고 옆에 있는 사람이 루디이지 않나."

녹음된 대화 길이는 몇 초밖에 되지 않았지만 무슨 상황인지는 알아차리기 충분했다. 잠시 후 크리스는 흐트러진 서류들 사이로 볼펜을 던져 버리며 말했다.

"대체 어떻게 수많은 인파 속에서 오세희 환자를 단번에 찾으신 거죠?

딜리트 메모리에 있는 직원들조차 이렇게 쉽게 찾지는 못할 겁니다. 또, 아까는 오세희 환자에 대해 처음 듣는 것처럼 이야기하시던데요?"

순간 회의장 전체의 컬러들이 빠져나가고 온통 흑백으로 변해 버렸다. 조용히 시선이 조로에게 향하고 완전히 궁지에 몰린 조로의 이마에서 식은땀이 흘러내렸다. 조로를 제외한 모든 임원들 얼굴에 그림자가 드리웠다. 숨 막히는 침묵은 의자가 넘어가는 소리와 함께 깨졌고 조로는 당황해하는 모습이 가득했다.

황급히 자리를 벗어난 조로는 자신에게 쏠린 시선에 무서움을 느낀 건지 당장이라도 도망칠 기세였다. 뒷걸음까지 치며 말까지 더듬었지만 이미 무슨 말을 해도 아무런 도움이 되지 못했다.

"그…, 그…그건! 루, 루디가…."

"하…."

한숨을 푹 쉬며 머리를 쓸어 넘긴 킹의 이마에 힘줄이 돋아나고 테이블을 강하게 내리쳤다. 화가 단단히 난 킹이 죽일 듯이 조로를 노려보자 조로는 두려움과 무서움에 문으로 줄행랑쳤고 문을 강하게 밀고는 밖으로 도망쳤다. 하지만 문이 닫히기도 전에 조로의 비명 소리가 문 틈 사이로 회의장 전체에 전해졌다. 무슨 일이 벌어진 게 분명하지만 자세히 알고 싶지는 않고 고통스럽고 무서운 비명 소리는 문이 닫히기까지 계속 들려왔다.

"조로에 대해서는 면밀히 조사하도록 하겠습니다."

여전히 이마의 힘줄이 돋아난 킹은 억지로 미소를 보이며 말했다. 당장이라도 조로를 찢어 죽이고 싶은 눈치였지만 겨우겨우 이성을 붙잡고 있는 거 같았다.

삭막해진 분위기 속 먼저 이야기를 꺼내는 사람은 없었고 다들 혼란
스러움에 말문이 막히고 말았다.

조력자가 있을 거란 생각은 했지만 그게 임원들 중, 꿈 감독관 조로일
줄은 그 누구도 생각하지 못했을 것이다. 하지만 조로가 조력자라면 모
든 퍼즐이 짜 맞춰졌다. 어째서 꿈을 막았음에도 메모리 세계에 올 수
있었는지, 완전히 무방비했던 메모리 세계를 귀신같이 범죄를 저질렀
는지, 이렇게 빠른 시간 안에 바이러스를 퍼트렸는지의 대한 퍼즐을 말
이다.

"대체 저희에게 원하는 게 뭡니까?"

센터족의 여왕 랭포드가 킹에게 물었다. 표정은 어둡고 겁이라도 먹
은 것인지 손까지 떨리고 있었다.

"부디 도와주십쇼. 지금 혼란스러운 거 모두 이해합니다. 오랜 친구가
범죄자를 도왔다는 사실이 저도 믿기지 않습니다. 하지만 지금 당장 중
요한 건 범죄자 루디를 잡아야 한다는 겁니다. 분명 오세희 환자의 마지
막 수술이 끝난다면 루디는 더 깊이, 찾을 수 없는 곳으로 숨을 겁니다.
그전에 잡아야 하죠. 부디 도와주십쇼."

고개를 숙이며 모두에게 부탁한 킹이었지만 다들 내키지 않는 모양인
지 여전히 얼굴은 어두웠다. 심지어 고개까지 돌린 임원들도 존재했다.

"흠…."

크게 숨을 들이쉬었다가 내쉰 세바스찬이 할 말이 있는 듯 보였고 시
선이 세바스찬에게 몰리자 세바스찬의 입이 떨어졌다.

"솔직하게 이야기하자면 엮이고 싶지 않습니다. 현재 딜리트 메모리
의 상황과 범인이 루다라는 것도 알겠습니다. 하지만 선뜻 도와주기 어

럽다는 건 사실이지요. 우린 누굴 믿고 저희 시간과 명예를 걸고 도와야 하는 거죠?"

다소 충격적인 발언에 놀란 쥴리였지만 주위를 둘러봤지만 그 누구도 쥴리와 같은 표정을 짓거나 같은 생각을 한 사람은 없어 보였다. 속상함이 한순간에 밀려오기 시작하고 곧장 입이 떨어졌지만 옆에 앉아 있던 크리스가 쥴리의 손목을 잡으며 막았다.

"틀린 말도 아니야. 애초에 이런 큰일에 선뜻 도와주겠다는 사람은 드물어. 더군다나 우리는 할 말이 없어야 해."

쥴리만 들릴 정도로 말한 크리스의 말이 인정하기는 싫지만 충분히 일리가 있었다. 큰 명예와 시민들이 우러러보는 의사의 범죄, 그걸 도운 고위직 임원, 모든 시간을 헌납해야 했으며 만일 루디를 잡지 못한다면 그에 따른 책임도 따랐다. 차라리 엮이지 않는 쪽이 훨씬 더 좋은 판단이었다.

"다들 아무 말도 못 하는 이유가 나와 같아서이지 않습니까? 지난 저희 전당포가 위험하고 힘들다고 도와 달라 했을 때도 같은 이유로 묵인한 거 아닙니까?"

"넘겨짚지 말게. 세바스찬."

다소 흥분한 세바스찬을 킹이 급하게 말렸지만 세바스찬은 고개를 끄덕이고는 자리에서 일어나 외쳤다.

"이미 수많은 피해자가 나왔고 현재까지 메모리 세계가 완전히 유령 도시로 바뀌었습니다. 범인을 잡는다 해도 큰 책임이 따르죠. 그 책임을 나눌 필요가 있겠냐는 말입니다. 사실상 이번 일은 딜리트 메모리와 저승에서 해결해야 할 문제이지 않습니까?"

다시 한번 물은 세바스찬의 말이 가슴 깊이 날아와 감정 그릇을 부수고 돌아갔다. 이번 일이 해결된다고 해도 날아오는 비난과 비판을 막을 수는 없었고 아마 딜리트 메모리는 큰 타격을 입을 것이다. 임원들에게 도움을 요청하는 것은 어쩌면 세바스찬의 말대로 그 비난과 비판을 나누자는 말일지도 몰랐다.

"여기 모인 임원들 전부 바쁘지 않나요? 전시장 오픈…."

"그래도… 시민들이 우선이지 않을까요…?"

누군가 세바스찬의 말을 끊어 내며 말했다. 목소리의 근원지를 찾아 시선을 돌아가자 고개를 숙이고 있는 줄리가 보였고 곧이어 자리에서 일어난 줄리는 의외로 차분하게 말했다.

"다들 메모리 세계의 고위직 임원들이시잖아요. 악몽으로 괴로워하는 시민들을 먼저 생각해야 하는 거 아니에요? 잘못과 책임이 어떻게 우선순위에 있는 겁니까…."

"무슨 좋은 방법이라도 있나요?"

랭포드가 팔짱을 낀 채 줄리를 향해 물었다. 줄리는 기다렸다는 듯이 곧이어 바로 말을 이었다.

"사실 저는 아픈 기억이나, 괴로운 기억은 잊어버리고, 지워 버리는 편이 좋다고 생각했습니다. 하지만 딜리트 메모리에서 일하면서 한 가지 깨달은 게 있죠. 꼭 잊어버리고 지워 버리는 것이 정답은 아니라는 거죠."

줄리의 말에 임원들의 시선이 집중되고 모두가 줄리의 말을 귀 기울이기 시작했다.

"기억을 지우지 못하고 돌아갔던 환자에게 안쓰러운 마음이 있었습니다. 하지만 제 오지랖일 뿐이었죠. 며칠 후 우연치 않게 만난 환자는 더

할 나위 없이 편안해 보였고 행복해 보였습니다. 너무 기쁜 마음에 묻자 환자가 그러더군요."

"지난 기억들로 힘들고 아팠었는데 요즘 좋은 일들이 많아졌습니다! 그래서 그런지 편안해졌습니다!"

숨을 고르고 다시 입을 벌렸을 때는 좀 전보다 더 큰 목소리로 말했다.

"그 환자는, 지워 버리고 싶던 기억에 행복하고 좋은 기억들이 자리했습니다. 지난 아픈 기억들이 이제는 왜 아팠는지도 모를 정도로 말이죠. 저희도 그렇게 하면 됩니다. 악몽 같은 경험과 기억은 행복하고 좋은 기억들로 자리하게 만들면 되는 겁니다."

"그게 쉬운 일은 아닐 텐데요?"

월리트가 팔짱을 낀 채 물었지만 이마저도 예상했다는 듯이 쥴리는 고개를 끄덕이고는 말했다.

"맞습니다. 하지만 불가능한 일도 아니죠. 지난 치매센터에서 루디의 환자의 기억이 소멸될 때 느꼈던 감정들은 지난번 월리트 님과 루루&무무 님 말대로 정말 실제로 경험한 것 같이 느꼈습니다. 그 점을 이용하는 겁니다. 소멸을 앞두고 있는 기억들, 그중에서도 행복하고, 설레고, 좋은 기억들을 전시장에서 보여 주는 겁니다. 시민들을 전시장에 오도록 해서 좋은 감정들과 경험들로 악몽을 씻어 낸다면 다시 전처럼 돌아올 수 있을 겁니다."

쥴리의 말이 끝나자 다들 고개를 끄덕였고 아까와는 정반대의 반응이 쏟아졌다. 킹 역시도 동의하는지 고개를 끄덕이며 말했다.

"충분히 괜찮은 방법 같습니다. 그렇게 한다면 굳이 루디를 잡아 일심초에 들어간 감정을 알아내지 않아도 될 거 같군요. 그런데 이미 문을 걸어 잠그고 집 안에서 나오지 않는 시민들이 전시장에 올까요?"

"집집마다 안내문을 보내는 겁니다. 분명 오지 않는 시민들도 있겠지만 단 한 명이라도 전시장을 다녀간다면, 예전으로 돌아온 모습을 보인다면! 점차 모든 시민들이 전시장으로 향할 겁니다."

쥴리의 의견에 긍정적인 반응이 연이어 보이고 팔짱을 끼고 있던 임원들은 팔짱을 풀어지고 심각한 표정을 짓고 있던 임원들은 표정이 한결 편해 보였다. 그 순간 쉬프가 쥴리에게 박수를 보내며 말했다.

"좋은 생각이야!! 내가 돕겠소. 안내문을 보내는 것은 치매센터에 맡겨 주게. 우리 센터에 있는 동물들에게 부탁한다면 훨씬 더 빠르게 안내문을 보낼 수 있을 거야."

"아무래도 전시장을 빠르게 오픈할 수 있도록 준비해야겠네요. 안 그런가요. 루루&무무 부인?"

"당연하죠!"

"전 이미 야근할 준비됐습니다."

월리트와 루루&무무 부인 역시도 쥴리의 의견에 동의했다. 이어서 조세핀도 손을 들고 동의를 밝히며 전시장 오픈을 돕겠다고 이야기했고 랭포드도 반인반마들과 함께 안내문을 돌리는 것을 돕겠다고 약속했다. 자연스레 아무 말도 하지 않던 세바스찬에게 시선이 옮겨지고 세바스찬은 자리에 앉으며 말했다.

"소멸할 기억들을 분류하는 건 내가 하지. 누구보다 소멸을 앞둔 기억과 긍정적인 기억은 내가 잘 찾으니 말이야."

세바스찬의 말이 끝나자 순간 자동적으로 소리를 지르며 환호한 쥴리는 곧장 자신의 잘못을 깨닫고 의자에 급히 앉아 얼굴을 파묻었다. 하지만 기분은 좋았다. 마치 모두에게 인정받은 기분이었고 자신의 생각이 메모리 세계를 도울 수 있다는 것에 큰 벅참을 느낄 수밖에 없었다.

자연스레 파트너가 만들어진 임원들은 보다 더 효율적으로 진행할 수 있도록 파트너들끼리 대화하기 시작했다. 각자 자신의 생각을 공유하고 자신보다 더 좋은 방법은 수용했으며 임원들의 얼굴에 미소가 피어났다.

다소 소란해졌지만 화기애애해진 회의장에 쥴리의 핸드폰 벨소리가 울려 퍼졌다. 서로 대화하던 임원들이 조용해지고 모두 쥴리의 핸드폰을 쳐다봤다. 조심스레 통화 버튼을 누른 쥴리는 모두가 들을 수 있도록 스피커폰으로 전환했다.

"여보세요…?"

"쥴리! 무슨 일이라도 있는 거야?! 연락도 안 받고 출근도 안 했다면서. 어제 이후로 무슨 일이라도 생긴 거지?! 그치?"

이후 수술에 대한 자세한 이야기들이 나오고 이번에도 역시나 오세희 환자와 루디의 연결점이 만들어졌다. 이로써 범인은 루디로 굳어졌다.

쥴리의 전화가 끊어지고 다시 범인에 대해 이야기가 오고 가기 시작하고 역시나 분위기는 좋지 못했다.

여전히 자신의 상황을 설명하며 설득하는 임원들 사이 조용히 침묵하고 있던 크리스는 생각했다. 콜린 퍼스의 대리인으로 왔지만 그렇다고 해서 딜리트 메모리를 대표할 생각은 없었다. 그저 조용히 이야기를 듣다가 돌아가야겠다고 마음먹었다. 어쩌면 가장 큰 책임이 있는 딜리트 메모리의 입장에서는 그게 맞다고 생각했다.

점점 짜증이 났다. 방금 전까지만 해도 서로 의견을 조합하고 정보를 교류하던 임원들이 다시 책임질 이야기가 나오니 다들 고개를 돌리기 시작했다. 열심히 임원들을 설득하고 더불어 도우며 이겨내 보자고 이야기하는 내 병원의 간호사와 킹이 어이가 없다. 어차피 화살이 날아온다면 가장 먼저 도망칠 자들이 이곳에 모인 임원들일 텐데….

"염병 떨고 있네."

결국 속으로 내뱉던 말이 입 밖으로 터져 나왔다. 모든 시선이 나에게 집중되지만 방금 한 말에 대해 후회보다는 속이 시원했다. 지금 내 말 하나하나가 딜리트 메모리의 말일지도 모르겠지만 콜린 퍼스라면 나와 같은 말을 했을지도 모른다고 생각했다. 그렇게 생각하니 헛웃음이 나오기 시작했다.

"이봐, 크리스? 아무리 콜린 퍼스의 대리인으로 참석했다 해도 방금 말은 굉장히 무례하네."

나를 지적하며 말한 킹이었지만 크게 대수롭지 않았다. 이제 이런 양복쟁이들과 이야기하는 건 가치가 없다는 걸 깨달았다.

"잃을 것도 없는 것들이 아주 염병을 떨고 계십니다. 어차피 뭐든 책임은 결국 딜리트 메모리이지 않습니까?"

자리에서 일어나 곧장 문으로 향했다. 이제 내 방식대로 해결하기로 마음먹었다. 조금이나마 회의에 참석해 범인을 잡는 것에 도움을 줄지도 모른다는 생각이 결국 망상에 불가했다.

"당신네들은 전시장에나 힘쓰쇼. 범인을 잡는 건 모든 책임을 질 딜리트 메모리에서 할 테니깐."

거대하고 큰 문을 열고 밖으로 나오니 숨통이 트이기 시작했다. 발걸음도 편해지고 하고 싶은 말까지 전부 내뱉은 덕분에 머리가 맑아지는 기분이었다.

"미친놈아!!"

순간 뒤에서 들려온 비속어가 귀를 향해 날아들었고 걷던 걸음이 멈추어졌다. 뒤를 돌아보자 씩씩거리는 쥴리가 눈에 들어왔다.

"대체 어쩌자고 이래요?! 이렇게 깽판 치고 나가면 속이 후련해요? 무슨 좋은 생각이라도 있는 겁니까? 대체 이러는 이유가 뭡니까!!"

역정을 내며 화를 내는 쥴리는 머리를 거치치 않고 바로 입 밖으로 말이 나오는 듯 보였다.

"너는 대체 왜 이러는 건데?"

"몰라서 물어요?! 고위직 임원들 앞에서 깽판치고 나갔으면 무슨 대책이라도 있는 거죠? 설마 이제 와서 '우리끼리 잡자~.' 이딴 말은 아니길 빕니다."

"우리끼리 잡을 건데?"

전혀 문제 될 거 없다는 듯이 이야기하는 크리스는 용무가 끝났는지 다시 시선이 돌아가 걸어갔지만 이내 쥴리가 돌려 세우며 소리쳤다.

"고위직 임원들 앞에서 그 난리를 치셨는데 겨우 우리끼리?! 불순한 태도에 징계까지 열릴 텐데 한다는 소리가 우리끼리?! 당장 내일 수술까지 있는 우리가?! 진짜… 제정신이에요?!"

화를 주체하지 못하는 쥴리는 참아 내고 있던 감정들까지 쏟아 내는 거 같았다. 그런 쥴리의 어깨를 잡은 크리스는 조곤조곤하게 이야기했다.

"제발 진정하고 내 말부터 들어! 루디는 반드시 나타날 거야. 우린 그

때 루디를 잡으면 되는 거라고"

"그걸 어떻게 믿어요!"

"꼭 올 거야. 오세희 환자의 수술이 끝나면 반드시 나타나. 내가 장담하지 루디는 가장 중요한 걸 놓치고 있어."

"그게 대체… 뭔데요…?"

"지금은 이야기할 순 없지만 날 좀 믿어 봐. 하던 대로! 수술 준비하고! 환자 맞을 준비나 하자고! 전부 잘될 거야. 힘든 일도 괴로운 날도 전부 지나갈 거야. 제발… 부탁할게."

크리스를 만나고 처음으로 간절하게 부탁하는 크리스의 눈가가 촉촉해졌다. 슬픈 표정을 짓고 있는 크리스, 단 한 번도 본 적이 없다. 아무런 감정도 느끼지 못하는 크리스가 분명 슬픈 얼굴을 하고 있다.

"크…크리…스 님…."

"전부 다, 잘될 거야."

06

사랑은, 미친 짓

스르르 눈꺼풀이 떠지고 익숙하지 않는 풍경이 시야에 들어왔다. 베이지색의 옷장과 흰색의 벽지, 검은색의 이불까지 어쩌다가 안방에서 잠을 자게 된 건지 알 수는 없지만 상당히 불쾌하다. 기지개를 펴고 이불을 걷어 내는데 순간 머리가 맑아지다가도 복잡한 머릿속과 가슴 한켠이 먹먹해진다.

뭔가 이상적인 꿈을 꾼 듯한 느낌이지만 아무리 곱씹어 봐도 기억이 나질 않는다. 분명 잊으면 안 되는 꿈을 꾼 거 같지만 기억해 내려 애쓸수록 공기 중으로 뻗어 나가는 연기마냥 서서히 흩어져 가는 기분이다.

침대에서 벗어나 거실로 향하는데 한쪽에 배치된 화장대가 눈에 들어왔다. 평상시에는 그냥 지나쳤을 화장대지만 아무런 이유 없이 시선이 고정되고 곧이어 보이는 사진 한 장이 그를 떠올리게 만들었다.

사실 떠올린다기보다는 상상해 본다가 맞는 말일지 모른다. 이름도 모르고 누군지도 모르는 남자의 사진은 예전부터 갖고 있던 사진이었고 마치 사진 속에서 숨 쉬고 있는 것만 같다. 사진 속 남자는 나에게 사랑을 속삭이는 거 같은 망상을 불러일으키고 사진을 보고 있으면 꼭 나 혼자만 나아가지 못하고 겉도는 기분이다.

애써 고개를 휘저으며 머리에 들어온 그의 상상을 떨쳐 내고 거실로 향한다. 고요하고 조용한 집 안에는 온기라고는 찾아볼 수 없고 차가운 냉기만 맴돌고 있다. 소파에 앉아 무의식적으로 티비를 키자 지난 드라마가 재방송되고 있었다. 드라마를 챙겨 보는 편은 아니지만 마치 누군가와 함께 맥주를 마시며 챙겨 보던 드라마 같다. 하지만 이 드라마는 종영을 넘어 이제는 누군가의 기억 속에 자리 잡혀 있는 드라마일 뿐이다.

"하…."

또다시 머릿속에 들어온 그의 상상이 한숨을 자동적으로 나오게 만든다. 다시 한번 더 고개를 휘저으며 머릿속을 털어 낸다. 괜한 기억들과 생각들은 불필요하다 여겨 왔다. 마치 함께 있을 수 없는 사람을 떠올리는 것만 같은 망상은 나 자신을 자학하는 꼴이었다.

헛웃음만 절로 나오는 예능 프로들과 관심 없는 시사 프로그램, 크게 중요한 것도 아닌 것들을 연신 보도하고 있는 뉴스, 철 지난 홈쇼핑 광고들, 결국 티비를 킨 지 몇 분 되지 않아 티비의 전원을 꺼 버렸다.

시끄럽게 떠들어 대던 티비가 꺼지자 다시 조용하고 적막한 집으로 돌아왔다. 시계 초침 소리가 증폭되어 귀에 전해지고 냉장고가 돌아가는 소리마저 크게 들려온다. 평소에는 들리지 않던 소음들이 연신 귀를 두들기고 적막함이 속까지 답답하게 만들었다. 이래서는 안 됐다. 더 이상 집에 있다가는 분명 우울에 잠식될 게 뻔했다.

빠르게 안방으로 들어가 옷장 문을 열었다. 하지만 미스터리하게 옷장을 가득 채우고 있는 옷들은 매번 입을 만한 옷은 존재하지 않았다.

"또 옷 고르는 데 한 세월이지?"

순간 남자 목소리가 들려온다. 빠르게 고개를 돌려 소리의 근원지를 찾지만 방 안에는 나 혼자다. 그리고 이상하게도 방금 들린 목소리에서 그리움이 느껴진다. 분명 처음 듣는 목소리인데 이상하게 미친 듯이 그립다. 상상 속에 존재하던 그의 목소리일까? 어쩌면 정말 잊고 있던 누군가의 목소리일까? 의문만 남기고 사라졌다.

"씨발…."

나지막하게 내뱉은 욕이 내 마음을 대변했다. 감정과 이성이 전쟁이라도 치루듯 나 자신조차 나를 잘 모르겠다. 아무 옷이나 집어 입고는 곧장 집에서 도망쳐 나갔다.

따뜻한 주말의 오후, 길거리에는 꽤나 많은 사람들이 돌아다니고 있었다. 그중에서도 눈에 들어온 한 가족은 나를 미치게 만들었다. 중년의 남성은 큰 강아지를 이끌고 있었고 옆에 있는 여성은 갓난아기가 타있는 유모차를 밀고 있었다. 그 뒤로 환하게 웃고 있는 노년의 부부가 함께 걸어가고 있다.

행복해 보인다. 가족 모두 웃음꽃이 피어나 있고 그 모습에 나는 부러움과 서글픔이 한 번에 몰려온다. 환하게 웃는 저 남자가, 행복에 못 이겨 춤을 추는 강아지가, 즐거움의 미소를 띠고 있는 여성이, 흐뭇한 얼굴을 하고 있는 노년의 부부가 지나치게 부럽다. 한 번도 경험해 보지 못했지만 충분히 행복하다는 걸 알 수 있다. 누군가 이야기하지 않아도 지나치게 아름다웠다.

천천히 움직이던 발걸음이 멈추고 급하게 후드를 뒤집어쓴다. 나 역시도 이유를 모르겠다. 지나쳐 가는 저 가족에게서 시선을 피하고 자연스레 떨어진 고개가 나를 더 비참하게 만들었지만 어쩔 수 없었다.

부러움의 대상이 완전히 멀어진 것을 깨닫고 나서야 바닥에 붙어 있던 발이 떨어지고 알 수 없는 감정들이 물밀듯이 들어온다.

다시 움직이기 시작한 발걸음은 점차 빨라지기 시작하고 어느 순간부터 뛰고 있다는 걸 깨닫는다. 뭔가에 쫓기기라도 하는 것처럼 도망치는 두 발은 내 몸 같지가 않다. 숨이 턱 끝까지 올라오고 더 이상 뛸 수 없을 지경에 올라왔을 때 두 발이 멈추고 숨을 고를 수 있었다.

"사장님…?"

숨을 고르던 와중에 누군가 말을 걸어왔다. 조심스레 고개를 들자 걱정스러운 얼굴로 내려다보는 젊은 남성이 있었고 앞치마와 빵모자를 쓰고 있었다.

"어디 아프세요…?"

다시 한번 걱정 가득한 목소리로 물었다. 재빨리 주위를 둘러본다. 익숙한 풍경과 자주 본 간판과 카페, 순간 머리에 전구 하나가 켜지고 상황을 깨닫는다. 저 걱정 어린 얼굴을 하고 있는 사람은 내 카페의 아르바이트생이었다.

카페를 운영해 보고 싶다고, 오랜 바람이라고 누군가에게 이야기했던 거 같은데 기억이 나질 않는다. 결국 나는 그 바람을 이루었고 그 바람을 누구에게 이야기했는지 알아내는 것이 새로운 바람이 되었다.

"아니야. 괜찮아."

"아…, 네…."

친절하게 카페의 문을 열어 준 아르바이트생에게 감사 인사를 대신해 목례하고 카페 안으로 들어갔다. 내가 카페에 들어서자 카운터에 자리하고 있던 아르바이트생은 하던 걸 멈추고 인사했다.

"안녕하세요."

"안녕하세요. 사장님."

다시 한번 대답 대신 목례로 인사하고 주위를 둘러본다. 군데군데 빈자리가 있지만 한가한 시간대를 감안해 본다면 이정도면 나쁘지 않았다. 아르바이트생들과 손님들을 확인한 후 곧장 창고로 향해 재고 상황을 확인한다. 사실 지금 당장 해야 할 일은 아니었다. 더 자세하게 이야기하자면 굳이 오늘 카페에 출근해 일을 해야 하는 것도 아니었다. 단지, 어쩌다 보니, 우연치 않게 됐을 뿐이다. 또 사실대로 이야기하자면 재고 조사를 핑계로 조용하고 어두운 곳에서 혼자 있고 싶었을 뿐이다.

몰아쳐 오는 잡생각과 감정들을 감당하기가 어려웠다. 머릿속에서 하나둘씩 피어난 생각들과 마음속에서 요동치는 감정들을 억눌러야 했다. 손과 눈은 재고를 확인하고 체크하지만 머릿속에는 다른 잡생각들이 가득해져만 갔다.

"저… 사장님?"

"어?!"

언제 들어왔는지 바로 앞까지 온 아르바이트생은 깜짝 놀란 내 모습에 더 놀란 모습이었다. 곧이어 아르바이트생은 머뭇거리다가 두 손에 들고 있는 낡은 노트 하나를 내밀었다.

"창고 정리하다가 찾았는데 아무래도 중요한 거 같아서요."

손에 들고 있던 노트를 들이민 아르바이트생은 무슨 죄라도 지었는지 눈도 제대로 마주치지 못하고 있었다. 하트 모양이 그려진 노트, 저런 노트가 있었는지도 몰랐지만 앞표지의 정확히 내 이름과 인선이라는 이름이 써져 있다.

"봤어?"

"네?!"

"봤냐고."

내 질문에 대답도 하지 못하고 시선마저 피하는 거 보니 아무래도 본 게 확실했다. 노트를 건네받고 아르바이트생의 어깨를 다독이며 말한다.

"죄 지었어? 그냥 못 본 걸로 해 줘."

"아…, 네!!"

'마치 저만 믿으세요!'라는 표정을 짓는 아르바이트생 때문에 헛웃음이 터져 나온다. 곧이어 내 웃음이 무안한지 머리를 긁적이는 아르바이트생은 순간 다른 사람과 겹쳐 보였다.

5 대 5 펌을 한 채 난감한 상황에 머리를 긁적이며 웃어 보이는 모습이 잠깐이지만 분명 보였다. 두 눈이 커지고 미간이 구겨진다. 누군지 기억해 내려 해 보지만 머리에 손상이라도 났는지 전혀 떠오르지 않는다.

"왜 그렇게 빤히 보세요…?"

"어…? 아, 아니야. 그만 나가자."

급하게 상황을 얼버무리고 곧장 창고에서 빠져나왔다. 카운터로 향해 시재를 확인하며 한 가지 다짐한다. 이 일만 끝나면 당장 이곳에서 빠져나가리라. 잡생각과 상상력들이 발휘되지 않기 위해 집에서 도망쳐 나온 것인데 아무래도 더 심한 곳으로 온 거 같다.

"아니, 진짜 연락 한번 해 볼까?"

"오바야…. 하지 마."

한쪽 구석에서 쉬고 있는 아르바이트생들의 이야기가 들려온다. 귀에는 확실히 전해졌지만 이런 상황에서는 그냥 모르는 척하는 게 제일 좋은 방법이었다. 하지만 최선의 선택이 완벽한 선택이 되진 않았고 아르바이트생 중에 가장 활기찬 아이가 나의 팔짱을 끼며 물었다.

"사장님!! 지가 잘못해서 헤어졌는데 전 남친 다시 잡고 싶다는데 어떻게 생각해요?!"

"야아~!! 그걸 왜 말해!!"

얼굴이 빨개진 채 말한 아르바이트생이 아무래도 이야기의 주인공인 거 같다. 애써 무시하고 일에 집중하려 했지만 둘의 얼굴은 내 대답을 듣기 전까지 기다릴 모양이었다.

"너 몇 살이지?"

"23이요."

"음…. 마음 다잡은 사람 흔들지 않는 게 좋지 않을까? 23살이면 옳고 그름 정도는 알지 않나?"

차갑게 대답한 탓인지 순간 분위기가 차가워졌다. 당사자의 얼굴이 순식간에 어두워지고 상처 받았는지 내 시선을 피했다. 굳이 상처까지 줄 생각은 아니었는데 어쩌다 보니 상처를 준 거 같다. 늘 이런 식이었다. 의도하지 않았지만 결국 주위 사람들에게 상처를 주고 말았다.

"상처 받았다면 미안. 그만 가 볼게."

일을 끝마치지는 못했지만 돌아가야 했다. 이곳에 더 있다가는 상처를 주거나, 혹은 받거나, 아니면 둘 다일 것이다.

선선한 바람이 불어오고 부드러운 햇살이 피부에 닿는 게 느껴진다. 오른손에 쥐어진 알 수 없는 노트가 눈에 들어왔다. 보면 안 될 거 같은 느낌이 들었지만 호기심은 어쩔 수 없는 모양이다.

사진 한 장에는 예쁜 필채로 "언제나 함께할게."라는 문구가 적혀 있었다. 문구를 보자 헛웃음이 절로 나오지만 사진 속에서 해맑은 표정으로 웃고 있는 그는 내 볼살을 잡고 있었다. 순간 머리가 아파 오고 뭔가에 한 대 맞은 느낌이다. 어쩌면 상상력이라 생각했던 것들이 정말로 잊고 있던 기억일지 몰랐다.

순간 선선했던 바람이 강하게 불어오고 아슬아슬하게 꽂혀 있던 사진을 뽑아냈다. 바람에 휩쓸려 허공으로 날아가고 그에 질세라 내 손과 발은 자동적으로 사진을 쫓아가기 시작했다. 손을 뻗으면 금방이라도 잡을 수 있을 거 같았지만 간당간당하게 손끝을 피해 갔다.

바람이 잦아들고 나서야 사진은 바닥에 착지하고 몸을 숙여 사진을 주워 먼지를 옷에 털어냈다. 다시 상체가 올라오고 시선이 정면을 향하자 알 수 없는 감정이 마음속에서 무한하게 피어오른다. 불안, 창피, 기쁨, 슬픔, 바람, 분노. 모든 감정이 겨울잠을 자다가 깨어난 곰처럼 동굴 밖으로 뛰쳐나왔다.

타로카페, 미신은 전혀 믿지 않던 나인데 왜 이리 타로카페에 감정들이 반응하는지 모르겠다. 어느새 내 두 다리는 타로카페로 들어가는 계단을 오르고 있고 천천히 문고리를 돌렸을 때 문 사이로 목소리가 들려온다.

"어서 오세요. 딜리트 메모리입니다."

* * *

환자가 도착하자 모든 설명은 크리스가 도맡았다. 환자가 오기 전 크리스에게 아무 말도 하지 말라는 충고를 받았지만 이렇게까지 처음부터 끝까지 자신이 도맡을 줄은 꿈에도 몰랐다. 딜리트 메모리와 수술 설명부터, 급기야 수술 동의서까지 본인이 직접 준비했다.

지난 회의 이후로 뭔가에 깊이 빠져 있는 사람처럼 말을 걸어도 대꾸조차 하지 않았고 지금도 심각한 얼굴로 환자와 이야기하고 있다. 이건 분명 숨기고 있는 게 있다는 증거였다.

"그럼 여기, 여기, 여기에 사인해 주시면 됩니다."

세희에게 친절하게 펜까지 건네주고 수술동의서에 사인하는 곳까지 알려 주고 있다. 예전 같았으면 수술동의서는커녕 지우려고 하는 환자만 봐도 진절머리를 치던 크리스는 완전히 바뀌었다.

세희가 모든 사인란에 사인을 끝마치자 크리스는 자리에서 일어나 수술실로 안내했다. 조용히 지켜보고 있던 쥴리는 수술실의 문이 열리자마자 환자와 크리스 사이에 끼어들며 말했다.

"환자분 죄송하지만 먼저 들어가시겠어요? 잠시 의논할 게 있어서요."

쥴리의 부탁에 세희는 고개를 끄덕이고 수술실 안으로 들어가고 쥴리는 크리스의 손을 낚아채 다시 로비로 돌아왔다.

"뭐 하는 짓이야."

"선생님이야말로 뭐 하는 짓이죠? 무슨 일이라도 있는 사람처럼 심각한 얼굴까지 하고서 저한테는 아무것도 하지 말라 하시고! 모든 걸 직접 하시는 이유가 뭡니까?"

"부탁할게. 아무것도! 그 어떤 것도 하지 마."

이번에는 충고가 아닌 부탁이었다. 지금까지 같이 일하면서 한 번도 본 적 없는 크리스의 행동에 이제는 걱정까지 되기 시작했다.

"대체 뭐 때문에 그러는 건데요?! 저도 여기 병원에 간호사입니다. 이런 중요한 수술에 제가 몰라야 하는 게 있어야 하나요?"

좀 더 강하게 밀어붙이자 크리스의 입이 열렸지만 이내 닫히고 말았다. 쥴리의 얼굴도 제대로 쳐다보지 못하는 크리스는 많이 불안하고, 위태롭고, 위험해 보였다.

"또 혼자 짊어지시려는 거죠?! 지금 이 수술도 책임질 사람이 필요한 거고, 그 책임을 전부 선생님이 지겠다는 거죠?"

"하…. 제발 좀! 모른 척 도와주면 안 돼? 나도 미치겠어! 이게 맞는 건지, 틀린 건지 나도 모르겠다고…."

"그러니깐 말을 하라는 거잖아요! 혼자서 고민만 한다고 해결될 문제도 아니고!!"

억지로 크리스의 눈을 맞춘 줄리는 안쓰러움과 슬픔이 가득한 눈을 하고 있었다. 잠시 후 다시 한번 한숨을 내뱉은 크리스가 고개를 떨군 채 대답했다.

"하…. 저 환자, 기억 지우면 죽을 거야."

"네?!"

예상치 못한 답변에 화들짝 놀란 줄리는 어안이 벙벙해졌다.

"이미 이나의 수술 때부터 계획된 거야. 애초에 기억 때문에 아프지도 않았어. 반려견도, 부모님도, 남자친구도, 오히려 기억들 때문에 살아가고 있었을 거야."

"왜…. 대체 왜…."

"사랑을 할 수도, 받을 수도, 없는 인생에서 혼자서 살아갈 바에는 죽는 게 낫겠다고 생각했겠지."

"그럴 리가요…. 그럼 지금까지 수술 받은 기억들이…."

"지워 버리고 편안하게 살고 싶어서가 아니라 생을 마감하기 위해 지워야 했던 기억들이란 말이다. 그리고 이번 수술도 옛 전에 한 번 진행했던 수술이야."

"네…? 같은 기억을 또 수술할 수 있는 거예요?"

"자주 있는 일은 아니야. 기억은 지워 버릴 수 있지만 감정과 느낌은 마음속에 있는 거라 지울 수가 없어. 뭔가가 환자의 감정을 건드린 건지 모르겠지만 부분부분 기억을 만들어 냈을 거야."

"하나도 이해가 가지 않지만…. 안 돼요! 자살이라니…. 이 수술은 절대 진행할 수 없습니다."

쥴리는 곧장 수술실로 향했지만 이내 크리스가 달려와 쥴리를 저지시켰다.

"여기서 수술 멈추면 절대 루디 못 잡아."

"지금 그게 중요합니까?! 사람 목숨이 걸린 일이잖아요!"

"감정적으로 생각하지 마. 지금 루디조차 못 잡으면 딜리트 메모리는 폐업이야. 루디라도 잡아야 그나마 할 말이라도 생기는 거라고."

폐업이라는 소리를 듣자 심각성을 다시 한번 깨닫고 두뇌가 빠르게 돌아가 모든 상황을 직시하게 됐다. 메모리 세계가 며칠 동안 마비되고, 시민들이 불안에 떨었으며, 그 원인이 딜리트 메모리의 의사 루디, 그의 여자친구가 비밀리에 딜리트 메모리에서 수술까지 진행했다. 이미 책임지기에는 너무나 큰 문제들로 가득한 건 부정할 수 없는 사실이다.

"선생님이 잘못 생각했을 수도 있잖아요…? 생을 마감하려고 수술ㅇ…ㄹ."

떨리는 말과 애써 부정하려는 마음은 고개를 휘저은 크리스로 인해 멈췄다. 아무래도 크리스는 큰 확신을 갖고 있는 모양 이었다.

"만약 환자가 수술 중에 기억을 지우지 않겠다고 하면요? 그럼 달라지지 않을까요?"

지푸라기라도 잡고 싶은 심정으로 물었지만 크리스의 고개는 다시 한 번 좌우로 움직이고 말았다. 순간 머리가 하얘지고 손이 떨려 왔다. 어떻게든 방법을 찾아보려 했지만 크리스의 말이 한발 앞섰다.

"난 이 수술 진행할 거야. 도울 거면 너 자리 가서 기계 켜. 못 돕겠다면 얌전히 로비나 지키고 있고. 내가 억지로라도 기계 키고 들어갈 테니깐."

쥴리와는 다르게 마음을 먹은 듯한 크리스는 곧바로 수술실 안으로 들어가 버렸다. 혼자 남겨진 쥴리는 고개가 떨구어지고 현실을 부정하고 싶었다.

수술실 안으로 들어온 크리스는 한숨부터 내쉬자 세희가 물었다.

"무슨 일 있는 건가요?"

"아닙니다. 여기에 누우시면 됩니다."

세희를 수술대에 안내하고 세희도 거리낌 없이 수술대에 누워 천천히 두 눈을 감았다. 막힘없이 수술 기계의 이상 유무를 체크하고 있으니 괜스레 쥴리에게 미안함이 피어난다. 하지만 잠시일 뿐 자신의 판단이 옳았고 모든 책임을 짊어지는 것이 현명한 판단이라 믿었다.

"이제 수술 시작할 겁니다. 너무 당황하지 마시고….."

"위이이잉!"

세희에게 말을 잇던 중 갑자기 기계의 전원이 들어왔다. 전력이 공급되고 얼마 지나지 않아 기계에서 잔잔히 흘러나오는 검은 안개들은 수술실 바닥을 뒤덮었다. 곧이어 귀에 착용된 이어폰에서 쥴리의 목소리가 흘러나왔다.

"선생님 들리시죠?"

"뭐 하러 왔어."

차갑게 쥴리에게 물었지만 아주 잠깐 크리스의 입가에 미소가 드리우고 잠시 후 쥴리의 대답에는 간절함이 묻어나왔다.

"굳이 혼자서 모든 책임을 짊어질 필요는 없지 않을까요? 조심히 다녀오세요. 그리고 부디 다른 방법이 생각나면 꼭 이야기해 주셔야 합니다."

"다녀올게."

* * *

수술이 시작되고 기억 속으로 들어오자 가장 먼저 귀로 전해지는 소리는 누군가 흐느끼며 우는 소리였다. 서럽게 쏟아지는 울음소리는 여성이란 것을 알렸고 천천히 안개가 걷어졌을 때 빨간색 벽돌로 된 건물에 '타로카페'라는 간판과 옆 골목에서 울고 있는 세희와 그 앞에는 사진속의 남성, 인선이 서 있었다.

"왜… 여기서 울고 있냐…. 괜찮아?"

세희에게 말을 건 인선은 다급하게 가방에서 티슈를 찾아 세희에게 건넸지만 쭈그려 앉아 얼굴까지 파묻은 탓에 전해지지 않았다. 지나가는 사람들이 한 번씩 인선에게 경멸스러운 시선을 보내왔다.

"야…, 사람들도 많이 다니는 곳에서 왜 이러고 있냐…. 사람들이 오해하겠다."

"끅…. 그…흑. ㄱ…."

무슨 말을 하는지 전혀 알아들을 수 없었고 저 눈물이 빨리 그치기를 바랄 뿐이었다.

"뭐?"

"타로에서…, 흑…. 전 남친, 다시는 못 만난다고 하잖아…. 어어엉."

순간 인선이 참지 못하고 헛웃음을 내뱉었다. 울고 있는 이유가 겨우 타로 점 때문이라니. 겨우 타로 하나에 이렇게까지 속상할 일인지 도저히 이해가 가지 않았다. 세희에게 티슈를 손에 쥐어 주자 감사 인사는 생략하고 눈물을 닦아 내기 시작했다.

눈물을 닦아 내고 나서야 세희의 얼굴이 들어났을 때 순간 머리와 마음속에서 몽글몽글한 감정이 피어오르기 시작하고 세희가 처음으로 여자로 보인다. 오똑한 코가 매력적이고, 무쌍의 눈이 섹시하게 다가오고, 웃을 때 한쪽만 들어가는 보조개가 설레게 만들었다. 지금 이 순간 단 한 번도 그런 적 없던 세희에게 설 다.

"무슨 그런 걸로 이렇게 우냐… 애도 아니고."

"나는 그 남자 아니면 안 된단 말이야…. 근데 자꾸 다른 남자 만날 거라고! 운명의 상대를 만날 거라고만 하잖아…."

어느 정도 진정된 세희의 입에서 나온 말은 다시 한번 헛웃음을 터트리게 만들었다. 연애를 많이 해 본 것은 아니지만 이별했을 때 가장 위험한 생각을 가지고 있다는 것쯤은 알 수 있었다.

"그 남자가 필요한 게 아닐걸? 그냥 쉴 곳이 필요한 거지. 감정도, 이성도."

"응…?"

"그 남자 만나면서 속상하거나 아픈 일이 있었을 때 그 남자 찾았지? 그런데 이별해서 감정도, 이성도 아파 죽겠다는데 쉴 곳이 없어졌잖아. 그래서 그렇게 느끼는 거뿐이야."

인선의 말이 끝나자 눈물을 흘리던 세희의 눈물이 멈추고 인선을 뚫어져라 쳐다보기 시작했다.

"너무 뻔한 이야기지만 시간이 지나면 무뎌질 거야. 물론 큰 위로가 되진 않겠지만. 그래도 시간만큼 좋은 건 없더라고."

인선은 세희가 완전히 눈물을 멈춘 것을 확인하자 미소가 저절로 지어졌고 마치 자신의 할 일을 끝마친 사람처럼 뿌듯해하고 있었다.

"이게 진짜 제 기억이에요? 전혀 모르겠는데…."

"혼란스럽겠지만 사실입니다."

"하나는 확실해졌네요. 상상이라 생각했던 저 남자가 실제 제 남자친구였다는 거. 뭐 그렇다 해도 이미 끝난 인연일 뿐이지만…."

기억을 보며 대답한 세희는 아무런 감정이 남아 있지 않은 사람처럼 대답했지만 크리스는 아니었다. 세희의 발언에 얼굴이 급격하게 어두워지고 당장 반론을 준비한 입은 그대로 내뱉었다.

"그렇게 쉽게 연애하신 거 아닙니다. 그저 남들이랑 똑같이 만나고, 헤어지고, 평범하게 헤어진 게 아니라 바닥까지 보이고, 나락으로 떨어져 보고, 안 하던 짓도 해 가며, 간이고 쓸개고 다 줄 것처럼 연애하셨습니다."

"제가요…?"

"네. 세희 씨가 그러셨고 그걸 첫사랑이라 예쁘게 간직하셨습니다."

크리스의 말은 묵직하게 날아와 세희의 머리를 강하게 내리쳤다. 한 대 얻어맞은 기분에 멍해진 세희가 부정하려 했지만 크리스는 그럴 필요 없다는 듯이 고개를 돌려 버렸다.

"넘어가시죠."

말이 끝나기 무섭게 곧바로 검은 안개가 나타나 둘을 집어삼켰고 칠흑 같은 어둠이 내려앉았다. 아무것도 보이지 않는 상황에서 한쪽 마음이 아려 오고 아파왔다. 감각이 무뎌지고 몇 초의 시간이 흐르자 가장 먼저 돌아온 청각은 크리스의 말을 전했다.

"한 가지 궁금한 게 있습니다. 오세희 환자의 기억, 남자친구에 대한 기억은 전부 안 좋은 기억들만 존재하더군요. 하나쯤은 좋았던 기억이 있을 법도 한데 말이죠."

"안 좋았나 보죠."

"그건 말이 안 됩니다. 안 좋았는데 어떻게 바닥까지 보이며 연애하셨겠어요? 안 그래요?"

"누누이 말하지만 저는 기억도 없습니다."

"다른 이유가 있는 건 아니고요?"

"네? 그게 무슨 말씀인지…."

"앞으로 나올 기억들을 보면 알 수 있겠죠. 미리 말하겠지만 앞으로 나올 기억들은 꽤나 아프실 겁니다."

크리스의 의미심장한 말이 끝나자 서서히 안개가 걷혀지고 안개 속에서 모습을 드러낸 세희와 인선은 성난 황소처럼 서로를 노려보고 있었다. 잠시 후 한숨을 내뱉은 세희가 소리쳤다.

"진짜 왜 그래?! 분명 말했잖아! 걔는 그냥 친구라니깐?"

"친구?? 어느 친구가 늦은 새벽에 전화해서 보고 싶다는 소리를 해?! 이것도 네 대학 생활이니 내가 신경 쓰지 말아야 하는 거냐?"

"무슨 말을 그렇게 해?! 그냥 친구라고!! 대학 동기! 친구끼리 그럴 수도 있는 거 아니야?"

"하…. 너랑 나도 친구였어."

인선의 말이 끝나자 자신의 머리를 쓸어 넘긴 세희가 뒤를 돌아 발걸음을 옮겼지만 이내 인선에게 붙잡혔다.

"어디 가는데."

"이러고 무슨 데이트야. 너 혼자 있으면 화 풀린다며. 혼자 있어. 난 그냥 집에 갈 테니깐."

인선의 손을 뿌리친 세희는 곧이어 빠른 걸음으로 자리를 벗어났고 멀어져 가는 세희를 보며 한숨을 내뱉은 인선은 한참을 자리에 멈춰 세희의 뒷모습을 바라봤다.

"선생님…?"

기억 속 혼자 남아 있는 세희가 크리스를 찾았지만 아무런 답변이 돌아오지 않았고 잠시 후 검은 안개가 순식간에 펼쳐지고 곧이어 빠르게 걷어졌다. 이번에도 역시 둘의 표정은 어두웠고 나지막하게 기억 속 세희가 입을 열었다.

"헤어지자."

"뭐…?"

갑작스러운 이별 통보에 화들짝 놀란 인선이었지만 세희는 차분하게 말을 이었다.

"난 우리가 잘 맞을 줄 알았어. 같이 어릴 적부터 자랐고 함께해 온 기간도 길었으니깐. 잘 맞을 거라 생각했는데 전혀 아니야. 그러니깐 그만하자."

난데없는 이별에 전혀 납득이 가지 않는 인선은 어떻게 반응해야 할지 모르겠는 눈치였다. 손이 떨리고 동공이 흔들리고 자신에게 시선을 주지 않는 세희에게 어떤 말을 해야 할지 도무지 감이 잡히지 않았다.

세희와 헤어지고 싶지 않았다. 무슨 일이 있어도 세희와 이별하고 싶지 않았다. 한평생 함께했던 세월이 아까워서 아니라 그저 앞으로도 늘 같이 있고 싶은 여자는 세희 단, 한 명이었다.

정적이 흐르고 마지못해 인선이 입을 열었을 때 그제서야 세희의 시선이 인선에게 향했다.

"난 너한테 고백한 날 수만 가지를 고민하고 생각해서 말한 거였는데…. 널 만나는 게 쉬운 일도 아닐 거고, 힘들기도 할 거고, 괴로운 날도 있겠지만 그런 거 신경 쓰지 않고 너 하나만 있으면 된다는 생각으로 고백

했어. 지금도 여전히 그렇게 생각해. 그런데 이렇게 쉽게 끝내자고…?"

"쉽게 생각하고 이야기 꺼낸 거 아니야."

"아니면…?"

"너 나 만나면서 후회한 적 없니?"

말을 끊어 내며 물은 세희의 질문은 꽤나 아팠다. 단 한 번도 후회한 적 없었지만 이상하게 입이 떨어지지 않았고 눈동자는 더 심히 요동쳤다. 서로를 쳐다보지만 나와는 다른 얼굴을 하고 있고, 감정마저도 다른 모양이었다.

"선생님?"

여전히 혼자 남아 있는 세희가 크리스를 찾았지만 이번에도 아무런 대답이 들리지 않았다. 또다시 검은 안개가 깔리고 곧이어 또 다른 기억을 내비추었다.

홀연히 침대 위에 앉아 있는 세희는 전화기를 붙들고 한참을 키패드를 쳐다보고 있다. 고민과 생각들로 머릿속이 복잡해 보였고 때마침 전화벨이 울렸다.

"여보…세요?"

"또 끝까지 내가 연락하게 만들지…."

어김없이 전화기에서 인선의 목소리가 들려오고 목소리에는 술기운이 묻어 있었다.

"술 마셨어…? 술도 못하면서…. 빨리 들어가서 자."

"응. 마셨어. 누구 때문에 힘들어서…."

"또, 내 탓이지?"

"내가 너 말고 누굴 탓하냐…."

"왜 전화했는데…?"

세희의 질문에 한참 동안 아무소리도 들리지 않았다. 어두운 방 안에 고요한 적막이 흐르고 잠시 후 한숨을 내뱉으며 인선이 말했다.

"하…. 오늘 아침에 늦잠 자서 출근 버스 놓칠 뻔했어. 직장에서는 내가 실수해서 직장 상사한테 깨지고, 점심으로 먹은 제육볶음이 맛이 없어서 길거리에서 파는 타코야끼를 사 먹었는데 되게 맛있었다?"

"그걸 왜 나한테 이야기하는데…."

세희의 말과 함께 또다시 조용해지고 몇 초간의 침묵이 서글프게 느껴졌다. 잠시 후 울고 있는 것인지 떨리는 인선의 목소리에서는 눈물이 맺혀 있었다.

"난 아직도 내 하루를 너한테 이야기하고 싶어. 시답지 않은 이야기하고 싶다고. 출근 버스를 놓쳐서 네가 생각났고, 직장상사한테 혼날 때 같이 욕해 주던 네가 생각났어. 네가 해 준 제육볶음이랑 같이 먹은 타코야끼에서 그 맛이 안 나서 네가 생각났어. 여전히 내 하루 속에서 네가 가득하단 말이야…."

"그렇구나…."

"넌 안 그래? 매번 참다못해서 내가 먼저 연락했잖아. 이번에도, 저번에도, 그 전에도."

"…."

눈에서 곧장 흘러내리려는 눈물을 억지로 참아낸 세희가 나지막하게 대답했다.

"나도… 하루에 수십 번씩 너한테 연락할까 고민했어…."

"…. 결국 안 했잖아. 그래서 내가 한 거고. 그러니깐 앞으로도 그렇게.

내가 먼저 말하고 표현할게."

또다시 침묵이 깔리고 힘겹게 참아내던 눈물은 결국 터지고야 말았다. 멈출 생각 없이 눈을 범람해 얼굴을 타고 흐르는 눈물은 목소리에 담겨 단어 하나를 내뱉었다.

"보고 싶어."

짧고, 강하고, 많은 의미를 담겨 있는 한 단어가 울려 퍼지자 또다시 검은 안개가 나타나 시야를 방해하고 다른 기억을 내비추려고 할 때 세희가 소리쳤다.

"잠시만요!!!"

불만 가득한 얼굴을 한 세희가 다시 한번 허공을 향해 소리치려 할 때 검은 안개가 걷어지고 새하얀 배경과 크리스가 나타났다. 세희는 크리스를 확인하자 곧장 크리스에게 다가가 말했다.

"이게 대체 뭡니까?! 지금 뭐 하자는 거예요?!"

"눈물부터 닦으시죠."

크리스의 대답에 자신의 눈가를 닦아내자 눈물이 묻어나왔다. 언제 눈물을 흘렸는지 전혀 알아차리지 못하고 그 사실을 깨닫자 가슴이 먹먹해지고 당장이라도 눈물을 더 쏟아낼 것만 같다.

"많이 당황스럽고 이해하기 어려운 거 압니다. 사실 오세희 씨는 같은 기억을 지운 이력이 있어요."

"네?!"

크리스가 오른손을 들고 허공을 가르자 거울이 빠른 속도로 날아들었고 잠시 후 크리스의 뒤로 5개의 거울이 나타났다. 5개의 거울은 각자 파란색, 초록색, 빨간색, 노란색, 회색의 연기를 뿜어내고 있었다.

크리스의 뒤에 위치해 있던 거울 4개는 곧이어 천천히 세희에게 다가와 맴돌기 시작했다. 파란색 연기를 품은 거울에서는 산책길을 걷고 있는 세희를 인선을, 초록색 연기를 품은 거울에서는 교복을 입은 채 놀이공원에서 행복한 얼굴을 하고 있는 세희와 인선을, 빨간색 연기를 품은 거울에서는 따뜻한 방 안에서 귀를 파 주고 있는 세희와 인선을, 노란색 연기를 품은 거울에서는 전역 날 인선을 위해 이벤트를 하는 세희를 비추고 있었다.

"전부 세희 씨가 지웠던 기억입니다. 행복하고 따뜻하면서도 설레고, 훈훈한 기억들이죠."

여전히 거울에서 시선을 떼지 못하는 세희는 슬픈 표정을 짓고 있었고 자연스레 물었다.

"이게 정말 제 기억이라면… 이 남자는 지금 어디 있죠…? 대체 왜 이런 기억을 지우게 만든 거예요…."

세희가 질문하자 크리스의 고개가 돌아가고 눈을 마주치지 못하는 크리스가 대답했다.

"죽었습니다."

"네?! 그럼… 제가 그 기억도 지운 건가요…?"

믿기 힘들어 보이는 세희의 질문은 답변하기 어려웠다. 자신을 사랑하던, 그리고 자신이 사랑했던 모든 것들을 떠나보냈던 기억을 다시 떠올려야 할 테니 말이다.

또다시 같은 고통을 준 셈이었다. 세희의 다리가 풀리고 덩달아 고개까지 떨어진 채 바닥에 주저앉아 버렸다.

"지난번 수술에서 세희 씨는 정말로 괴롭고 아파 보였기에 저는 기억을 지울 수밖에 없었습니다. 그런데 다시 이렇게 같은 수술을 받을 걸 알았다면 지우지 않을 거예요."

"왜, 죽은 거죠?"

"사고였습니다. 세희 씨를 데리러 간 남자친구와 남자친구의 가족은 단 한 명의 음주운전 차량으로 세상을 떠났죠. 지난번에도 이야기했지만 절대로 세희 씨의 잘못이 아닙…."

"거짓말…."

크리스의 말을 끊으며 말한 세희는 굉장히 위태로워 보였다. 미동도 없이 바닥에 주저앉아 있는 세희에게 부정적인 감정들이 한순간에 들어찬 것만 같다.

크리스는 지난 수술과 마찬가지로 따뜻한 위로 한마디를 건넬 수가 없었다. 세희의 기구한 삶이 조금이나마 나아지길 바라는 마음에 기억을 지워 주었지만 전혀 도움이 되지 못했다. 오히려 크리스의 선택이 벼랑 끝까지 내몬 것이나 다름없었을지 모른다.

"세희 씨의 기억을 지운 것을 후회합니다…."

진심이었다. 차라리 이렇게 다시 기억이 돌아와 재수술을 해야 했다면 차라리 수술하지 않는 편이 옳았다. 지금 크리스는 환자에게 흉터가 난 자리에 똑같은 상처를 새긴 거나 다름이 없었다.

바닥에 쭈그려 앉은 세희에게 다가간 크리스는 세희의 어깨에 손을 올리며 말했다.

"그러니 같은 실수하지 않도록 해 주세요. 세희 씨의 기억을 지운 것은 저의 큰 실수였고 흠이었습니다. 그걸 지금 증명하고 있는 셈이지요. 그러니, 기억을 지우지 않았으면 좋겠습니다."

정중히 부탁했지만 세희의 고개는 부정을 의미하듯 움직였다.

괴로웠다. 아무것도 모른 채 그저 원래부터 없었던 것처럼 살던 내 자신이 괴로웠다. 이토록 나에게 사랑하던 사람을 잊고 지냈고 자의적으로 그 사람을 머릿속에서 지워 냈다. 그 사실을 깨달은 순간 죄책감과 자괴감에 빠져든다. 그리고 입술이 떨어지고 지금 드는 생각들을 입 밖으로 내뱉었다.

"전 왜 이리 구제불능일까요…. 한없이 사랑하던 사람을 지워 내고, 잊고 산다는 게 말이나 돼요…? 그런데 한편으론 지워야 하는 게 맞는 거 같아요."

"그게 무슨…."

"꿈을 꾸었습니다. 예쁜 호수가 있는 곳에서 어느 남자와 이야기를 하는데 아무래도 그 사람이 남자친구겠죠? 그런데 그 사람은 저에게 그랬어요. 기억을 지울 수 있는 병원이 있다고, 그곳에 찾아가라 했습니다. 아무래도 남자친구는 제가 자신을 잊기를 바라는 모양이에요."

고개를 들어 억지로 웃어 보이는 세희는 웃고 있지만 눈과 목소리에서는 슬픔을 담고 있었다. 다시 한번 내 생각이 틀리지 않았다는 걸 깨달았다. 분명 이 환자는 이 기억마저 지워진다면 자신에 삶을 끊을 것이다. 어느 정도 예상하고 수술을 시작했지만 눈앞에서 삶을 끊으려 하는 환자를 보고만 있을 순 없었다.

"모조리 끝낼 생각이잖아요. 지금까지 한 수술도 전부 그러기 위해서 지운 거잖아요! 전부다 지우고 그만 끝내고 싶은 거 아닙니까?!"

크리스의 질문에 아무런 대답을 하지 않는 세희의 눈에서 차가운 눈물이 떨어졌다.

"그 누구도 바라지 않을 겁니다!! 세희 씨를 소중하게 생각한 모두가 절대로 원하지 않을 거예요. 보십쇼!!"

크리스의 외침과 함께 회색의 연기를 품은 거울이 세희에게 다가왔고 지난 거울과는 달리 소리까지 들려왔다.

"끄으으응…."

거울에서 비쳐진 모습은 세희의 반려견인 구름이가 바닥에 엎드려 슬픈 눈을 하고 있었다. 흐느끼며 우는 구름이는 엎드려 절까지 해 가며 마치 누군가에게 간절하게 부탁하는 거 같았다.

"저희 주인님 꿈에 잠깐이라도 나오게 해 주세요. 제발 부탁입니다."

거울이 잠시 어두워지고 다시 밝아졌을 때 거울에서는 슬픔과 억울함, 걱정을 한 번에 담고 있는 얼굴을 하고 있는 부모님이 모습이 나타나고 곧이어 아버지가 괴로워하며 울부짖었다.

"안 됩니다! 이대로는 안 돼요. 제발 저희 딸에게 잠깐이라도 이야기할 수 있게 해 줘요…."

"딸한테 제대로 인사도 못 하고 왔습니다. 세희 꿈에 잠시만 나오는 건 안 될까요? 세희가 혼자서 힘들게 자라게 해서 미안하다고, 한마디만 하게 해 주세요…. 제발! 부탁입니다…."

목 놓아 소리치며 우시는 어머니는 무릎을 꿇고 빌기 시작했고 죽어서도 딸을 걱정하는 부모님의 마음을 슬퍼할 겨를도 없이 거울은 다음 영상을 내보냈다.

차분히 의자에 앉아 천천히 고개를 끄덕이는 남자친구, 인선이는 떨어지는 눈물을 닦아 내며 말했다.

"세희한테 미안하다는 말만 전할 순 없을까요…? 이렇게 또다시 혼자

두게 만들어서 너무 미안해서 그래요…. 어떤 방식이든 상관없습니다. 저 이대로 가면 분명 세희는 편안히 못 지내요…. 제가 평생 옆에 있기로 했는데….”

눈물을 닦아 내지만 눈에서는 훨씬 더 많은 눈물이 흘러내리고 인선은 지나치게 슬퍼 보였다. 다시 회색의 거울이 어두워지고 곧이어 거울은 연기처럼 사라졌다.

“떠나고 싶지 않았습니다. 모두가 오세희 씨 곁에서 함께하고 싶었어요. 오세희 환자를 소중하게 생각한 사람들을 위해서 그만두세요. 이렇게 부탁드리겠습니다.”

크리스의 상체가 내려가고 고개를 숙이며 부탁했다. 수술이 시작되기 전 조금은 환자가 기억을 지웠으면 좋겠다고 생각했다. 그게 루디를 잡을 수 있는 방법이었고 딜리트 메모리를 살리는 방법이었다. 하지만 그 생각은 완전히 틀렸다. 잠시라도 이런 생각을 가졌던 사실을 콜린 퍼스가 알게 된다면 화를 내며 나무랐을 것이다.

의사가 됐던 그날, 콜린 퍼스가 가운을 건네며 “딜리트 메모리의 의사이고 간호사라면 반드시 환자를 먼저 생각하라.”라고 충고했고 마음속 굳게 서약했다. 하지만 잠시나마 그 약속을 지키지 못한 내 자신을 원망한다. 부디 오세희 환자가 기억을 지우지 않고 이겨 내, 성장해서 행복하게 살아갈 수 있기를 기도할 뿐이다.

“죄송해요. 선생님.”

바로 앞에서 세희의 목소리가 들려왔다. 설마 하는 마음에 몸을 일으키자 세희는 미소를 보이며 다시 한번 말했다.

“나, 오세희는….”

순간 세희가 크리스의 오른팔을 잡고 자신의 이마에 갖다 댔다. 그리고 크리스가 뿌리치기도 전에 말을 이었다.

"남자친구의 기억을 지우겠습니다."

"안 돼!"

생각지도 못한 세희의 결정에 급하게 손을 뿌리쳤지만 이미 세희의 이마에서는 푸른 줄기가 크리스의 손끝과 연결됐다. 욕이 목구멍까지 차올라 오고 입이 열리려 했지만 차분한 모습을 보이는 세희의 입가는 미소를 머금고 있었다.

"하….."

"죄송합니다. 선생님, 하지만 이게 최선인 거 같아요."

* * *

수술이 끝나고 아무런 말도, 표정도 없는 환자는 마치 감정을 잃어버린 영혼과 똑같아 보였다. 시선이 땅에 고정된 채 병실로 향하지만 마음이 편치 않았다. 수술이 끝나고 화가 단단히 난 크리스는 수술실 문을 부술 듯이 닫고는 자신의 방으로 돌아갔다.

"환자분이 정말 원하시는 거죠…?"

진지한 얼굴로 세희에게 물은 줄리는 오세희 환자의 명패를 끌어안은 채 물었다. 기억 속에서 무슨 일이 있었는지는 자세히 알지 못하지만 크리스와 환자의 대화만 들어도 충분히 예측할 수 있었다.

"네….."

"정말로 이게 환자분이 편안해지고 행복할 수 있는 방법이 맞아요? 정말 최선의 선택인거죠?"

걱정 어린 말투는 세희의 마음을 열기에는 부족했는지 세희의 입은 굳게 닫히고 바닥에 향해 있던 시선도 그대로였다.

병실에 도착한 쥴리는 명패를 문에 걸었고 문을 열고 들어가려는 세희의 손을 잡으며 말했다.

"꼭 이랬어야 했나요?! 절대로 그 누구도 원치 않을 겁니다. 세희 씨를 소중하게 생각하는 모든 분들이 원치 않을 거라고요…."

다시 한번 세희의 마음을 돌려 보려 했지만 세희는 쥴리의 손을 떼어 냈고 멋쩍은 미소를 보일 뿐이었다. 병실 안으로 들어가고 문틈 사이로 보이는 세희의 뒷모습은 상당히 어둡게 다가왔다.

병실의 문이 닫히고 혼자 남겨진 쥴리는 한숨을 내뱉었다. '과연 이 수술이 성공했다고 볼 수 있을까?', '정녕 환자를 위한 수술이었을까?' 하는 생각들이 머릿속에서 헤어 나오질 않는다. 자연스레 벽에 등을 기대고 힘이 빠져나갔다.

"거기서 뭐 해."

크리스의 목소리가 들려오고 떨어졌던 고개가 돌아가자 언제 병원에서 나왔는지 크리스가 다가오고 있었다. 수술이 끝나고 화를 참지 못하던 크리스였지만 지금은 그나마 괜찮은 얼굴을 하고 있었다.

"환자 보냈습니다. 이게 맞는 건지는 잘 모르겠네요."

쥴리의 옆에 도착한 크리스는 쥴리와 똑같이 벽에 기대며 허공을 바라봤다.

"이제 우리는 어떡하면 좋죠…?"

"모르지. 차라리 내 예측이 틀렸기를 바라야 할지, 루디를 잡기 위해 준비를 해야 할지."

"루디를 잡은 뒤는요?"

"루디는 곧장 저승으로 끌려가겠지. 딜리트 메모리는 재판에 회부되고 벌을 받을 거고. 이런 사태를 만들어 낸 딜리트 메모리, 나이롱환자를 수술한 의사와 간호사, 수술 후 생을 끊어 낸 환자, 모든 책임을 저야 할 거야."

"그것 참 최악 중에 최악이네요."

고개를 휘저은 쥴리는 깊은 한숨을 내뱉었다. 애써 웃으며 넘기려는 크리스도 쥴리와 별반 다르지 않은 모습이었다.

"RRRRR."

순간 전화 벨소리가 복도에 울려 퍼지고 크리스의 안쪽 주머니가 요동치고 있었다. 전화기를 꺼내 확인하자 화면에는 '킹'이라는 글자가 한눈에 들어왔다. 거리낌 없이 통화 버튼을 누르자 킹의 목소리가 들려왔다.

"수술은 잘 끝났나?"

"중요한 게 '잘'이라면 대답하기 어렵겠네요."

"끝났나 보군. 이제 딜리트 메모리에 저승사자들이 잠복할 생각이야. 만일 루디가 저항을 하거나 위협을 가한다면 그 자리에서 소멸까지 고려하고 있지. 다소 좋지 않은 장면이 목격될 수도 있으니 직원들은 출근하지 않는 게 좋을 거 같은데?"

"음…. 그럴 필요는 없을 겁니다. 잠복할 인원도 많을 필요 없고요. 상상하는 장면은 일어나지 않을 겁니다."

"어떻게 장담하지?"

"정말로 오세희 환자가 생을 마감하고 딜리트 메모리에 찾아온다면 루디는 아무것도 하지 못할 겁니다. 애초에 루디는 거기까지 생각하지 못했거든요."

"흠…. 알겠네."

킹의 대답과 함께 전화가 끊어지고 핸드폰을 다시 집어넣은 크리스는 몸을 바로 세우고 쥴리에게 손짓했다.

"그만 가자."

"어디요?"

"어디긴. 모든 걸 가족들에게 알려야지."

크리스의 답변에 고개를 끄덕인 쥴리는 몸을 바로 세우고 곧장 로비로 향했다. 둘 사이에 침묵이 흐르고 복도에는 둘의 발자국 소리만 들려왔다. 서로의 생각은 알 수 없지만 마음속은 어둡고 차가운 복도를 거닐고 있다는 것은 같았을 것이다.

복도 끝, 로비로 내려가는 계단에 도착하자 이미 로비 안내 데스크에는 모여 있는 직원들이 한눈에 들어왔다. 직원들도 쥴리와 크리스를 확인하자 어두운 얼굴로 반기고는 직원들 사이에서 뛰쳐나온 제니퍼가 소리쳤다.

"크리스!!!! 설마… 환자 수술한 건 아니지?!"

다소 격하게 반응하는 제니퍼는 크리스가 계단을 다 내려오자 크리스의 멱살까지 잡아냈다.

"뭐 하는 짓이야…."

"빅토르랑 이나 쌤한테 다 들었어. 아니지…? 아닌 거지…?"

"제니퍼 선생님!! 지금 이게 뭐 하는 거예요!"

급작스러운 상황에 옆에 있던 쥴리가 제니퍼를 말려 보지만 크리스를 잡고 있는 손을 절대로 놓아줄 기미가 보이지 않았다.

"당장 대답해!!!!! 지금까지 어디서 뭘 했고! 전당포에는 왜 갔으며! CCTV 자료는 왜 가져간 거야!! 환자가 자살할 걸 뻔히 알면서 수술을 왜 한 거냐고!!!"

제니퍼의 포효에 멱살까지 잡힌 크리스였지만 어째선지 입은 열리지 않았다.

"대답하라고!!!"

"제니퍼 선생님!! 무슨 오해가 있는 거 같은데 일단 이거부터 놓고 이야기하세요!!"

안간힘을 쓰며 제니퍼의 손을 떼어 내려 했지만 쥴리 혼자서는 역부족이었고 함께 있던 직원들이 합세하고 나서야 둘을 떼어 놓을 수 있었다. 하지만 직원들도 크리스에게 의심스러운 눈빛을 보내고 있었다. 억울할 법도 했지만 크리스는 아무 말도 하지 않았다.

"하…."

한숨을 내뱉은 쥴리는 크리스 앞에 서며 모두에게 소리쳤다.

"뭔가 오해하고 있으신 거 같은데 크리스님은 이번 바이러스 사태와 전혀 무관하십니다. 전부 범인을 잡기 위해 혼자서 찾아다닌 거뿐이라고요! 이번 사태의 범인은 루디 선생님이에요!!"

쥴리의 말이 끝나자 직원들의 미간이 구겨지고 고개가 45도 기울어졌다. 전혀 믿지 못하는 얼굴들을 한 채 화이트는 급기야 소중하게 쥐고 있던 당근까지 떨어트렸다. 팔짱을 끼고 있던 제니퍼가 쥴리에게 바짝 다가오더니 심각한 얼굴과 목소리로 말했다.

"범인이 루디라고…? 말도 안 되는 소리하지 마. 루디가 그럴 리가 없잖아!"

무섭게 다가온 제니퍼의 지레 겁먹은 쥴리는 자연스레 뒷걸음질 쳤고 곧이어 둘 사이에 크리스가 끼어들어 제니퍼를 가볍게 밀어냈다.

"거짓말 아니고 전부 사실이야."

"지금 그걸 믿으라고? 괜히 착한 사람한테 덮어씌우는 거 아니야?! 그 착한 루디가 뭐 하러 그래!!!"

"믿기 힘든 거 알아. 혼란스러운 마음도 이해하고. 지금부터 이야기 하는 건 전부 사실이고 그래도 믿기지 않으면 킹에게 직접 연락해서 물어봐."

크리스의 말이 끝나자 분위기가 잠잠해지고 곧이어 쥴리와 크리스는 지금까지 있었던 모든 일을 설명했다. 직원들의 표정은 점점 어두워지고 주저앉아 버리는 직원들까지 나타났다. 모든 설명이 끝나고 자연스레 한숨을 내뱉은 제니퍼가 물었다.

"그럼 왜 우리한테 이야기하지 않은 거야? 적어도 가족이라 면 우리한테 이야기 할 수 있는 거잖아."

"가족 다 같이 위험에 빠트릴 수는 없잖아. 그리고… 환자를 수술한 건 사실이니깐."

* * *

딜리트 메모리의 오픈 시간이 임박했을 때 문이 열리고 쥴리가 건물 안으로 들어왔다. 얼굴에 피곤함이 가득해 보였고 밤새 한숨도 자지 못한 모양이었다. 이미 쥴리보다 먼저 도착해 있는 직원들도 쥴리와 마찬가지인 듯 보였고 무거운 발걸음을 옮겨 안내 데스크로 향했다. 이미 2층에는 저승사자들이 대기하고 있고 모습은 보이지 않지만 킹도 이곳에 있다는 걸 직감했다.

"어서 와. 쥴리."

가장 먼저 쥴리에게 인사를 건넨 막시무스는 얼굴과 목소리에 근심, 걱정이 가득했다. 막시무스에게 목례하듯 인사하고 모여 있는 직원들에게도 가볍게 아침 인사를 대신했다.

안내 데스크에 기대어 팔짱을 끼고 있는 크리스와 제니퍼, 멍하니 바닥에 시선이 고정된 빅토르와 화이트, 계단에 다소곳하게 앉아 있는 이나와 제니, 그리고 아기로 돌아간 콜린 퍼스와 월리도 함께했다.

"괜찮을까요? 어쩌면 좋지 않은 일이 생길지도 모르는데…."

월리에게 다가가 쥴리가 물었고 콜린 퍼스는 초록색의 초를 끌어안은 채 활기찬 미소를 지으며 즐거워 보였다.

"그래도 딜리트 메모리가 걸린 일인데…. 콜린 퍼스 님도 바라실 거야."

"그런데 이건 뭐예요?"

콜린 퍼스가 끌어안고 있는 초를 가리키며 물었고 월리 아주머니는 골치 아프다는 표정을 지으며 말했다.

"아침부터 끌어안고 안 놓고 계셔…. 뺐으려고 하면 엄청 울어서 그냥 뒀단다."

"음…. 아무래도 루디 님의 초인 거 같네요."

"그걸 어떻게 아니…?"

"아련하고, 따뜻한 게 루디 님에게 느껴지는 감정이랑 같아서요."

쥴리의 대답에 아무 말 없이 쥴리를 쳐다보는 월리의 눈동자는 떨리기 시작했다. 신기한 동물이라도 본 것마냥 놀란 윌리는 콜린 퍼스가 지니고 있는 초와 줄리를 번갈아 응시했다.

잠시 후 8시 30분이 되고 로비에 있는 시계탑에서 종소리가 울려 퍼졌다. 딜리트 메모리에 있는 모두가 일제히 정문을 쳐다보고 묘한 긴장감이 흐르기 시작했다.

시계의 초침이 한 바퀴를 도는 순간 딜리트 메모리의 문이 열렸다. 문사이로 빛이 들어오고 모습을 드러낸 건 오세희 환자였다. 직원들에게서 탄식이 쏟아지고 결국 크리스의 예상이 적중하고 말았다. 오세희 환자의 목에 걸려 있는 빨간색 목걸이, 자살한 영혼을 뜻하는 목걸이였다. 오세희 환자를 확인한 직원들은 망연자실하며 얼굴을 묻어 버리고 눈물을 흘리는 직원까지 보였다.

천천히 안으로 들어오는 세희의 뒤로 사람의 실루엣이 보였다. 문이 닫히자 실루엣의 주인인 루디와 구름이가 딜리트 메모리에 들어섰다. 긴장감은 고조되고 직원들의 감정이 한순간에 치솟기 시작했다. 몸을 숨기고 있던 저승사자들도 당장이라도 루디를 덮칠 준비를 끝마친 듯 신호를 기다리고 있었다.

세희의 발걸음을 따라 걸음을 옮기는 루디는 고개를 들지 못하고 완전히 넋이 나간 사람처럼 영혼 없는 시체 같은 느낌이었다. 크리스의 말처럼 아무래도 세희의 죽음은 전혀 예상하지 못한 모양이었다.

직원들에게 가까워지자 팔짱을 끼고 있던 제니퍼는 앞으로 달려 나가 세희를 지나쳐 루디 앞에 멈춰 섰다. 이후 제니퍼는 한 치의 고민도 없이 루디의 뺨을 정확히 가격했다.

"네가 감히… 콜린 퍼스 님의 은혜도 모르고!!"

얼얼해진 손바닥은 다시 한번 위로 향하고 루디의 뺨을 내리쳤을 때 제니퍼의 두 눈에서 눈물이 떨어졌다. 빨갛게 달아오른 손이 또 다시 하늘을 향해 올라갔을 때 급하게 달려온 빅토르가 제니퍼를 끌어안으며 막았다.

"이거 놔!!! 저런 개만도 못한 자식은 이 자리에서 소멸시켜야 한다고!!"

빅토르가 제니퍼를 끌어내고 이번에는 제니가 앞으로 걸어 나와 구름이의 앞에 멈춰 섰다.

"구름아…, 뭐 하러 여기까지 따라왔어…."

말똥 같은 눈물이 털을 적시고 있는 구름이는 애써 미소를 보이며 대답했다.

"실은 루디 선생님과 약속했습니다. 혼자 남은 주인님을 곁에서 지켜 주기로…."

안타까운 마음이 가슴을 찌르고 한숨을 내뱉은 제니는 구름이를 끌어안고 쓰다듬기 시작했다.

"모두… 알아 버렸구나."

고개를 들지 못한 채 말한 루디는 이미 모든 걸 포기한 목소리였다. 곧이어 바닥에 주저앉아 버리고 실성이라도 한 것인지 소리 내 웃기 시작했다.

"죄인 루디!!!!"

순간 강한 데시벨과 굵은 킹의 목소리가 울려 퍼지고 까마귀 울음소리까지 들려왔다. 곧이어 허공에 까마귀 떼가 나타나 천천히 바닥으로 내려오기 시작했고 까마귀들 사이에 킹이 등장했다.

"메모리 세계에 바이러스를 퍼트리고 시민들을 악몽에 빠트려 공포를

야기했으며! 허가받지 않은 환자를 수술할 수 있도록 조작하고, 끝내 환자를 죽음에 이르게 했다! 너의 죄명은 망은배의(忘恩背義), 인면수심(人面獸心). 은혜를 모르고 많은 사람들을 배반했고 메모리 세계에 큰 악을 가져왔다! 당장 지옥으로 끌고 가!!"

여전히 바닥에 힘없이 주저앉은 루디에게 소리친 킹은 2층에서 대기하고 있던 저승사자들에게 눈짓했고 곧이어 숨어 있는 저승사자들이 순식간에 루디에게 달려들었다. 눈 깜짝할 사이에 루디의 팔과 다리, 목까지 쇠사슬이 채워지고 루디의 주위로 저승사자들이 둘러쌌다. 킹과 크리스가 루디에게 다가가 킹이 물었다.

"마지막으로 할 이야기가 있나?"

"부…ㅌ."

목을 감고 있는 쇠사슬 탓에 말이 제대로 나오지 않는 듯 보였다. 고통스러워하는 루디가 조금이라도 움직이면 저승사자들은 쥐고 있는 쇠사슬을 힘껏 잡아 당겨 저지했고 쇠사슬은 루디를 더 강하게 부여잡았다. 고통스러워하는 루디를 보자 직원들의 마음이 편치는 않았고 그런 고통을 참아 내며 루디는 크리스에게 시선을 고정한 채 다시 입을 열었다.

"부탁이야…. 병원에서… 세희의 마…지막 초를 전해 줘…. 그리고, 줄리엣… 좀 구해 주겠어? 많이 괴로워할 거야…."

"줄리엣?!"

단숨에 루디의 말을 이해한 크리스는 루디의 목에 걸려 있는 의사 자격증을 낚아채고는 전속력으로 계단을 향해 뛰어갔다. 모여 있던 직원들을 지나쳐 계단을 순식간에 뛰어 올라가는 크리스는 단숨에 9층으로 향했다.

몇 개의 계단을 한 번에 오르고 크리스의 시야에 층을 알리는 숫자들이 지나갔다. 9층에 도착해 복도를 내달리고 숨이 턱 끝까지 올라오지만 크리스의 발은 느려지기는커녕 더 빨리 움직였다.

병원의 문을 부술 듯이 열고 병원에 도착한 크리스는 곧장 진료실로 뛰어 들어갔다. 진료실 안을 둘러보자 루디의 책상 위에 놓여져 있는 새장을 확인하고 새장에는 쓰러져 있는 줄리엣이 있었다.

"줄리엣!!"

줄리엣의 이름을 강하게 소리치고는 곧장 새장의 문을 부셔 버렸다. 줄리엣을 꺼내 자신의 손바닥에 올려놓자 다행스럽게도 미세한 온기가 느껴졌다. 숨도 간신히 쉬고 있는 줄리엣은 힘겹게 두 눈을 뜨며 크리스를 확인하고는 안도의 미소를 보였다.

"저…를 두 번이나… 구하셨네요."

"그걸 말이라고 하냐. 말하지 마. 금방 병원으로 옮겨 줄게."

"루…루디 님이… 이상하…."

"이미 알고 있어. 그러니 좀 쉬어."

크리스의 말이 끝나자 줄리엣의 표정이 조금은 편안해지고 다시 두 눈을 감았다. 곧이어 뒤따라온 직원들이 속속히 도착하고 막시무스에게 줄리엣을 넘겨주자 막시무스는 황급히 병원으로 향했다.

"이건 어떻게 하죠…?"

책상에 놓여져 있는 연한 자두색의 초는 아무래도 세희의 초인 것 같았다.

"주인에게 전해 줘야겠지…."

*** *

　루디의 마지막 부탁을 이루고 다시 로비로 돌아오자 안내 데스크에 킹과 저승사자들이 모여 있었고 쇠사슬에 속박된 루디도 그대로 있었다. 아무래도 직원들을 기다린 듯 보였고 돌아온 직원들을 확인한 킹이 다가와 말했다.

　"범인을 잡는 걸 도와줘서 고맙구만. 특히 줄리가 아니었다면 이번 사태가 더 길어졌을 거야."

　"말로만 그러지 말고 킹 님도 저희를 좀 도와주시죠?"

　킹의 말이 끝나기 무섭게 제니퍼가 차갑게 말했다. 하지만 이어진 킹의 대답은 분위기를 상기시킬 대답은 아니었다.

　"나도 그리고 싶지만 이번 일은 절대 지나칠 수 없는 일이란 걸 잘 아실 거라 생각합니다. 딜리트 메모리는 재판을 통해 결정될 문제이지만 다 잘되지 않겠습니까? 늘 그랬던 것처럼?"

　전혀 위로가 되지 않는 말을 덧붙인 킹은 아무래도 직원들의 마음은 신경 쓰지 않는 듯 보였다. 그런 킹의 행동에 순각 욱한 제니퍼가 인상을 구기고 당장이라도 험한 말이 입 밖으로 나오려고 했지만 크리스가 제니퍼를 제지하며 말했다.

　"그건 나중에 차차 생각하자. 지금 당장 할 수 있는 일도 없어."

　"역시! 크리스! 내가 사람을 잘못 보지 않았구만그래!"

　크리스에게 손바닥을 보이며 하이파이브를 요청했지만 크리스는 정색하며 가볍게 무시했다.

　"그만 가시죠. 바쁘실 텐데."

"그래! 원한다면 그래야지."

무안한 손을 털어 내고 뒤를 돌아 딜리트 메모리의 정문으로 향했다. 직원들도 킹을 따라 천천히 따라갔고 로비 정 가운데에 쇠사슬로 묶여 있는 루디에게 도착하자 윌리 아주머니에게 안겨 있던 콜린 퍼스가 발버둥치기 시작했다.

"어머, 어머! 왜 그러세요…. 콜린 퍼스 님!!"

강하게 몸부림치는 콜린 퍼스 탓에 결국 콜린 퍼스를 내려주었고 일동 발걸음이 멈추었다. 콜린 퍼스에게 시선이 고정되고 바닥으로 내려온 콜린 퍼스는 힘겨워 보이지만 자신의 힘으로 걷기 시작했다.

위태롭고 불안한 걸음걸이로 초를 끌어안은 채 천천히 루디에게 다가가고 있었다. 모두가 지켜보는 가운데 한 걸음 한 걸음 루디에게 가까워졌다. 힘겨운 걸음이 끝나고 루디에게 도착한 콜린 퍼스는 깨끗하고 따듯한 미소를 보였다.

순수하고 따뜻한 미소가 루디를 위해 피어난 꽃처럼 보이고 좀 더 가까이 다가간 콜린 퍼스는 루디의 품에 와락 안겼다. 순간 저승사자들이 저지하려고 했지만 킹이 손짓하며 저승사자들을 진정시켰고 루디에게 안긴 콜린 퍼스는 루디의 머리를 어루만졌다.

미소를 잃지 않은 채 계속 루디의 머리를 쓰다듬자 루디의 눈에서 눈물이 터져 나오고 지켜보고 있던 쥴리의 눈가가 촉촉해졌다.

아마 루디에게 인사를 건네는 것이지 않을까 지레 짐작했다. 아무리 몹쓸 짓을 저질렀고 은혜를 원수로 갚았다고 한들 루디 역시도 딜리트 메모리의 가족이었다. 콜린 퍼스의 직원이자 아들이었고. 그런 루디에게 마지막 인사를 한 것이라 짐작했다.

"콜린 퍼스, 미안하지만 이제 그만 가야 하네…."

루디에게 안겨 있는 콜린 퍼스를 번쩍 들어 곧바로 윌리에게 넘겨주었다. 방금 전까지 발버둥 치던 콜린 퍼스는 언제 그랬냐는 듯이 다시 얌전해지고 모두의 발걸음이 다시 움직였다.

딜리트 메모리를 빠져나와 따스한 햇살을 만끽하기도 전에 난데없는 상황이 벌어졌다. 바이러스로 인해 한산했던 거리에 수많은 인파들이 몰려들었고 한 걸음 디딜 틈조차 보이지 않았다. 예상치 못한 상황에 저승사자들은 당황하며 어쩔 줄 몰라 했고 킹이 소리쳤다.

"론!! 론!!!!"

킹이 다급하게 이름을 외치며 론을 찾자 저승사자들 사이에서 빨간색 셔츠를 입은 저승사자가 뛰쳐나왔다.

"네. 킹 님!"

"이게 지금 무슨 일이야!!"

"그게…. 죄…죄송합니다. 저도 잘 모르겠습니다…."

"제가 부탁했습니다."

킹과 론의 대화에 줄리가 끼어들며 말했고 이제는 손과 미소를 보이며 말을 더 붙였다.

"제가 어제 급히 부탁했습니다. 전시장의 수용 가능한 인원수도 부족하기도 하고, 전시장으로 향하는 시간을 줄이기 위해 전시장 오픈을 메모리 광장에서 하는 게 어떨까 하고요. 또, 세희 님과 루디 님의 마지막 길에 꽃 하나 정도는 뿌려 드릴 수 있는 거잖아요?"

줄리의 만행의 화가 난 킹이 소리치려는 순간 큰 폭발 소리가 들려오고 하늘을 보자 폭죽이 하늘 높이 날아오르고 있었다. 하늘에서 강한 빛을 내며 터지는 폭죽에서는 푸른색의 연기가 뿜어져 나오고 순식간에 하늘 전체를 푸른 연기로 뒤덮었다.

"쥴리 양!! 정말 최고의 제안이었습니다. 이렇게 많은 시민들이 전시장에 몰렸다면 아마 절반도 입장하지 못했을 거예요!!"

"쥴리 양!! 이 정도 인파가 전시장에 몰렸다면 정말 인명 피해가 일어났을지도 몰랐다고요!!"

어느새 나타난 루루&무무 부인이 쥴리에게 소리쳤고 상당히 기뻐하는 눈치였다. 곧이어 인파들 속에서 힘겹게 빠져나온 윌리트가 쥴리에게 다가와 말했다.

"이제 그만 시작하도록 하죠! 지금까지 느낀 적 없던 신선한 경험이 될 겁니다!"

자신만만하게 대답한 윌리트의 뒤로 시민들은 약속이라도 했는지 메모리 광장까지 길을 만들어 주었다. 앞장서서 걸어가는 윌리트의 뒤로 루루&무무, 킹과 크리스, 저승사자와 루디, 딜리트 메모리의 직원들이 줄지어 걸어갔고 광장에 도착하자 이미 고위직 임원들이 자리하고 있었다.

고위직 임원들은 하나같이 설레는 표정을 짓고 있었고 딜리트 메모리의 직원들이 도착한 것을 확인한 조세핀은 한걸음에 윌리 아주머니의 앞으로 뛰어와 해맑게 웃고 있는 콜린 퍼스에게 말했다.

"콜린 퍼스? 내 꿈에 나타나서까지 부탁 하다니. 이 빚은 꼭 갚도록 해."

조세핀이 콜린 퍼스에게 손을 내밀자 소중하게 들고 있던 초록색의 초를 조세핀에게 건네주었다. 콜린 퍼스를 보며 자동스레 미소를 보인 조세핀은 다시 자신의 자리로 돌아갔고 건네받은 초를 세바스찬에게 전달했다.

세바스찬의 옆에는 큰 포가 설치돼 있었고 그 뒤로 동물들이 하얀 구체를 옮기고 있었다. 반대쪽에도 설치된 포에는 쉬프가 자리하고 있었고 커다란 곰이 하얀 구체를 포안으로 밀어 넣었다. 모든 준비를 끝마친 듯한 느낌과 함께 곧이어 쉬프가 소리쳤다.

"이봐! 세바스찬!! 준비됐나?!"

"물론이지 친구!! 이봐. 조세핀! 어서 카운트다운을 준비하라고!"

세바스찬이 조세핀에게 소리치고 조세핀은 고개를 끄덕이고 마이크를 꺼내 들었다. 곳곳에 설치된 스피커에서는 잠깐의 기계음이 들려오고 잠시 후 조세핀의 목소리가 흘러나왔다.

"다들 준비됐죠?!"

"네!!!!!!!"

"그럼! 기억의 전시장, 카운트다운을 시작할게요!!! 5…. 4…. 3…. 2…."

"1!!!!!"

카운트다운이 끝나기 무섭게 두 개의 포에서 구체가 발포됐다. 하늘로 무서운 속도로 날아간 구체는 하늘을 뒤덮고 있던 푸른 안개에 도착하자 큰 폭발음과 함께 푸른빛의 가루들을 퍼트렸다. 메모리 광장과 사거리를 빼곡히 채우고 있는 시민들과 딜리트 메모리 직원들, 고위직 임원들 모두의 시선이 하늘에 고정됐다. 하늘에서 떨어지는 가루들 사이로 푸른색의 연기가 걷히고 한 마리의 강아지가 나타났다.

"왕!!! 왕!!!"

강아지의 울음소리와 함께 누군가의 시점으로 시작된 기억은 소파에 누워 있었다. 소파 밑에 있던 시바견은 폴짝 뛰어올라 소파 한자리를 차지하더니 이내 자신의 몸을 뒤집어 품에 안겼다.

몽글몽글한 감정이 마음속에서부터 피어오르고 하늘에서 보여지는 기억과 마찬가지로 강아지가 누워 있는 배 쪽이 따듯한 온기가 느껴졌다. 정말 강아지를 안고 있는 건가 싶은 착각까지 불러일으켰다.

"낑…. 낑…."

좀 더 주인의 품에 더 안기고 싶던 강아지가 품 안으로 더 깊이 들어왔고 순간 겨드랑이가 간지럽기까지 했다.

"이게 뭐야…."

경험해 본 적 없는 상황에 제니퍼의 입에서 자동적으로 감탄사가 튀어 나왔다. 제니퍼의 주위에 있던 직원들도 제니퍼의 반응을 공감하는지 믿을 수 없는 표정을 하고 있었다.

"벌써 놀라면 안 되는데~."

윌리트가 나지막하게 말하고는 세바스찬을 보며 고개를 끄덕였다. 다시 한번 하늘을 향해 푸른 구체가 발사되고 정확히 방금 전과 같은 자리에서 터진 구체는 노란색의 가루를 뿌리고 천천히 바닥으로 향해 내려왔다.

"딸!!! 기다려. 아직이야."

"긴장할 거 없어. 천천히 하면 돼!"

중년의 남성과 여성의 목소리가 들려오고 곧이어 나타난 기억에서는 낚싯대를 강하게 잡고 있었다. 양옆에 부모님은 기대에 찬 눈빛과 미소를 보이며 기억의 주인에게 시선을 떼지 않고 있었다.

"지금이야!!"

"끌어올려!"

부모님의 말과 함께 힘껏 낚싯대를 들어 올리자 말로 표현하기 힘든 짜릿한 떨림이 전해져 왔다. 큰 물고기가 물었는지 낚싯줄에서는 피아노를 튕기는 소리가 연신 들려오고 가슴 깊숙한 곳에서부터 쾌감이 올라오기 시작했다.

"너무 당기지 말고. 버틴다는 느낌으로 천천히!"

아버지가 말이 끝나기 무섭게 허리를 잡아 주고 어머니도 아버지를 따라 허리를 감싸 안았다.

"엄마, 아빠가 우리 딸 잡고 있으니깐 낚싯대 절대 놓으면 안 돼~."

흐뭇한 부모님의 미소가 가슴속에서 올라오는 쾌감에 더해지고 뭐든지 해낼 수 있을 거란 자신감까지 올라왔다. 기억을 지켜보고 있던 모두가 마치 자신이 낚시라도 하는지 낚싯대를 잡고 있는 시늉까지 하고 있었다.

오랜 사투 끝에 배 위로 큰 물고기가 올라오자 부모님과 함께 함성을 내질렀고 동시에 사거리에 모여 있던 모두가 함성을 터트렸다. 함성이 울러 퍼지고 높은 건물에서는 폭죽이 터지며 예쁜 종이 가루가 흩날려 희열을 더 극대화시켰다.

"쉬프!! 쉬프!!"

"어…?!"

순간 포를 지키고 있던 세바스찬이 쉬프를 향해 소리쳤고 하늘에서 눈을 떼지 못하던 쉬프가 뒤늦게야 세바스찬을 확인했다.

"시간이 없어!! 어서 쏴야 한다고!"

"아아!! 내 정신 좀 봐."

잠시 자신의 일을 까먹은 쉬프는 재빨리 다음 구체를 장전시키고 세바스찬과 함께 포를 발사했다. 보라색의 구가 하늘에 도착하고 폭발음과 함께 하늘색의 가루와 눈이 내리기 시작했다.

"우와!! 눈이다!"

하늘에서 울려 퍼진 여성의 목소리와 함께 새로운 기억이 나타났다. 하늘에서도 눈이 펑펑 내리고 길을 거닐고 있는 젊은 남성과 여성은 팔짱을 낀 채 같은 코트를 입고 있었다.

"눈이 그렇게 좋아? 지겹도록 내리는데?"

"응!! 눈이 올 때마다 네가 나 만나러 오잖아."

추운 탓에 빨개진 볼과 머리에는 눈이 쌓여 있지만 그녀의 미소는 남부럽지 않을 정도로 행복해 보였다. 바닥에 쌓인 눈과 차갑게 내리는 눈은 그녀에게 행복의 매개체일 뿐이었고 남자친구를 보며 환하게 웃고 있는 그녀는 사랑에 빠져 있었다.

메모리 세계에도 눈이 내리고 있지만 신기하게 따듯했다. 따듯한 눈은 몸에 닿자 금세 없어졌지만 왜인지 모르게 마음에 온기를 가져다주는 느낌이었다. 자동적으로 입가에 미소가 피어오르고 사거리에 모인 시민들은 느껴지는 벅찬 감정들에 매료돼 보였다.

"이거 정말 대단해요!! 진짜 이런 게 가능하다니…."

"내가 이런 경험을 할 줄이야…."

곳곳에서 칭찬들이 터져 나왔다. 이미 축제에 가까운 분위기에 다들 신나 보였고 악몽의 후유증에서 빠져나온 모습이었다.

자신의 의도대로 된 거 같아 뿌듯함을 느끼는 줄리는 누구보다 가장 기뻤다. 악몽과 바이러스에 대한 공포 때문에 일상생활을 하지 못했던 시민들이 이제야 밝게 웃을 수 있다는 것에 이미 만족을 넘어 쾌감까지 느껴진다.

"그럼 피날레를 시작해 볼까?"

쉬프가 세바스찬을 보며 묻고 세바스찬은 고개를 끄덕였다. 곧이어 초록색의 초를 꺼내 조금 잘라 내고는 주먹으로 부숴 가루로 만들어 구체에 첨가했다.

모든 준비를 끝낸 쉬프는 한 치에 망설임 없이 포를 발사 시켰고 포에서 날아간 구체는 안개 속에서 폭발해 회색의 가루를 퍼트렸다. 다시 모든 시선이 하늘로 옮겨 가고 어떤 기억이 나올까 기대하던 찰나 남자의 목소리가 들려왔다.

"자기는 어떨 때가 가장 슬퍼? 가령, 이럴 때 눈물이 날 거 같다! 하는 거."

"응…? 갑자기 그건 왜?"

곧이어 하늘에서 내비추어진 기억은 침대에서 서로를 끌어안은 채 누워 있는 세희와 인선의 모습이었다. 최고로 행복한 얼굴을 하고 있는 인선은 세희를 바라보다 입술에 키스하며 말했다.

"그냥 궁금해서. 자기랑 지금까지 함께했는데 한 번도 우는 걸 본 적이 없는 거 같아."

"음…. 울기에는 너무 많이 컸고, 참기에는 아직 어리다는 걸 느낄 때?"

세희의 답변에 놀란 인선은 갑자기 세희를 강하게 끌어안았다.

"뭐야…. 갑자기…. 숨 막혀…."

"예상치도 못한 답변이잖아…."

다시 서로를 바라보고 의지한 채 따뜻한 포옹을 나누는 둘에게서 연분홍색이 피어났다. 인선의 손이 세희의 머리를 감싸고 다른 손이 허리를 감아 안고는 둘은 진하게 키스했다. 서로가 서로에게 섞이고 지니고 있던 고유의 색은 아름답게 물들어 보다 더 아름다운 색을 만들어 냈다.

광장에 모여 있던 시민들은 가슴이 뜨거워지고 말할 수 없는 벅참을 느끼는 순간 광장 전체에 서럽게 우는 남자의 울음소리가 울려 퍼졌다. 얼마나 애처롭게 우는지 듣는 사람조차 마음이 아파 왔고 메모리 광장에는 울음소리 외에는 어떠한 소리도 들리지 않았다.

"인선아…."

하늘을 보고 있던 세희가 혼잣말로 말하더니 고개가 자동적으로 루디에게 향했다. 직원들 사이에서 뛰쳐나온 세희는 시민들과 직원들을 부딪히면서도 멈추지 않았고 저승사자들 사이를 비집고 들어갔다.

지켜보고 있던 딜리트 메모리 직원들은 일동 세희를 따라 저승사자들에게 달려갔고 그곳에 도착했을 때는 서로를 끌어안은 채 울고 있는 세희와 루디가 눈에 들어왔다.

"왜…. 왜! 말 안 했어!! 난 아무것도 모르고…. 기억에 힘들어하는 줄만 알았단 말이야…. 그…그래서 내가…. 차라리 말이라도 하지 그랬어!! 차라리 참지 말고 울기라도 하던가…. 사랑받고 싶다고, 사랑하고 싶다고 말이라도 했어야지!!"

목 놓아 우는 루디가 힘겹게 세희를 다그치며 말하자 세희는 보다 더 루디를 빈틈없이 껴안았다. 그리고 떨리는 입술이 열리고 순간 눈물이 터져 나왔다.

"미안해…. 내가 미안해…. 사랑받고 싶고, 사랑하고 싶은 게 욕심은 아니잖아…. 그런데 그런 것들이 모두 떠나가니깐…. 슬픔도, 아픔도, 속상함도 나에겐 모두 소중한 것들인데 그것마저 사라졌잖아…. 난…

그냥 사랑받고 싶었을 뿐인데…."

서로의 눈물이 혼합되고 새로운 색깔이 다시금 만들어지자 루디의 울음소리가 커지고 쥴리의 눈에서도 눈물이 흘러내렸다. 쥴리뿐만이 아닌 그 자리에 있던 다른 직원들과 시민들도 눈시울이 붉어지고 결국 고개를 돌리는 사람들도 나타났다.

하늘에 위치해 있던 안개와 가루들이 천천히 지상으로 내려와 무지개색의 가루와 파스텔색의 안개가 자욱하게 깔렸다. 둘을 보고 있으면 안타까움과 슬픔이 마음 한켠을 두드렸지만 그 주위는 예쁘게 물들고 있었고 메모리 광장은 둘의 마음을 씻겨 주고 치유해 주고 있었다.

주위 풍경에 시선을 빼앗겨 있던 쥴리는 뭐라도 생각났는지 급하게 주위를 둘러보았다. 곧이어 크리스가 보이고 시선이 고정되자 곧장 크리스에게 달려갔다.

"아까 수술하기 전에는 죄송했습니다. 선생님도 많이 고민하고, 생각하셨을 텐데 제가 너무 경솔했어요."

진심으로 고개를 숙이며 사과하는 쥴리에게 크리스는 한번 웃더니 쥴리의 머리를 쓰다듬고는 말했다.

"고마워."

숙였던 고개가 돌아오자 쥴리의 얼굴은 아까와는 달리 빨개져 있었다.

"어디 아파?!"

"아닙니다!!"

서로를 바라본 둘은 웃음이 터져 나오고 웃음이 멎고 나서야 다시 아름다운 풍경으로 시선을 옮겼다.

"사랑이 대체 뭘까요."

"사랑은 미친 짓이지."

단호한 크리스의 대답에 당황한 쥴리가 크리스를 쳐다보자 크리스는 다시 입을 열었다.

"사랑은 미친 짓이지만, 살아가면서 미쳐야 하는 순간이 필요하고 간간히 미쳐 있어야 하기도 하더라."

대답을 들은 쥴리는 어느 정도 공감하는지 고개를 끄덕이고 다시 한 번 물었다.

"선생님, 저희는 이제 어떻게 되는 걸까요?"

"모르지. 완전히 끝이라고 생각하면 끝이 난 거고. 이제 시작이라고 생각한다면 다시 시작하는 거겠지."

"네…?"

"마음먹기 나름이야."

- 딜리트 메모리: 바이러스와 나이롱환자 끝 -

| 에필로그 |

재판장 문 앞에 멈춰선 크리스는 크게 한숨을 내뱉으며 말했다.

"귀찮게 왜 나까지 재판을 받아야 하는 건지 모르겠네…."

"대회의장에서 그렇게 깽판을 치고 나왔으니 당연한 거 아닌가?"

혼잣말하듯 말한 말에 누군가 대답하며 크리스의 옆에 멈춰 섰다. 오똑한 코와 뚜렷한 이목구비 깔끔하게 정리된 눈썹과 헤어스타일 역시도 깔끔하게 정리돼 있었고 백색의 정장을 입은 남성은 크리스를 보며 말했다.

"그러니깐 내가 몇 번을 말하나. 어딜 가든 겸손하게 있으라고 그렇게 일렀것만…. 쯧쯧."

"심각한 상황에 회기의 시간에 들어간 콜린 퍼스 님이 할 말은 아닌 거 같습니다."

정색하며 옆에선 콜린 퍼스에게 말한 크리스는 불만이 가득해 보였다. 콜린 퍼스는 킹이 말했던 대로 정말 급속도로 자랐고 벌써 크리스와 키가 비슷했다.

"아기가 됐을 때 너무 많은 일들이 지나갔구만…. 이것 참 곤란하기 그지없어."

"대체 무슨 생각으로 오세희 환자 수술을 승인하신 겁니까?"

"난 승인한 적 없네…. 더군다나 오세희 환자는 단 한 번도 딜리트 메모리에 찾아온 적도 없지. 루디가 회의를 하는 동안 사무실에 들어온 모양이야."

"문단속은 안 하시는 겁니까?!"

"잔소리할 거면 그만하게. 너 아니더라도 골치 아픈 일들이 한두 개가 아니야."

지팡이로 바닥을 두드리며 말한 콜린 퍼스는 더 이상 대화하고 싶지 않아 보였다. 옷을 단정하게 정리하고 재판장의 문이 열리기만을 기다리는 둘은 이상하게 듬직하게 보였다.

"아, 그럼 줄리와 빅토르에게 내렸던 지령은요?"

"그건 회기의 시간을 들어가기 직전 오세희 환자의 수술을 알아차렸을 뿐이야. 이미 승인 난 수술을 취소할 수도 없으니 수술이라도 잘되길 바라는 마음에 내린 지령이지."

"그래도 상황 대처 능력은 대단하시네요."

"별말씀을."

잠시 후 재판장의 문이 열리고 안으로 들어간 둘은 누구보다 당당한 모습이었고 재판장 정 중앙에 위치했다. 큰 재판 아니랄까 봐 이미 고위직 임원 모두가 참석해 있었고 다들 굳은 표정을 지은 채 크리스와 콜린 퍼스를 쳐다봤다.

"딜리트 메모리의 원장 콜린 퍼스, 딜리트 메모리의 의사 크리스의 재판을 시작하겠다."

진중하게 둘의 재판을 알리듯 킹이 말했다. 재판장 내의 긴장감이 맴돌고 다시 킹이 입을 열었다.

"이번 바이러스 사태의 시작인 딜리트 메모리, 범인 역시 딜리트 메모리의 의사였으며 나이롱환자를 수술한 의사와 간호사, 그 결과 자살까지 하게 된 환자, 콜린 퍼스 인정하나?"

"인정할 수밖에 없는 일이지 않나?"

"좋다. 다음 크리스? 크리스 자네는 고위직 임원들이 모두 모인 곳에서 폭언과 망언을 하고 의사에 맞지 않게 불순한 행동을 했으며 결정적으로 환자가 자살할 걸 알면서도 수술을 진행했다. 인정하나?"

"인정 안 한다 해도 달라질 건 없지 않습니까?"

크리스는 담담하게 물었지만 질문에 대한 답변은 듣지 못했다. 재판봉을 들어 올린 킹은 콜린 퍼스와 크리스를 번갈아 응시하고는 물었다.

"마지막으로 할 말 있습니까?"

"음…. 한마디 해도 되겠나?"

손을 들며 콜린 퍼스가 묻자 킹은 고개를 끄덕였다.

"사람은 모두 완벽하지 않습니다. 저희들 역시도 완벽하지 못하고 실수를 범할 때도 있지요. 하지만 실수가 곧 그 사람을 대변하지 않습니다. 저희 딜리트 메모리 역시 이번 사태에 있어 죄송한 마음이 큽니다. 그렇기에 제가 없음에도 저희 직원들이 수습하기 위해 밤을 새가며 노력했고 범인을 잡기 위해 메모리 세계 전체를 뛰어다녔습니다. 부디 존경하는 판사님께서 그 부분을 알아주셨으면 감사하겠습니다. 크리스 역시도 마찬가지입니다."

"흠…."

콜린 퍼스의 말에 잠깐 동안 고민하던 킹은 곧이어 재판봉을 들어 올리고 소리쳤다.

"판결합니다!! 이번 바이러스 사태의 원인과 오세희 환자를 죽음에 이르게 만들었지만 범인을 잡는 것에 큰 도움을 준 것은 사실이며 의료인들의 따뜻한 마음으로 오세희 환자를 도운 것도 사실이다. 또한, 악몽에 헤어 나오지 못하던 시민들을 구해낸 것도 딜리트 메모리라는 것을 부정할 수 없기에 딜리트 메모리는 영업 정지 2년을 선고한다!!"

판결을 내리며 지휘봉을 두 번 내리친 킹은 다시 한번 지휘봉을 들어 말을 이었다.

"크리스의 폭언과 망언, 불순한 행동들은 참으로 용서할 수 없으며 모범을 보여야 하는 의사가 전혀 모범적이지 않는 행동을 행했다. 하지만 이번 사태에 큰 도움을 주었으며 고위직 임원 조로를 잡는 것에 큰 도움을 준 것은 사실이다. 이에 따라 벌금 행복 감정 20g과 기억전당포의 봉사 6개월, 의사 자격 정지 2년을 선고한다!!"